DuMonts Kriminal-Bibliothek

William L. DeAndrea wurde 1952 in Port Chester, New York geboren. Nach einer Laufbahn als Reporter veröffentlichte er 1978 den ersten Matt-Cobb-Krimi »Killed in the Ratings« und gewann den Edgar-Allan-Poe-Award, der ihm im Jahr darauf gleich noch einmal zugesprochen wurde. William L. DeAndrea lebte mit seiner Frau, der Krimiautorin Orania Papazoglou, und ihren beiden Söhnen in Connecticut, wo er 1996 starb.
Von William L. DeAndrea erschien in Dumonts Kriminalbibliothek bisher »Schneeblind« (Band 1083).

Herausgegeben von Volker Neuhaus

William L. DeAndrea

Im Netz der Quoten

Aus dem Englischen
von Birgit Lamerz-Beckschäfer

DuMont

Zwar sind vergleichbare Systeme für zukünftige Anwendungen bereits im Gespräch, doch ist ARGUS, das System zur Ermittlung der Einschaltquoten, bisher noch ein reines Phantasieprodukt, das ich mir für die Story dieses Romans ausgedacht habe. Das gleiche gilt für alle Personen, Vorfälle und Institutionen. Jede Ähnlichkeit mit tatsächlichen Personen, Vorfällen oder Institutionen ist rein zufällig.

Meiner Mutter und meinem Vater gewidmet

Die Deutsche Bibliothek – CIP-Einheitsaufnahme

William L. DeAndrea:
Im Netz der Quoten / William L. DeAndrea.
Birgit Lamerz-Beckschäfer (Übers.). –
Köln : DuMont, 2000
(DuMonts Kriminal-Bibliothek ; 1091)
ISBN 3-7701-5250-6

Aus dem Englischen von Birgit Lamerz-Beckschäfer
Die der Übersetzung zugrundeliegende Originalausgabe
erschien 1978 unter dem Titel *Killed in the Ratings* bei
Harcourt Brace Jovanovich, New York

Umschlagmotiv von Pellegrino Ritter
Umschlag- und Reihengestaltung: Groothuis & Consorten
Satz: Greiner & Reichel, Köln
Druck und Verarbeitung: Clausen & Bosse, Leck
Printed in Germany
ISBN 3-7701-5250-6

Kapitel 1

»Wie war dieser Tag? Es war ein Tag wie jeder andere, voller Ereignisse, wie sie unsere Zeit verändern und erhellen.«
– Walter Cronkite, »You Are There« (CBS)

Manche Leute nennen es den Turm zu Brabbel.

Das Hochhaus steht in der Sixth Avenue wie ein geradewegs von einem prähistorischen Vulkan emporgeschleuderter Felsblock. Siebenunddreißig mit dunklen Steinplatten verkleidete Stockwerke, dazwischen braun getönte entspiegelte Glasflächen. Zwischen den glitzernden Türmen der anderen Wolkenkratzer steht dieser Monolith wie ein schwarzes Loch in einem Spiegelkabinett.

Der offizielle Name der Verwaltungszentrale des Sendernetzes, Network International Headquarters, wird in Telegrammen und internen Mitteilungen üblicherweise abgekürzt zu NetHQ. Architektonisch ist das NetHQ einzigartig, funktional jedoch nur eines von vier Verwaltungsgebäuden entlang der Sixth Avenue (die nur bei Touristen und auf Briefköpfen »Avenue of the Americas« heißt). In diesen Gebäuden wird entschieden, was 200 Millionen Amerikaner während der gut sechs Stunden, die sie durchschnittlich am Tag vor dem Fernseher verbringen, zu sehen und zu hören bekommen.

Von außen ist nicht zu erkennen, daß das NetHQ das Nervenzentrum eines Fernseh- und Radiosendernetzes bildet und den aufwendigen Verwaltungsapparat beherbergt, den es zu dessen Leitung benötigt. Einziges Erkennungsmerkmal ist das geschmackvolle Schild an der Plaza, auf dem dezent und doch voller Stolz das jedem Fernsehzuschauer weltweit vertraute Logo des Networks prangt.

Hat man das Gebäude aber erst einmal betreten, weiß man sofort, daß hier die Uhren anders ticken. Man spürt es. So ging es mir jedenfalls, und das schon zum tausendsoundsovielten Mal, als mich die bronzene Drehtür mit den braun getönten Scheiben an diesem Maimorgen in die Marmorhalle schubste. Oder haben Sie schon einmal gehört, Exxon beispielsweise würde in der Lobby Tickets für eine Führung durch die Firmenzentrale verkaufen?

Vor sechs Jahren, kurz nachdem ich beim Network angefangen hatte, besorgte ich mir ein Ticket und ließ mich staunend wie ein Kind am Heiligabend herumführen. Inzwischen habe ich mich zwar an das Spielzeug gewöhnt, bin es aber nie leid geworden, und wenn ich jetzt die Schulkinder sehe, die ganz zappelig darauf warten, daß ihr Lehrer endlich die Eintrittskarten verteilt, werde ich ganz neidisch, denn das Vergnügen, die ganze Maschinerie zum allerersten Mal zu sehen, haben sie ja erst noch vor sich.

Man schleust sie durch die unteren zwei Drittel des Gebäudes. Das Drittel ganz unten dient sozusagen als Einführungslektion, denn dort sind die Abteilungen mit direktem Publikumskontakt untergebracht (Ticketservice, Öffentlichkeitsarbeit, Zuschauerdienst, Ausstellungen, Restaurant) sowie die lokalen Fernseh- und Radiosender.

Der mittlere Teil des Turms mit der Sendetechnik wirkt wie aus einem Science-fiction-Film. Hier im Wirrwarr von Aufnahme- und Regieräumen sitzen Nachrichtenstudios und Sendetechnik, hier werden die Seifenopern und Spielshows produziert, und von hier aus werden die an der Westküste gedrehten Serien über die Koaxialkabel der guten alten Ma Bell an Sendestationen kreuz und quer durch den Kontinent weitergegeben und von dort zur Hauptsendezeit an alle Haushalte ausgestrahlt.

Was die Schulkinder jedoch nicht zu sehen bekamen, waren die Dinge, die in den obersten neun Stockwerken des NetHQ vor sich gingen. Die hätten sie auch gar nicht interessiert, denn nur mit den Augen eines Erwachsenen erkennt man, daß hier das wirkliche Nervenzentrum des Ganzen liegt. Daß hinter den Türen dieser neun in makellosem Weiß gehaltenen Etagen Entscheidungen fallen, die sich auf die Essens-, Schlaf- und Liebesgewohnheiten, ja sogar die Pinkelpausen der Amerikaner auswirken.

Außerdem arbeiten in den Büros nicht nur Leute vom Fernsehen. Neben Radiosendern sind hier auch Aufnahmestudios von Schallplattenstudios untergebracht, außerdem die Abteilungen Filmtheater, gewerbliche EDV und Unterhaltungselektronik, Bücher und Zeitschriften – und die zur National Basketball Association gehörenden Minneapolis Hoops.

Früher träumte ich davon, ein New York Knickerbocker zu werden, und wenn ich das schon nicht durfte, dann wenigstens ein Minneapolis Hoop. Leider war ich nur gut, und wenn man bei einsfünfundachtzig aufhört zu wachsen, muß man einiges besser als nur gut sein, wenn man Profi-Basketballer werden will. Deshalb arbeitete ich also beim Network.

Ich stieg in den vollständig mit Edelstahl ausgekleideten computergesteuerten Hochgeschwindigkeitsaufzug, der mich im Handumdrehen zu meinem Büro im fünfunddreißigsten Stock brachte. Während wir an den Nummern der Studiostockwerke vorbeihuschten, hatte ich ein wenig Heimweh und mußte mich ermahnen, daß ich das alles weit unter mir gelassen hatte.

Beim Network ist es wahrscheinlich genauso wie bei allen Großunternehmen: Stillstand gibt es nicht. Entweder man ist auf dem Weg nach oben oder auf dem absteigenden Ast. Eine Beförderung abzulehnen heißt, das eigene Todesurteil zu unterzeichnen. Mit dem zufrieden zu sein, was man erreicht hat, wird einem niemals verziehen.

Bis vor etwa drei Jahren war ich langsam, aber stetig innerhalb der Nachrichtenredaktion des lokalen Fernsehsenders aufgestiegen. Angefangen hatte ich als Manuskriptassistent und war schließlich stellvertretender Sendeleiter gewesen, auf dem gleichen Posten, den Mary Tyler Moore angeblich hat. Im wirklichen Leben ist dieser Job viel härter und aufregender als auf der Mattscheibe, und genau das gefiel mir. Ich freute mich darauf, eines Tages selbst Sendeleiter zu scin.

Dann kam mein persönlicher Durchbruch. Eines Nachmittags verlautbarte von hoch droben die Anweisung, ich möge mich im Büro von Mr. Hewlen einfinden, dem Herrn und Meister des Networks, ein Urgestein der Medienlandschaft. Mr. Hewlen hatte sein Imperium bereits vor seinem geistigen Auge gesehen, als man zum Radiohören noch Kopfhörer brauchte.

Mr. Hewlen war noch immer Präsident und Vorstandsvorsitzender des Networks und ließ es sich trotz seiner achtzig Jahre nicht nehmen, das Tagesgeschäft in der Hand zu behalten, und zwar so gut wie ausschließlich in seiner eigenen. Alle Entscheidungen von Belang wurden nach wie vor nur von ihm getroffen.

Allein die Tatsache, daß ich, Matt Cobb, offenbar Gegenstand einer Entscheidung von Belang war, erschütterte mich. Ich bemühte mich, meine Nervosität zu kaschieren, als ich mich auf den Weg quer durch das weitläufige Büro im Penthouse des Gebäudes machte, um mich dem akkurat gekleideten kleinen Mann mit der unbezähmbaren grauen Haartolle zu stellen.

»Mein Junge«, sagte er (so nennt er mich immer), »ich habe mir Ihre Personalakte angesehen und bin zu dem Schluß gekommen, daß Sie qualifiziert sind, sogar ganz außerordentlich qualifiziert, um eine derzeit freie Position im leitenden Management zu bekleiden. Was halten Sie davon?«

Was ich davon hielt, wollte er wissen! Ich war so hin und weg, daß ich nur mit Mühe den Impuls unterdrücken konnte, quer über seinen Schreibtisch zu hechten und ihm einen dicken Schmatz zu geben. »Vielen Dank, Sir«, sagte ich statt dessen. »Das ist eine große Ehre.«

Das Grinsen, mit dem das alte Schlitzohr mich ansah, sagte: Hab ich dich am Wickel! »Gut. Montag fangen Sie als neuer Assistent bei McFeeley unten in den Sonderprojekten an.«

Ich bedankte mich nochmals. Ich konnte mein Glück gar nicht fassen. Allerdings beruhte das auf einem kleinen Mißverständnis, denn ich dachte, er meinte Sonderberichterstattung, und das hieß beim Network Raketenstarts, Krönungen und dergleichen. Den Fehler machen viele, und ich hatte auch bald heraus, warum.

Das Network redet nämlich nicht über die Abteilung Sonderprojekte. Wir sind die Guerillatruppe der Medienwelt. Wir liegen im Unterholz auf der Lauer, bis irgend etwas passiert, das für das Network schädlich oder peinlich werden könnte. Wenn etwa ein wichtiger Kongreßabgeordneter eine Lieblingssendung hat, dann finden wir es heraus und sorgen klammheimlich bei der Programmgestaltung dafür, daß die Serie erst abgesetzt wird, wenn der Gesetzentwurf über Sendelizenzen ratifiziert ist. Wenn eine Serienprimadonna meint, ihre Kleptomanie ausleben zu müssen, bleiben wir ihr dicht auf den Fersen und bezahlen alles, was sie klaut. Wir bekommen alles auf den Tisch, was für Public Relations zu heikel und für die Rechtsabteilung zu schmuddelig ist.

Als ich erst einmal wußte, was meine neue Aufgabe sein sollte, wurde mir schlagartig klar, worin meine »außerordentliche Qualifikation« bestand: Ich war zwar ein Straßenkind, konnte mich aber mühelos in der besseren Gesellschaft bewegen, weil ich zusammen mit den Sprößlingen der Reichen und Schönen an dem stinkvornehmen kleinen College im Norden von New York studiert hatte, weil es mir ein Jahr lang ein Basketball-Stipendium spendierte. Ermittlungen zu führen war mir aus meiner Zeit bei der Militärpolizei vertraut, nachdem mich zwar die National Basketball Association nicht gewollt hatte, dafür aber die US Army. Außerdem besaß ich Kontakte zur Presse und (was wahrscheinlich den Ausschlag gegeben hatte) zum New Yorker Polizeipräsidium. Außerdem war ich im Network nirgends unabkömmlich.

Die drei Jahre seit meinem Eintritt in die Abteilung Sonderprojekte waren interessant gewesen, um es vorsichtig auszudrükken. Manchmal auch ein wenig nervtötend, aber ich hockte jetzt seit geschlagenen drei Jahren auf derselben Stelle, und wenn man in so einer Organisation nicht aufsteigt, dann heißt das, man ist auf dem absteigenden Ast.

Eine Woche zuvor war dann sozusagen mein zweiter großer Durchbruch erfolgt. Hugh McFeeley, mein Chef, ließ sich ein neues Hüftgelenk einsetzen und hatte mir für mindestens sechs Monate die Abteilung überlassen. Vielleicht gelang mir ja ein so spektakulärer Coup, daß ich weiter befördert wurde, in die Programmgestaltung oder in die Regie beispielsweise, irgendwohin jedenfalls, wo ich eher mit Kommunikation als mit Manipulation zu tun haben würde.

Der Aufzug kam mit einem leisen Wusch! zum Stehen. Die Tür glitt auf und ein Glöckchen kündigte fröhlich meine Ankunft an. Ich wartete einen Augenblick, bis meine Innereien alle wieder an ihren gewohnten Platz gerutscht waren, und trat in den fünfunddreißigsten Stock hinaus. An der Etage, in der ein Büro liegt, kann man den Stellenwert seines Besitzers innerhalb des Networks ablesen. Die Sonderprojekte sind in einer winzigen Ecke im selben Stockwerk wie die Programmgestaltung untergebracht. Über uns residieren nur noch der Präsident und die Vertriebsabteilung im sechsunddreißigsten Stock sowie Mr. Hewlen im darüber gelegenen Penthouse.

Das sterile Aspirinweiß des Flurs wird zu dieser morgendlichen Zeit (etwa neun) durch Farbkleckse aus dem Schreibpool aufgelockert. Jahr für Jahr strahlt das Network fünf Schönheitswettbewerbe aus, aber eine Schönheitskönigin, die es mit unseren eigenen Damen aufnehmen könnte, ist mir persönlich noch nicht über den Weg gelaufen. Außerdem scheinen die Damen nicht älter zu werden. Wahrscheinlich stellt die Personalabteilung alle sechs Monate eine frische Ladung bildhübscher Mädel ein.

Es war genau neun Uhr eine Minute und sechzehn Sekunden, als ich mein Vorzimmer betrat, aber es erwartet sowieso niemand, daß der Chef pünktlich ist. Jasmyn Santiago, die Sekretärin, die ich von McFeeley während seiner Abwesenheit geerbt hatte, schenkte mir ein Lächeln wie ein kubanischer Sonnenaufgang und sagte: »Guten Morgen, Mr. Cobb.«

»Guten Morgen, Jazz. Irgendwas Dringendes?«

Sie war dabei gewesen, sich die Nägel zu lackieren. Sie blies darauf, damit sie schneller trockneten. Sie war braun, strahlend, knackig und so hübsch, daß ihr sogar blauer Nagellack und weißer Lippenstift gestanden hätte.

»Ja, Sir, da sind ein paar Dinge.« Sie griff nach dem Übergabebericht der Nachtschicht. Ich war froh, daß ich dieser reihum gehenden Quälerei entronnen war.

»Kenny Lewis steckt wieder mal in Schwierigkeiten«, sagte sie. »Kokainbesitz. Oben in Connecticut.«

»Okay«, sagte ich. »Wir lassen ihn ein oder zwei Tage schmoren, bevor wir ihn rausholen.« Kenny Lewis ist ein jugendlicher Chaot, den die Abteilung Sonderprojekte im Schnitt einmal pro Monat aus irgendeinem Schlamassel holen muß, nur damit seine Mutter zufrieden ist. Sie wären baff, wenn Sie wüßten, wer seine Mutter ist, aber das wäre Kenny auch. Das Network legt jedenfalls größten Wert darauf, diese Frau zufriedenzustellen. Ich denke, sie würde ihrem heimlichen Sohn eher einen Gefallen tun, wenn sie ihn endlich in Ruhe ließe, aber schließlich werde ich nicht fürs Denken bezahlt, sondern dafür, daß ich meine Pflicht erfülle.

»Noch etwas?« fragte ich Jazz.

»Die Nachrichtenredaktion will dieses Jahr in der Wahlnacht Kaffee und Donuts haben. Von Pizza bekommen sie angeblich Sodbrennen.«

»Der Redakteur wird eben alt«, feixte ich.

Jazz war schockiert. Sie glaubt felsenfest, Amerikas beliebtester und zuverlässigster Fernsehmann könne jederzeit zu Fuß den Hudson überqueren, wenn er nur wolle.

»Okay. Wen haben wir? Shirley? Setzen Sie sie darauf an, vielleicht hat sie Glück.« Shirley Arnstein gehörte nicht unbedingt zu den beim Network beschäftigten Sexbomben, aber ich hätte sie nicht für zehn davon hergegeben. Bevor sie zu uns kam, hatte sie in Washington für einen gewissen Kongreßabgeordneten gearbeitet, der unangenehm aufgefallen war, weil er sich private Wünsche mit öffentlichen Geldern erfüllte. Shirley hatte er keineswegs zur Dekoration gehabt, denn an seiner Stelle hatte sie die Amtsgeschäfte geführt. Bis es zum Eklat kam, war sie de facto Kongreßabgeordnete der Vereinigten Staaten gewesen. Sie sah schlicht und geradlinig aus und wirkte etwas schüchtern, außer es ging um das Network. Einmal weckte sie um drei Uhr morgens den Bürgermeister von Buffalo, New York, und machte ihn zur Schnecke wegen mangelnder Kooperation bei einer Vermißtenanzeige, die sie für uns bearbeitete. Sie ging mehr oder weniger fest mit Harris Brophy, der jetzt mein Top-Außendienstmitarbeiter war, wie ich vorher McFeeleys.

Jazz schaute auf ihre Liste. »Sie haben zwei Anrufe schon vor neun erhalten. Der eine hat weder Namen noch Nachricht hinterlassen, er ruft wieder an. Der andere kam von oben. Mr. Falzet will Sie sprechen.«

»Na toll«, sagte ich ohne rechte Begeisterung. »Das Beste haben Sie bis zuletzt aufgespart, stimmt's?«

»Sicher«, sagte sie lächelnd. Sie sprach es wie »sischer« aus. Das gehörte zu den ganz wenigen Anflügen eines Akzents, die man an ihr entdeckte. »Dann fangen Sie wenigstens nicht mittendrin an zu fluchen, und ich muß Ihnen alles zweimal erzählen.«

»Tun Sie das aber nie wieder«, sagte ich.

»Niemals, Sir, zu Befehl, Sir!« Sie salutierte. Zwei Wochen zuvor hatte sie mir noch die Befehle erteilt oder zumindest von McFeeley zu mir weitergereicht. Sie war vermutlich die einzige unentbehrliche Person in dieser Abteilung.

Ich sagte, ich werde bald zurück sein, und ging die Treppe hinauf zu Thomas Falzet. Er war der Präsident des Networks. Der zweite, den wir hatten, seit Mr. Hewlen seinerseits vor einem halben Jahr zu höchsten Weihen aufgestiegen war.

Ich meldete mich bei Falzets Vorzimmerdame an, und sie hieß mich Platz nehmen. Ich wußte, daß er mich absichtlich warten ließ, denn er hatte eigentlich ohnehin nie etwas zu tun, schon gar nicht morgens um Viertel nach neun. Aber wenn man Präsident eines Großunternehmens ist, bekommt man nicht Hunderttausende Dollar im Jahr dafür, daß man arbeitet, sondern dafür, daß man für alles geradesteht. Das System ist vernünftig, denn so kann man dem Präsidenten den Laufpaß geben, wenn irgend etwas schiefgeht. Es wäre ja auch noch schöner, wenn es etwa bei General Motors die Fließbandarbeiter auszubaden hätten, wenn der Gewinn sinkt.

Während ich wartete, taxierte ich die Vorzimmerdame und versuchte zu ergründen, ob Falzet wohl mit ihr schlief. Es hieß, sie sei leicht zu haben. Auf mich wirkte sie wie eine Sexbombe im Tarnanzug, als versuche sie ständig, bieder auszusehen, wenn auch ohne viel Erfolg. Ich beschloß letztendlich, sie für sauber zu halten, denn sie war offenbar viel zu clever, um auf unschuldig zu machen, wenn sie in Wirklichkeit schuldig war. Also mußte sie von Natur aus unschuldig aussehen. Das alte Spielchen mit den Hintergedanken! Doch bevor ich mir über die hinter den Hintergedanken stehenden Hintergedanken Gedanken machen konnte, ließ mich der Präsident bitten.

Falzet stand nicht auf, als ich den Raum betrat, nicht einmal aus Höflichkeit. Er hat eben nicht viel für mich übrig.

»Setzen Sie sich, Cobb«, sagte er, aber es war keine Einladung, sondern eine Anordnung. Falzet war Ende Fünfzig, also eigentlich schon ziemlich alt, um als Medienmanager noch Präsident zu werden. Allerdings wirkte er jünger. Er sah auf eine jungenhafte Art gut aus, ein bißchen wie John F. Kennedy, und zeigte lediglich an den Schläfen einen Hauch von Grau. Ich hatte ihn in Aktion gesehen, doch seine raffinierte, aalglatte Art sparte er sich für zahlende Kundschaft auf. Seinen Untergebenen gegenüber schwang er lieber die Knute.

Nachdem ich mich hingesetzt hatte, gab er weiter vor zu arbeiten, sah dann hoch und sagte: »Wie ich höre, sind Sie weiterhin selbst im Außendienst tätig, Cobb.« Sein Südstaatenakzent war noch eben erkennbar.

Ich räumte es ein.

»Dann lassen Sie das in Zukunft«, sagte er. »Derartiges widerspricht der Firmenpolitik in bezug auf das gehobene Management, insbesondere die Vizepräsidenten.«

So etwas hatte ich bereits befürchtet. »Mr. Falzet, da ich lediglich der Stellvertreter eines Vizepräsidenten bin, ...«

»Cobb, das Network verfolgt einen völlig anderen Ansatz zur bestmöglichsten Nutzung seines Personalkontingents.«

Ich zuckte zusammen. Ich habe im Hauptfach Anglistik studiert und wäre jetzt eigentlich Englischlehrer, wenn mir die Army nicht dazwischengekommen wäre, aber normalerweise mache ich kein Wesens darum. Ich kann mich nach Belieben korrekt ausdrücken, tue es aber oft selbst nicht, weil es im Alltag eigenartig klingt. Bei derart geschraubten Wendungen bekomme ich allerdings Zahnschmerzen, und Falzet läßt erfahrungsgemäß keine noch so leere Phrase aus. Ich hörte »bestmöglichst« und zuckte zusammen, gleich darauf noch einmal, als er mir nahelegte, ich solle mich bemühen, öfter »mit dem allgemeinverbindlichen Normenkonsens konform zu gehen.« Ich verdrehte die Augen.

»Ist irgendwas, Cobb?« fragte er.

»Nein, Sir.« Ich schaute ernst drein. »Mr. Falzet, ich weiß meine Stellung im Network wohl einzuordnen, aber derzeit brauche ich mich. Ihnen ist sicherlich bewußt, daß wir die kleinste Abteilung im ganzen Unternehmen sind. Da McFeeley nicht da ist, sind wir nur noch zu sechst, mich selbst eingeschlossen. Brophy konferiert mit der russischen Botschaft wegen der Olympiade, Arnstein paßt rund um die Uhr auf die Schauspielerin auf, die im Osterprogramm die Jungfrau Maria spielen soll. Santiago muß die Stellung im Sekretariat halten. Die anderen zwei haben gerade erst angefangen. Dinge, die etwas Fingerspitzengefühl erfordern, muß ich also entweder selbst erledigen oder jemanden von der Westküste einfliegen lassen.«

Das Argument zog. Schließlich hatte er den Aktionären bei der letzten Hauptversammlung Einsparungen versprochen. »Na gut, ich verstehe ja, daß die Abteilung Sonderprojekte einen gewissen … äh, … Sonderstatus hat. Aber übertreiben Sie es nicht, Cobb! Haben wir uns verstanden?«

»Ja, Sir, ich werde vorsichtig sein.«

»Gut. Tun Sie das, dann gehen wir alle jedem Ärger aus dem Weg.«

Kapitel 2

»Sagen Sie das Zauberwort, die Ente kommt runter, und Sie gewinnen hundert Dollar.«
– Groucho Marx, »You Bet Your Life« (NBC)

Um jedem Ärger aus dem Weg zu gehen, begab ich mich zurück in mein Büro und widmete mich zwei uramerikanischen Beschäftigungen: sich über den Chef ärgern und fernsehen. Dies gehörte zu den ausgesprochen erfreulichen Aspekten meiner Tätigkeit als McFeeleys Stellvertreter. Als Vizepräsident hat er Anspruch auf einen großen Farbfernseher in seinem Büro. Wenn ein Vizepräsident gerade nichts Weltbewegendes zu tun hat, kann er also die hauseigenen Produkte einer Qualitätsprüfung unterziehen.

Ich nahm eine Handvoll lilafarbene Jellybeans aus der Tüte, die ich in der Schreibtischschublade unter Verschluß hielt, lehnte mich bequem zurück und sah mir »Qualen der Liebe« an. Wenn ich mir von einer Seifenoper drei Folgen hintereinander ansehe, bin ich süchtig, ganz egal, wie grauenhaft sie ist. Als »Dunkle Schatten« abgesetzt wurde, hatte ich regelrechte Entzugserscheinungen.

»Qualen der Liebe« kam allmählich in Fahrt. Hank und Jessica waren mitten in einer (für Fernsehverhältnisse) unglaublich eindeutigen Bettszene. Sie stöhnten und keuchten aus vollem Hals, dabei hatten wir erst Dienstag.

Im spannendsten Augenblick, als Jessica Hank gerade »Bill« nannte, klingelte das Telefon.

Ich drehte den Ton weg und nahm den Hörer ab. »Was gibt's, Jazz?«

»Ich habe einen Anruf für Sie in der Leitung, Mr. Cobb.«

»Wer ist es?«

»Das sagt er nicht. Offensichtlich ist es derselbe, der schon einmal angerufen hat.«

Wie Sie sich unschwer vorstellen können, erhält das Network jede Menge verrückter Anrufe, doch meistens laden die Leute ihren Frust bereits bei der Telefonzentrale ab. »Was will er von mir, Jazz?«

»Er behauptet, es sei privat. Ich soll ausrichten, es gehe um Monica Teobaldi.«

Das war in der Tat ein Paßwort. »Stellen Sie ihn durch«, sagte ich.

»Mr. Cobb?« fragte eine Männerstimme.

»Am Apparat.«

»Ich muß mit Ihnen reden.« Seine Stimme war ein Tenor. Zwar nicht piepsig, aber nur mühsam beherrscht.

»Dann schießen Sie los«, forderte ich ihn auf.

»Nein! Ich muß Sie persönlich sprechen. Privat. Aber nicht in Ihrem Büro.«

»Wo denn?« Ich hasse solche Spielchen am Telefon. »Times Square am Silvesterabend?«

»Verdammt noch mal, dann gehe ich eben direkt zum FBI damit. Gehen Sie doch zum Teufel mit Ihrem bescheuerten Network!«

»Moment mal. Legen Sie nicht auf.« Er murrte, blieb aber am Apparat. »Was hat Monica Teobaldi mit dieser Sache zu tun?«

Er zögerte einen Augenblick. »Gar nichts. Ich bin mit ihr befreundet. Sie hat mir von Ihnen erzählt, sie meint, Sie seien clever und ich könnte Ihnen vertrauen.«

»O ja«, sagte ich, »ich bin ein ganz toller Hecht. Hätten Sie denn vielleicht die Güte, mir andeutungsweise zu erklären, worum es geht?«

»Wieso?«

»Wieso? Weil es in der Stadt der Lichter mit ihren acht Millionen Menschen kaum eine bessere Methode gibt, unter die Räder zu kommen, als sich mit fremden Leuten zu treffen, ohne die geringste Ahnung zu haben, was sie von einem wollen. Ich möchte wenigstens sichergehen, daß ich an der Sache interessiert bin.«

Er verlor allmählich die Beherrschung. »Zur Hölle mit Ihnen! Sind Sie interessiert an Ihrem kostbaren Network? Der ganzen verfluchten Branche? Wollen Sie die Wahrheit über Walter Schick hören?«

Der Typ hatte eindeutig ein Gespür für das rechte Wort zur rechten Zeit. Monica war meine Privatsache, Walter Schick jedoch mein Job. Walter Schick war Mr. Hewlens Schwiegersohn und außerdem Tom Falzets Vorgänger als Präsident des Networks, wenn auch nur vom letzten November bis zu dem Tag im Januar dieses Jahres, an dem er in der Nähe seines Hauses in Connecticut mit seinem Mercedes von der vereisten Straße abgekommen war. Seither lag er im Koma. Ob er je wieder aufwachen würde, konnten die Ärzte ebensogut vorhersagen wie jede x-beliebige Wahrsagerin auf dem Jahrmarkt.

»Ich bin interessiert«, sagte ich in den Hörer. »Wo und wann?«

»Hotel Cameron, zwanzig Uhr. Fragen Sie nach Vincent. Sie wissen doch, wo das ist?«

»Natürlich. Ich habe doch vorhin schon den Times Square vorgeschlagen, oder?«

»Lassen Sie die dummen Sprüche!« Jetzt war es mit seiner Beherrschung vorbei. »Hören Sie genau zu: Sollte ich nicht da sein, dann suchen Sie einen Mann namens Vern Devlin, und fragen Sie ihn danach.«

Er knallte den Hörer auf, ich legte meinen sachte auf die Gabel. Ich mußte mich mit ihm treffen. Ich hatte den Eindruck, Vincent wollte andeuten, Schick sei mehr oder weniger ermordet worden, der Unfall, der ihn seinen Grips gekostet hatte, sei gar keiner gewesen. Und das Network, sogar die gesamte Branche stecke in der Tinte. Was hatte das alles zu bedeuten? Hatte CBS womöglich Killer auf unser gesamtes Management angesetzt?

Selbst wenn das Ganze nur ein Hirngespinst war, stimmte vielleicht doch ein verschwindend geringer Teil von dem, was dieser Vincent behauptete, und dann mußte es überprüft werden, und das konnte ich nur höchstpersönlich tun, mochte mir Falzet noch so viele gute Ratschläge geben. Daß ich mich auf mich selbst verlassen konnte, wußte ich.

Damit die Phantasie nicht mit einem durchgeht, kann man unter anderem ergründen, ob die Fakten, die man in der Hand hat, überhaupt Fakten sind. Alles, was ich bisher über meinen neuen Freund Vincent wußte, war, daß er in Baltimore aufgewachsen war (man hörte es an seiner breiten Aussprache) und daß ich mich abends in einem schmuddeligen Hotel am Times Square mit ihm treffen sollte.

Zumindest der zweite Punkt ließ sich überprüfen. Ich bat Jazz, mich mit dem Hotel Cameron zu verbinden, und fragte nach, ob ein Mr. Vincent dort abgestiegen war. War er nicht, aber er hatte ein Zimmer reservieren lassen und sollte im Laufe des Nachmittags eintreffen. So weit, so gut.

Ich stopfte mir eine Handvoll Jellybeans in die Jackentasche und fuhr mit dem Fahrstuhl nach unten in mein altes Revier, die Nachrichtenredaktion des Lokalsenders, um mir die Unterlagen über Walter Schick anzusehen. Ich fand eine Menge darüber, wie er den Sprung vom Vertreter für Damenstrümpfe zum Verkäufer von Werbeminuten geschafft hatte und dann beim Network Schritt für Schritt bis ganz oben aufgestiegen war, doch über seinen Unfall fand ich nichts, was ich nicht schon wußte.

Was ich zu meiner Erleichterung nicht in den Unterlagen fand, war eine Story über seine Tochter Roxanne, die im Alter von fünfzehn Jahren mit einem Drogendealer durchgebrannt war. Das war unmittelbar nach meinem Start bei den Sonderprojekten gewesen und hatte letztlich ein Happy-End gefunden, wie man es heute gar nicht mehr erwarten würde. Der Dealer kam lebenslänglich hinter Gitter, Roxanne wurde clean, und ich bekam eine satte Gehaltserhöhung, weil ich sie losgeeist hatte. Und von alledem erfuhr niemand ein Sterbenswörtchen, so daß weder die Familie noch das Network Scherereien damit hatten.

Die Akte war umfangreich. Ich las sie von hinten nach und vorn und zurück, um dahinterzukommen, welche »Wahrheit« über Walter Schick mein Freund Vincent für mich parat haben mochte. Als ich alles durch hatte, war fast schon Dienstschluß.

Ich stemmte mich gegen den Menschenstrom an, der im Eilschritt zu den Ausgängen und in den Feierabend strebte, fuhr hinauf in mein Büro und holte meine Aktentasche. Ich verließ den Turm und fuhr mit dem Bus nach Hause.

Mein Zuhause war ein Apartment am Central Park West, das ich mir nie und nimmer leisten könnte, es sei denn, ich würde selbst irgendwann Präsident des Networks. Ich hütete es lediglich für meine Collegefreunde Rick und Jane Sloan, die schier unermeßliche Geldmittel zur freien Verfügung hatten und deshalb an die banalen Dinge des Lebens wie zum Beispiel geregelte Arbeit keinen Gedanken zu verschwenden brauchten. Sie hatten archäologische Grabungen in Thailand finanziert und dann beschlossen, es wäre doch nett, einfach mitzufahren. Was sind schon zwei Jahre, nicht wahr?

Jeder hat eine andere Vorstellung davon, was ihm Spaß macht und was nicht. Ich war während des Vietnam-Fiaskos eine Zeitlang in Thailand stationiert gewesen, und seither verbinde ich Indochina nicht unbedingt mit dem Begriff »Spaß«.

Außerdem fungierte ich als Hunde-Sitter. Sobald ich den Schlüssel ins Schloß steckte, begann Spot zu janken. Spot hatte seine Vorzüge, aber er wußte genau, wie man sich anbiedert. Niemand kann allen Ernstes über meinen Anblick derart aus dem Häuschen geraten, wie dieser Hund es vorgab. Als ich in die Wohnung trat, wedelte er wie närrisch mit dem Schwanz, sprang mit allen vieren in die Luft und versuchte, mir im Flug das Gesicht zu lecken.

»Ja, Spot«, sagte ich, »ich freue mich auch, dich zu sehen.« Mit einer Hand kraulte ich ihn hinterm Ohr, mit der anderen zupfte ich weiße Hundehaare von meinem Jackett.

Spot war ein Samojede, ein mittelgroßer sibirischer Schlittenhund mit spitzen Ohren, einem ewig lächelnden Gesicht und einem dickflauschigen reinweißen Pelz. Sein Name soll ein Witz sein. Als Rick mir den Welpen zum ersten Mal vorstellte und erklärte, er heiße Spot, sagte ich: »Wieso Spot? Er hat doch gar keine Flecken.« Darauf erklärte Rick: »Herrgott, Matt, du mußt doch den riesigen weißen Fleck sehen, der sich über den ganzen Körper zieht!« Reiche Leute können sich solche Späße leisten.

Ich füllte Spots Wasserschale, stellte mir ein Fertiggericht in den Backofen und ging rasch duschen und mich umziehen. Es war halb sieben, als ich mit dem Essen fertig war. Ich hatte gerade noch Zeit, mit Spot Gassi zu gehen.

Es war ein warmer Abend Ende Juni, doch eine sanfte Brise hatte den Smog weggeweht. Die Luft war angenehm klar. Spot und ich gingen in den Park. Er rannte herum, beschnüffelte Steine und Bäume auf der Suche nach einem geeigneten Plätzchen. Seine Wahl fiel schließlich auf einen dicken Felsbrocken, auf den entweder ein brillanter Satiriker oder irgendein bigotter Idiot mit Sprayfarbe »Weiße Vorherschafft« geschrieben hatte. Ich schämte mich fast, Angehöriger der kaukasischen Rasse zu sein.

Wer nicht in New York lebt, hält den Central Park nachts für ein Horrorszenario, in dem hinter jedem Busch ein Messerstecher lauert. Das trifft absolut nicht zu. Wenn es hochkommt, steht hinter jedem vierten oder fünften Busch einer. Wir kamen jedenfalls problemlos durch. Ich kehrte in die Wohnung zurück, nahm etwas Kleingeld aus dem Schoß des Elfenbeinbuddha neben der Eingangstür, schaufelte die Jellybeans in das frische Jackett, schloß Spot ein und machte mich auf den Weg in die City.

Das Hotel Cameron war ein fünfstöckiges Gebäude nahe dem Times Square. Es war vielleicht nicht ganz so schmuddelig wie die übrigen Etablissements der Gegend, aber ebenfalls eine Anlaufstelle für Nutten. Eine von ihnen stand im Eingang, eine Rothaarige in einem magentafarbenen Kleid. Als ich an ihr vorüberging, schenkte sie mir ein breites falsches Lächeln, aber als ich sie nur kurz anlächelte und den Kopf schüttelte, zuckte sie gleichgültig die Achseln. Ihr Arbeitstag hatte schließlich gerade erst angefangen.

Der Portier war ein dicker, fetter Kerl mit einem winzigen Glatzkopf. Er sah aus, als hätte er eine Diät angefangen und nähme jetzt von oben nach unten ab. In einem Jahr hatte er wahrscheinlich Arme und Beine wie Popeye. Er blätterte in einer Zeitschrift, ausgerechnet Forbes.

»Na, wie stehen die Aktien?« fragte ich.

Er sah von seiner Lektüre auf und lächelte. »Man wird ja wohl noch träumen dürfen, oder? Wissen Sie, die haben so lustige Sprüche hinten im Heft, Augenblick mal.« Er blätterte. »Der hier zum Beispiel: ›Geld verdirbt den Charakter‹«, zitierte er, »›vor allem, wenn man keins hat.‹ Da ist was dran, nich?«

»Genau«, sagte ich.

»Suchen Sie ’n Zimmer?«

»Ich suche einen Bekannten«, sagte ich. »Ist Mr. Vincent da?«

Er sah im Gästebuch nach. »Hab meine Schicht gerade erst angefangen, wissen Sie«, erklärte er. »Vincent, Vincent, ach, da ist er ja. Charles Vincent, Zimmer 414. Sie sind doch nicht etwa ’n Bulle, oder?«

»Nein. Sehe ich so aus?«

»Die sehen heute überhaupt nie mehr so aus«, klagte er.

Ich sprach ihm mein Mitgefühl aus und ging zum Fahrstuhl.

»Tut mir leid, Kumpel«, sagte er aufrichtig betrübt. »Aufzug is kaputt. Die Treppe is da links.«

Mißmutig stieg ich die Treppe hinauf und dachte im stillen, wenn Vincent mir nicht mindestens einen geplanten Bombenanschlag auf die Sesamstraße zu bieten hatte, konnte er mich kreuzweise.

Die Stufen waren mit neutralem, graubeigem Teppichboden überzogen, vermutlich, weil die Farbe so hervorragend mit dem Schmutz harmonierte. Es war ein Glück, daß ich durchtrainiert war, sonst wäre ich bei dem Aufstieg und dem vielen Staub, den ich dabei aufwirbelte, wahrscheinlich erstickt. So war ich nur ein wenig außer Atem, als ich im dritten Stock ankam. Die geraden Zahlen waren rechts von mir auf der anderen Flurseite, also ging ich dort hinüber und geradewegs auf die Nummer 414 zu.

Kapitel 3

»Schauen wir doch mal, welcher tolle Preis hinter dieser Tür dort auf Sie wartet!«
– Monty Hall, »Let's Make a Deal« (ABC)

Auf mein Klopfen erfolgte keine Reaktion, aber die Tür war nur angelehnt und ging durch das Pochen ein Stück auf. Alles, was ich von dem Raum sah, war ein schwarzes Viereck.

In der abwegigen Hoffnung, er mache ein Nickerchen und habe nur vergessen, die Tür abzuschließen, sagte ich: »Mr. Vincent?« und trat ein.

Mit der rechten Hand tastete ich nach dem Lichtschalter neben der Tür. Die Deckenlampe leuchtete auf, und einen Sekundenbruchteil lang blinzelte ich ins unerwartet grelle Licht. Als ich die Augen wieder öffnete, sah ich die Leiche auf dem Fußboden.

Nach der lapidaren Feststellung: »Mann, da liegt ja eine Leiche auf dem Fußboden« hatte mein Gehirn allerdings keine Gelegenheit mehr zu weiteren tiefschürfenden Einsichten, denn irgend etwas traf mich brutal am Schädel. In meinem Gehirn wurde es schlagartig hell und heiß wie nach der Explosion einer Napalmbombe. Dann wurde es dunkel wie bei einem Ascheregen.

Der nächste zusammenhängende Gedanke, den ich fassen konnte, lautete: Wach auf und geh ans Telefon, du Pflaume! Ich hatte keine Ahnung, wie lange es schon bimmelte, aber das Klingeln schrillte durch mein umwölktes Hirn und brachte mich allmählich wieder zu Bewußtsein.

Es ist ein bedingter Reflex, den viele Leute haben. Wenn das Telefon klingelt, muß ich drangehen. Es ist mir peinlich, wie der Pawlowsche Hund auf ein Klingeln konditioniert zu sein, aber ich kann es mir nicht abgewöhnen. Ich habe sogar schon einmal eine Freundin verloren, weil ich bei irgendwas ans Telefon gegangen bin.

Als ich aufstand, gingen viele kleine Lämpchen vor meinen Augen an und aus. Ich griff nach der Tür und hielt mich daran fest. Als ich angeklopft hatte, war es Punkt acht gewesen, jetzt zeigte meine Armbanduhr zehn nach, also hatte mein Nickerchen nicht lange gedauert. Allmählich konnte ich wieder geradeaus sehen. Ich ging zum Telefon, das auf einem Tisch am Fenster stand. Dazu mußte ich quer über die Leiche hinwegsteigen, und dabei wurde mir erst richtig bewußt, was überhaupt los war.

Ich wandte mich um und sah mir den Toten genauer an. Er lag in einer so eigenartigen Haltung, daß er auf den ersten Blick gar nicht wie ein Mensch, sondern wie ein Stapel Holzscheite wirkte. Er trug eine graue Hose, schwarze Schuhe und Strümpfe und ein rotweißes Hemd. Das Rot kam von dem Blut, das rings um den Perlmuttimitatgriff des Schnappmessers hervorsickerte, das ihm jemand mitten in den Rücken gerammt hatte.

Sein Gesicht wirkte seltsam milde und ein wenig angeekelt, als hätte er ein Haar in der Suppe gefunden. Er war etwa in meinem Alter, hatte glattes braunes Haar. Er war mittelgroß und nicht besonders kräftig gebaut. Die Frauen hatten ihn vermutlich attraktiv gefunden.

Das Telefon klingelte noch immer. Ich wandte mich von der Leiche ab und hielt den Hörer ans Ohr.

»Vermittlung. Ich habe ein Ferngespräch mit persönlicher Voranmeldung für einen Mr. Charles Vincent in der Leitung.«

»Von wem kommt der Anruf, Miss?«

Eine Stimme am anderen Ende sagte schroff: »Vernon Devlin.«

»Ein Mr. Vernon Devlin«, wiederholte die Telefonistin.

Na schön, Vincent, ich habe ihn also gefunden, dachte ich.

»Mr. Vincent fühlt sich nicht wohl, Miss«, sagte ich. »Er kann im Moment nicht an den Apparat kommen.« Understatement war schon immer meine Spezialität.

»Ich will mit ihm reden«, sagte Devlin. Die Dame von der Vermittlung bedankte sich und klinkte sich aus der Leitung. »Wie meinen Sie das, er fühlt sich nicht wohl?« wollte Devlin von mir wissen. »Ist er verletzt? Wer sind Sie überhaupt, sind Sie von der Polizei?«

»Nein, aber die wird bald hier sein. Wer sind Sie? Ein Freund von Vincent?«

»Ja, ein Arbeitskollege. Und wer sind Sie?«

»Mein Name ist Cobb. Ihr Freund hat mich herbestellt, um mir etwas zu erzählen. Für den Fall, daß irgend etwas schiefging, sollte ich mich an Sie wenden. Er ist ermordet worden, was sagen Sie dazu?«

»Er ist tot?« keuchte er. Diese Angewohnheit haben viele Leute. Man erzählt ihnen: »Die Schule ist abgebrannt«, und sie fragen nach: »Es hat gebrannt?«

»Ja, tot«, versicherte ich. »Erstochen. Ich habe ihn gerade gefunden.«

»Mein Gott!«

»Völlig Ihrer Meinung. Wissen Sie, ich würde gern die Polizei rufen, deshalb werde ich mich kurz fassen. Ich bin so eine Art Feuerwehr bei einem Fernsehsendernetz. Vincent hatte etwas, das brenzlig roch. Wissen Sie etwas darüber?«

»Mein Gott!« sagte er noch einmal. »Hören Sie, ... Cobb, richtig? Das ist ein heißes Ding. Ein ganz heißes Ding. Lassen Sie die Polizei aus dem Spiel. Verschwinden Sie und vergessen Sie die ganze Geschichte.«

»Mit Sicherheit nicht. Mich hat jemand raufgehen sehen. Ich rufe jetzt die Polizei an. Auf Wiedersehen.«

Bevor ich den Hörer auch nur einen Zentimeter vom Ohr weg hatte, fing Devlin an zu schreien: »Nein! Warten Sie doch!«

Ich drückte den Hörer wieder ans Ohr. »Was wollen Sie denn noch?«

Er klang erleichtert. »Okay, der Vorschlag war Mist. Rufen Sie die Bullen. Aber sagen Sie denen bloß nichts!«

»Aber ich weiß ja auch gar nichts, Sie Knalltüte!« Allmählich riß mir der Geduldsfaden. Ich stand hier in einem schäbigen Hotelzimmer mit einer Beule am Kopf und einer rasch erkaltenden Leiche auf dem Fußboden vor mir, und da erwartete dieser Clown, daß ich Haschmich mit den Bullen spiele. »Auf gar keinen Fall«, sagte ich.

»Dann halten Sie mich wenigstens aus der Sache raus, ja? Hören Sie, ich vertraue Ihnen. Mein Name ist Vernon J. Devlin. Ich lebe in Fairfax, Virginia, und arbeite in Washington, D.C., für Communications Research Incorporated.«

»Den Quotenladen?« Ich machte es schon genauso. Dabei weiß jedes Kind, daß es sich bei CRI um das unabhängige Meinungsforschungsinstitut handelt, das jeden Abend die Einschaltquoten der einzelnen Fernsehsender ermittelt.

»Ja doch«, sagte er. »Bitte, geben Sie mir einen Tag Zeit. Nur einen Tag!«

»Warum sollte ich das?«

»Weil ich Ihnen das alles erklären kann. Hören Sie zu. Heute ist Dienstag, ich muß hier morgen noch etwas Wichtiges erledigen, aber Donnerstag kann ich nach New York kommen. Bitte geben Sie mir eine Chance. Wir können das nicht am Telefon besprechen.«

Ich ließ ihn eine Minute lang schmoren. »Okay«, sagte ich schließlich. »Wie kommen Sie her?«

»Mit dem Zug«, sagte er. »Ich fahre morgens ganz früh los und treffe um halb zehn an der Penn Station ein. Wir treffen uns am Auskunftschalter.«

»Gut. Halb zehn, Donnerstag. Stecken Sie sich eine Nelke an.«

»Was soll ich?«

»Eine Nelke ins Knopfloch stecken.«

»Das macht heute kein Mensch mehr«, protestierte er. »Damit falle ich doch auf wie ein bunter Hund!«

»Eben. Und deshalb werde ich Sie dann auch erkennen.«

»Also schön. Sie werden das nicht bereuen, Cobb.«

»Hauptsache, Sie kommen wirklich. Und jetzt rufe ich die …«

»Polizei! Keine Bewegung!« Mit lautem Krachen schlug die Türklinke gegen die Wand, daß der Putz rieselte.

Ich machte keine Bewegung. Wenn einem zwei Herren mit gezückten Polizeimarken und Pistolen gegenüberstehen, tut man lieber, was sie verlangen, auch wenn sie, wie diese beiden Exemplare, irgendwie nicht zueinander passen. Der eine, ein ernster Jüngling, schien geradewegs »Einsatz in L. A.« entsprungen zu sein, während der andere ein untersetzter Bulle vom Typ »Polizeirevier Hill-Street« war.

»Wieso kommen Sie erst jetzt?« fragte ich.

»Machen Sie sich darüber keine Gedanken«, sagte der ernste Jüngling zu mir. »Legen Sie den Hörer hin. Handflächen an die Wand.«

Das tat ich. Der Hill-Street-Bulle gab seine Knarre dem Kollegen zum Halten, kam zu mir herüber und trat mich, bis ich mit gespreizten Beinen weit ab von der Wand stand. Hätte ich die Handflächen von der Tapete genommen, wäre ich augenblicklich auf die Schnauze gefallen. Er filzte mich mit geübten Handbewegungen und erklärte dann, ich dürfte mich wieder gerade hinstellen.

Während ich mich umdrehte, betrat ein drahtiger Kriminalbeamter in Zivil den Raum. Als er seinen grauen Filzhut absetzte, kam darunter drahtiges graues Haar zum Vorschein. Er verkündete, sein Name sei Detective Horace A. Rivetz. Ich nannte ihm meinen.

Der Hörer lag noch immer neben dem Telefon auf dem Tisch. Rivetz ging dicht an mir vorbei und hob ihn auf. Zu meiner Verblüffung meldete sich am anderen Ende noch jemand. Rivetz stellte eine Menge Fragen und sagte sechzehnmal: »Ich verstehe.«

Schließlich sagte er: »Okay, Mr. Devlin. Sie gehen jetzt nach Hause? Gut. Morgen wird sich jemand von der Polizeistation Fairfax bei Ihnen melden. Gleich morgen früh. Sagen Sie mir die Telefonnummer noch einmal. Vielen Dank, Mr. Devlin.«

Er legte auf und sah mich mürrisch an. »Also, Mr. Cobb, Mr. Devlin sagte mir, Sie hätten die Leiche gefunden.«

Ich gab es zu.

»Ich muß Sie über Ihre Rechte belehren«, fuhr er fort. »Sie sind zwar nicht verhaftet, aber ich nehme Sie als Zeugen in Gewahrsam. Auf dieser Grundlage verlese ich Ihnen Ihre verfassungsmäßigen Rechte.« Rivetz stammte aus Flatbush, das hörte man. Im allgemeinen gilt der Dialekt als lustig, aber in diesem Fall fehlte mir jeder Sinn für Komik. Er machte sich nicht einmal die Mühe, drohend zu wirken, er war einfach nur angeödet. Daß ein Polizist mich allein neben einer Leiche fand und ihn das lediglich anödete, erschreckte mich.

Er brauchte mir meine Rechte nicht zu verlesen, er leierte sie auswendig herunter. Ich sagte ihm, daß ich kein Verlangen nach einem Anwalt hatte und vorläufig auf mein Recht zur Aussageverweigerung verzichtete. Ich wollte ihm nämlich eine Lüge auftischen und es so schnell wie möglich hinter mich bringen.

»Was ist passiert, Mr. Cobb? Mit Ihren eigenen Worten.«

Ich liebe diese Phrase seit jeher. Wessen Worte sollte ich sonst schon nehmen? Die Sache war schließlich nur mir passiert und sonst niemandem.

Ich erzählte Rivetz die ganze Story, allerdings mit ein paar kleinen Korrekturen. Den Inhalt des Telefonats zwischen Vincent und mir begradigte ich leicht, damit Walter Schicks Name aus dem Spiel blieb. Es gab zwar keinen Grund mehr, Devlin außen vor zu lassen, aber ich erwähnte weder seinen heftigen Wunsch, nichts damit zu tun zu haben, noch unser intimes Rendezvous am Donnerstag.

Ich erklärte Rivetz, daß ich den Verstorbenen noch nie gesehen hatte, daß aber eine gemeinsame Freundin (Monica) ihm meinen Namen genannt und ihm geraten hatte, sich bei seinem Aufenthalt in New York an mich zu wenden. Und das hatte er getan.

»Er wollte über irgend etwas mit mir reden und bestellte mich für acht Uhr hier ins Hotel. Als ich herkam, lag er auf dem Fußboden, und irgend jemand gab mir einen Schlag auf den Kopf (sehen Sie die Beule?). Ich war zehn bis zwölf Minuten weggetreten. Das Telefonklingeln hat mich aufgeweckt.«

»Wann sind Sie hergekommen? Zum Hotel, meine ich.«

»Kurz vor acht.«

»Sind Sie sicher, daß es nicht ein bißchen eher war? Hatten Sie nicht noch Zeit für einen Drink oder eine Zigarette?«

»Ich bin ganz sicher. Fragen Sie den Portier. Mit dem habe ich mich unterhalten.«

Rivetz versicherte mir, das werde er tun, aber seinem Tonfall und seiner Mimik entnahm ich, daß Spot sich wohl selbst Frühstück machen mußte. Zugegeben, meine Geschichte war ein bißchen dürftig.

Während ich mit Rivetz sprach, waren weitere Kriminalbeamte eingetrudelt, in ihrem Schlepptau Fotografen und Leute von der Spurensicherung. Die ganze Zeit waren sie still im Zimmer herumgehuscht. Unmittelbar vor der Frage nach dem Drink und der Zigarette war einer von ihnen zu uns herübergekommen und hatte Rivetz etwas ins Ohr geflüstert.

Rivetz stand auf und sagte: »Kommen Sie mit, Cobb, ich möchte, daß der Lieutenant sich mit Ihnen unterhält.«

»Bin ich verhaftet?« fragte ich. Es interessierte mich einfach.

»Legen Sie es darauf an?«

Ich folgte ihm. Er fuhr mit mir in einem zivilen PKW zum Morddezernat New York Süd und ließ mich in einem in schorfigem Apfelgrün gestrichenen Raum auf einer wackligen Holzbank warten, während er im Büro des Lieutenants verschwand. Es wimmelte von Polizisten, die mich im Blick behielten, nur für den Fall, daß ich aus lauter Verzweiflung das Weite suchen wollte.

Ich wartete viel länger, als ich gedacht hatte, und das war vermutlich der Sinn der Übung. Schließlich wurde ich aufgerufen und zum Büro des Lieutenants gebracht.

Wenn Sie je die Wahl zwischen Glück und Verstand haben, wählen Sie grundsätzlich Glück. Ich hatte mich auf meinen Verstand verlassen, aber das hatte mir überhaupt nichts eingebracht. Jetzt winkte mir das Glück in Gestalt von Detective Lieutenant Cornelius U. Martin, Jr.

Ich hatte mich nie zuvor so sehr gefreut, jemanden wiederzusehen. Ich wußte zwar, daß er beim Morddezernat war, aber ich hatte nicht damit gerechnet, daß er mit dem Fall zu tun haben würde. Dafür gibt es viel zu viele Lieutenants.

Selbst im Sitzen strahlte er ungeheuer viel Kraft und vor allem Hartnäckigkeit aus. Er wirkte wie ein brauner Berg mit weißem Schneegekräusel auf dem Gipfel. Er sah mich mit seinem breiten, ehrlichen Gesicht an und sagte: »Was hast du dir denn da wieder eingebrockt, Matty?«

Rivetz war fassungslos. »Sie kennen diesen Kerl, Lieutenant?«

Er kannte mich nicht nur, sondern er hatte mich praktisch

großgezogen. Vor über zwanzig Jahren war der damalige Streifenpolizist Martin mit seiner Familie in die Wohnung nebenan gezogen und hatte damit die Nachbarschaft in Aufruhr versetzt. Viele Familien zogen weg, aber da wir uns das nicht leisten konnten, bissen meine Angehörigen die Zähne zusammen und machten das Beste daraus.

Und das Beste erwies sich als verdammt gute Sache. Die Martins waren der schlagende Beweis für etwas, das Weiße und Schwarze offenbar nur mühsam kapieren: Leute sind einfach nur Leute, und die Martins waren eben unglaublich nette Leute. So wurden die Cobbs und die Martins die dicksten Freunde, die man sich vorstellen kann.

Der Sohn des Lieutenants, Cornelius U. Martin III., und ich waren als Kinder unzertrennlich. An der High School machten wir regelrecht Furore als eingespieltes Basketballduo. Corny schaffte den Sprung in die All City-Mannschaft und machte sich in der National Basketball Association einen Namen. Inzwischen arbeitet er als Trainer an einem College im mittleren Westen.

Hätte Lieutenant Martin mir als erster gegenüber gestanden, wäre die Sache wahrscheinlich völlig anders gelaufen. Vermutlich hätte ich ihm alles erzählt und ihn um Rat gefragt, aber ich wußte nur zu gut, daß ich jetzt diese blöde Lüge zu Protokoll gegeben hatte und darauf festgenagelt werden konnte. Als ich ihm die Story nun nochmals auftischte, ließ ich deshalb alles genauso wie beim ersten Mal.

Als ich fertig war, sagte der Lieutenant: »Matty, ich glaube dir kein Wort.«

Kapitel 4

»Wenn man's am wenigsten erwartet, ist man dran …«
– Titelsong, »Candid Camera« (CBS)

Meine Stimme neigt dazu, im unpassendsten Moment zu versagen. »Was?« krächzte ich.

»Ich glaube dir kein Wort. Ich glaube nicht, daß du dich in dem Loch da mit einem Mann treffen wolltest, nur weil er den Namen einer früheren Freundin fallengelassen hat. Das wäre nämlich dumm von dir gewesen, Matty, und dumme Kinder hat deine Mutter nicht in die Welt gesetzt.«

Ich wollte eine Antwort stammeln, aber er schnitt mir das Wort ab.

»Hör auf, Matty. Ich habe ein paar Berichte erhalten, die ich mir noch etwas genauer ansehen muß. Ich schlage vor, du wartest rund zwanzig Minuten vor der Tür, während ich sie lese.« Er sah mich warnend an. »Überleg dir gut, was in den Berichten drinstehen könnte, Matty.«

Rivetz brachte mich nach draußen. Die Wogen meines Verfolgungswahns erreichten ungeahnte Rekordmarken. Wovon zum Teufel redete er? Wieso ich? Ich merkte schon, nur mit ein paar lilafarbenen Jellybeans stand ich das nicht durch. Ich bat Rivetz, mich zum Süßigkeitenautomaten zu begleiten, und kaufte mir zwei Marsriegel und ein Snickers.

»Sie sind wohl 'n ganz Süßer, wie?« fragte Rivetz, als sei das ein sicheres Indiz für die Veranlagung zum Mörder.

»Nein. Ich bin Diabetiker und will mich umbringen.«

»Früher oder später«, versprach er, »wird Ihnen das Lachen schon noch vergehen.« Damit war die Konversation zwischen uns beendet.

Der Lieutenant war überpünktlich. Nach meiner Armbanduhr hatte ich exakt neunzehn Minuten und sechsundfünfzig Sekunden im Flur gesessen.

»Zigarette, Matty?« fragte er mich, während ich mich setzte.

»Sie wissen doch, daß ich nicht rauche, Mr. M.« sagte ich.

»Ach ja, hatte ich vergessen.« Er steckte sich selbst eine an und blies den Rauch in meine Richtung. Ich konnte nicht sagen, ob er auf mich zielte oder auf Rivetz, denn der Flatbush-Flegel klebte an mir wie eine Klette. Wahrscheinlich hatte er Angst, ich könnte eine Uzi hinterm Ohr hervorziehen und mir den Weg freischießen.

Lieutenant Martin bat mich, meine Fingerabdrücke nehmen zu dürfen. »Natürlich nur zum Vergleich«, erläuterte er. Mir war klar, daß er meine Erlaubnis dazu gar nicht brauchte, und ihm war klar, daß mir das klar war. Ich fragte mich, was das Ganze sollte.

»Aber sicher, nur zu«, sagte ich. Ich brauchte nirgendwo hinzugehen, der Mann von der Spurensicherung kam zu uns ins Büro.

Als er fertig war, ging das Verhör weiter.

»Sie waren wohl sehr gut befreundet mit dieser Teobaldi, nicht wahr, Cobb?« Als kostenlose Zugabe beglückte mich Rivetz mit einem anzüglichen Grinsen.

»Ja«, sagte ich.

»Haben Sie mit ihr geschlafen?«

Er versuchte, mich aus dem Gleichgewicht zu bringen, und machte seine Sache auch gar nicht schlecht. Aber das hätte ich mir um keinen Preis der Welt anmerken lassen.

»Ab und zu«, sagte ich.

»Wann haben Sie sie zuletzt gesehen?«

»Das ist etwas über zwei Jahre her.«

»Seitdem nicht mehr? Warum nicht?«

»Sie hat geheiratet.«

»Sie ist inzwischen geschieden. Seit über sechs Monaten wohnt sie wieder hier in New York.«

»Davon habe ich gehört«, sagte ich und wandte mich zum Lieutenant um. »Worauf will er hinaus?«

Lieutenant Martin sah mich ernst an. »Nach Auskunft von Devlin war Charles Vincent nicht der richtige Name des Toten.«

»So?«

»Er sagt, in Wirklichkeit hieß er Vincent Carlson.«

»Heiliger Strohsack«, sagte ich.

»Und Vincent Carlson war der geschiedene Mann von Monica Teobaldi.«

An die folgenden Sekunden erinnere ich mich wie an einen Comicstrip. Schluck! Keuch! Gurgel! Dann begriff ich, daß ich mich damit erst recht verdächtig machte, und zwang mich, Martin nicht mehr anzuglotzen.

»Willst du deine Geschichte jetzt richtigstellen, Matty?« fragte der Lieutenant.

Sollte ich? Ich entschied mich für nein. Die Neuigkeit, daß der Tote Monicas Ex-Mann war, klang nicht gut für Matt Cobb, aber ich hatte den Eindruck, daß es für das Network keinerlei Unterschied ausmachte. Andererseits würde es mir angesichts der Fakten nichts nützen, wenn ich jetzt das Network ins Spiel brachte. Also winkte ich dankend ab.

Der Lieutenant sagte, in diesem Fall könne ich ja ein Vernehmungsprotokoll unterschreiben, und ich willigte ein. Eine Stenotypistin tippte meine Aussage, ich las sie durch und unterschrieb, womit ich den Sünden meiner schwarzen Seele noch eine Falschbeurkundung hinzufügte.

Aber schließlich stand meine Zukunft auf dem Spiel. Meine wesentliche Aufgabe war es, das Network zu schützen. Wenn es irgendeine Verbindung zwischen Walter Schick und dem Mord gab, dann war ich verpflichtet, die Bombe zu finden und zu entschärfen, bevor sie auf den Titelseiten der Regenbogenpresse hochgehen konnte. Wenn ich die Kuh vom Eis schaffen konnte, um so besser. Wenn ich die Sache aber vermasselte, war ich ohnehin in der Branche unten durch, und dann war es im Gefängnis immer noch gemütlicher als im Obdachlosenasyl. Zumindest sauberer.

Der Lieutenant wies Rivetz an zu prüfen, was der Tote in den Stunden vor dem Mord gemacht hatte. Als er weg war, wandte der Lieutenant mir sein breites, ehrliches Gesicht zu. Schlaglichtartig sah ich wieder vor mir, wie er Corny und mich im Keller mit einem Playboy-Heft erwischt hatte. »Ich hoffe, du weißt, was du tust, Matty«, sagte er bedrückt.

»Ich auch«, sagte ich.

»Ich weiß, daß du den Mann nicht getötet hast, Matty.«

»Danke. Aber sprechen Sie jetzt als Mr. M. oder als Lieutenant Martin?«

»Sowohl als auch. Herrgott noch mal, ich kenne dich seit deinem sechsten Lebensjahr. Aber es gibt auch Indizien, die gegen dich als Täter sprechen.«

Ich fragte ihn, was für Indizien.

»Das geht dich nichts an. Wenn sie dich entlasten, deuten sie vielleicht auf jemand anders. Deine Story stinkt zum Himmel, Matty. Und Rivetz, tja ...«

Er beendete den Satz nicht, aber ich wußte auch so, was er meinte. Rivetz dachte, ich würde ihm über kurz oder lang ins Netz gehen. Die Aufklärung eines Mordfalls macht sich gut in der Personalakte. Der Gedanke, ich könnte es vielleicht nicht gewesen sein, gefiel Rivetz ganz und gar nicht. Er würde zwar nicht direkt versuchen, mir etwas unterzuschieben, aber er würde bei jedem Indiz akribisch nach Anhaltspunkten suchen, die mich belasteten.

Lieutenant Martin drohte mir mit dem Finger. »Eins noch, Matty. Ich bin dein Freund, aber ich bin auch Polizist. Wenn du mich anlügst, dann bringe ich dich hinter schwedische Gardinen. Du bist zu groß, als daß ich dir noch den Hintern versohlen könnte.«

Ich mußte unwillkürlich lächeln.

»Das tue ich wirklich«, sagte er. »Es würde mir weiß Gott keinen Spaß machen, aber ich würde es tun. Bei Cornelius wäre es genau das gleiche.«

»Ach was«, sagte ich. »Sie würden ihm den Hintern versohlen und ihn dann in den Knast stecken.«

Er lachte. Ich fühlte mich gleich erheblich besser. »Na los, verschwinde von hier. Soll dich jemand nach Hause bringen?«

»Nein, danke. Ich gehe davon aus, daß Sie jemanden zu Monica Teobaldi geschickt haben.«

»Ja. Sie war mit ihrem Freund und einem meiner Leute in der Leichenhalle und hat den Toten identifiziert. Sie bestätigt deine Story, was das auch heißen mag. Ihr könntet das ja alles vorher verabredet haben.«

»Das ließe aber auf eine hohe kriminelle Energie schließen«, sagte ich mit todernster Miene.

»Allerdings, und ich wüßte auch, wo ich die notfalls finde.« Er kratzte sich am Kopf. »Weißt du, ganz egal, in welchem Dezernat ich arbeite, früher oder später flattert mir ein Fall auf den Tisch, in dem du drinhängst. Es macht wirklich keinen guten Eindruck, wenn man dauernd gegen die Bälger der Nachbarn ermitteln muß.«

»Das liegt wahrscheinlich an unser beider Job, denke ich.«

»Warum suchst du dir dann nicht einen anderen? Werd doch endlich Englischlehrer, wie du es immer vorhattest.«

»Das liegt an meiner Geldsucht«, sagte ich. »Ich muß von Woche zu Woche die Dosis erhöhen.«

Er lachte wieder.

Ich wurde ernst. »Ihnen ist doch klar, daß ich von hier aus direkt zu Monica Teobaldi fahre, oder?«

»Davon gehe ich aus«, sagte er ruhig.

»Okay. Ich will nicht um den heißen Brei herumreden. Erzählen Sie dem Typ, der mich beschatten soll, daß ich bei ihr bin, für den Fall, daß er mich verliert. Und sagen Sie das auch dem Typ, der an Monicas Fersen klebt.«

Er lachte. »Du wirst keinen Beschatter sehen, Matty«, versicherte er. »Aber du verläßt auf keinen Fall den Staat New York, ist das klar?«

»Klar.« Wir gaben uns die Hand, und ich ging.

Als allererstes brauchte ich ein Telefon. An der Ecke stand eine Zelle, aber der zerstörungssichere Apparat war samt Schnur herausgerissen und entwendet worden. Ich konnte den Monteur der Telefongesellschaft triumphierend sagen hören: »Sehen Sie? Zerstören konnten sie ihn nicht!«

Die zweite Telefonzelle schluckte kommentarlos meine Münze. Der Polizeiarzt hatte mir gesagt, die Beule an meinem Kopf sei nicht weiter schlimm, aber sie tat ziemlich weh. Mit wachsendem Zorn begann sie zu pochen. Ich holte tief Luft, hielt den Atem an und marschierte weiter.

Die nächste Telefonzelle war mit einem Apparat ausgestattet, bei dem man zuerst hören konnte, ob er überhaupt funktionierte, bevor man eine Münze einwarf. Ich finde, diese Dinger sollten gesetzlich vorgeschrieben werden.

Ich warf also meine Münze ein und rief beim Lokalsender des Networks an.

»Nachrichtenredaktion.« Das Wort kam knapp und klar aus dem Hörer und wurde mit einem Anflug von Stolz intoniert, genau wie ich es selbst seinerzeit auch ausgesprochen hatte.

»Jack Hansen bitte.« Jack Hansen war ein früherer Polizist und mittlerweile Gerichtsreporter, der jede Menge Preise gewonnen hatte und dessen Quellen ergiebiger waren als die des Mississippi. Das einzige Problem im Umgang mit ihm war seine sagenhafte Integrität als Journalist. Die Abteilung Sonderprojekte hatte gelernt, ihn niemals auf Dinge anzusetzen, die man nicht auch öffentlich über den Sender gehen lassen konnte.

»Jack Hansen.«

»Matt Cobb hier, Tag, Jack.«

»Ach, hi, Matt! Sag an, wie kann ich dir den Tag vermiesen?«

»Hast du von dem Mord heute abend im Hotel Cameron gehört?«

»Ja. Ich bin vor fünf Minuten mit dem Aufnahmeteam reingekommen. Im Moment schneiden wir das Material für die Elfuhrnachrichten.«

Ich sah auf die Uhr. »Keine Sorge, du hast noch achtunddreißig ganze Minuten. Du arbeitest doch unter Zeitdruck sowieso am besten.

Du mußt mir einen Gefallen tun, Jack. Sieh dir diese Sache genauer an. Überprüf vor allem diesen Vincent Carlson. Vielleicht kannst du rauskriegen, was die Bullen dazu meinen, und mich auf dem laufenden halten, ja?«

»Hm«, machte er. »Ist da eine Story drin?«

»Vielleicht«, räumte ich ein. »Was du ausgräbst, kannst du natürlich verwenden ...«

»Tu ich sowieso«, murmelte er.

»... aber vielleicht könntest du ein Weilchen darauf hockenbleiben, dann serviere ich dir nämlich möglicherweise später ein richtig dickes Ei.« Mir fiel noch etwas ein. »Ach, übrigens, Jack: Wer hat die Leiche eigentlich gefunden?«

»Ein Freund des Toten. Den Namen rücken die Bullen nicht raus.«

Die Jungs waren in Ordnung, fand ich.

»Bis wann brauchst du das alles, Matt?«

»Möglichst bis gestern. Du kannst mich jederzeit anrufen, entweder zu Hause oder im Büro. Ich will es nicht aus dem Fernsehen erfahren, hörst du?«

Das versprach er mir.

Ich verließ die Telefonzelle. Nach gut hundert Metern fand ein vages Gefühl des Unbehagens in meinem Gehirn die richtige Synapse und entfaltete sich zu einer echten Wahrnehmung. Jeder meiner Schritte wurde von einem leisen Echo begleitet. Jemand beschattete mich. Als ich erst einmal wußte, daß er da war, konnte ich ihn mühelos anhand der nächtlichen Spiegelungen in den Windschutzscheiben entdecken.

Ich war beleidigt und wütend auf Lieutenant Martin, bis mir einfiel, daß er lediglich gesagt hatte: »Du wirst keinen Beschatter sehen.« Er hatte also nicht gelogen, sondern lediglich meine Beobachtungsgabe unterschätzt. Der Typ war obendrein ein merkwürdiges Exemplar, viel zu kurz geraten für einen Polizisten. Offenbar hatte er auch noch gefehlt, als das Beschatten durchgenommen wurde. Hätte er nicht jedesmal angehalten, wenn ich eine Telefonzelle ausprobierte, wäre er mir gar nicht aufgefallen.

Ich beschloß, ihn abzuhängen, schon um Lieutenant Martin beizubringen, daß man mit einem Beinahe-Englischlehrer keine Wortspiele treibt. Außerdem wollte ich Shorty ein bißchen Nachhilfe erteilen.

Ich ging mit gleichmäßigen Schritten zu einem Abfalleimer an der nächsten Ecke und warf ein Bonbonpapier weg, das ich in der Jackentasche gefunden hatte. Dann bog ich um die Ecke und rannte los wie der sprichwörtlich geölte Blitz. Ich machte mir keine Mühe, leise aufzutreten, denn ich wollte, daß er ebenfalls losrannte.

Etwa in der Mitte des Häuserblocks tauchte ich in die Eingangshalle eines kleinen Apartmenthauses ab. Von meinem Platz hinter der Glasscheibe aus sah ich ihn vorbeirennen. Er lief bis zur nächsten Ecke, sah nach beiden Seiten und rannte schließlich in nordöstlicher Richtung weiter. Ich wartete eine Weile ab, um ihm einen ordentlichen Vorsprung zu geben, und ging ihm dann selbst eine Weile nach. Schließlich winkte ich mir ein Taxi heran und ließ mich zu Monicas Wohnung fahren.

Kapitel 5

»Kehren Sie nun mit uns zurück zu den aufregenden Ereignissen von einst ...«
– Fred Foy, »The Lone Ranger« (ABC)

In der Eingangshalle von Monicas Apartmenthaus gab es eine Gegensprechanlage, aber ich wollte nicht direkt bei ihr klingeln. Vielleicht ließ sie mich nicht herein, sei es, weil sie nicht allein war oder weil sie etwas zu verbergen hatte.

Ich wandte einen alten Einbrechertrick an, den ich von Lieutenant Martin gelernt habe. Ich drückte irgendeinen Klingelknopf. Als eine Stimme fragte, was ich wollte, antwortete ich: »Es geht um Joey.«

Jeder Amerikaner kennt irgendeinen Mann namens Joey, und die Chancen stehen ziemlich gut, daß jemandem sein Joey so viel bedeutet, daß er neugierig wird. Nach acht Anläufen meldete sich die Bewohnerin von Apartment 11G: »Was wollen Sie denn von Joey?«

»Es ist wegen der Bank«, sagte ich. »Ist ein bißchen kompliziert.«

»Ach, du liebes bißchen!« Das Schloß summte, die Tür sprang auf.

Der Trick funktioniert immer. Die Banken können sich ein kundenfreundliches Image geben, wie sie wollen, die Leute hassen und fürchten sie trotzdem. »Es ist wegen der Stromrechnung« funktioniert übrigens genauso gut, aus denselben Gründen. Der Joey von Apartment 11G tat mir ein bißchen leid, denn ich konnte mir gut vorstellen, was für Fragen bald auf ihn herabprasseln würden.

Die Flure in dem bildschönen Gebäude waren passend zum königsblauen Teppichboden in Blau und Gold gestrichen. Hätte der Architekt etwas weniger Geld für die Ästhetik und statt dessen etwas mehr für die Sicherheit ausgegeben, wären unerwünschte Eindringlinge wie ich gar nicht erst reingekommen.

Ich überlegte einen Augenblick, bevor ich Monicas Türklingel betätigte. Ich fühlte mich wie ein Kunstspringer oben auf einer Klippe, der zum Wasser tief unter sich hinunterspäht. Ich klingelte. Im Innern des Apartments erklangen die ersten Töne von Nat King Coles »Nature Boy«, doch sonst geschah nichts. Ich wartete fünfzehn Sekunden und versuchte es dann mit Klopfen.

»Nicht schon wieder!« Die Männerstimme klang gereizt. »Moment!«

Ein paar Sekunden später öffnete sich die Tür und ein Muskelmann mit rotem Schnauzbart sagte: »Also ehrlich, könnt ihr sie denn nicht in Ruhe lassen? Sie hat euch doch schon zigmal gesagt, daß sie ihren Ex seit dem Sommer nicht mehr gesehen hat.«

Er stand barfuß und mit nacktem Oberkörper vor mir, dazwischen trug er eine kanariengelbe Hose. So jung wie er wirkte, war er wohl nicht, denn sonst hätte ich ihn nicht halbnackt in Monicas Apartment angetroffen. Ich schätzte ihn auf zweiundzwanzig.

»Tut mir leid«, sagte ich beflissen. »Reine Routine.« Wenn er mich partout für einen Bullen halten wollte, wollte ich ihn nicht enttäuschen.

»Also schön«, sagte er. »Kommen Sie rein. Aber es bleibt dabei: Wir waren den ganzen Abend zusammen. Den ganzen Tag.«

Um ein Haar hätte ich meine Tarnung selbst auffliegen lassen, als ich an der Wand einen alten Bekannten sah, ein Bild, das ich Monica Jahre zuvor geschenkt hatte. Ein lachendes Clownsgesicht, das mir jetzt gar nicht mehr so fröhlich vorkam.

Ich setzte mich im Wohnzimmer auf die Couch, während mein neuer Freund mit einem Korbsessel vorliebnehmen mußte, obwohl das für seinen nackten Rücken sicher kein reines Vergnügen war. Er war jedoch zu wohlerzogen, um sich darüber zu beklagen, vor allem gegenüber einem Polizisten.

Die Schlafzimmertür öffnete sich einen Spalt breit, und Monica streckte den Kopf zu uns heraus. Ihren bildhübschen Kopf mit dem lohfarbenen Haar. »Ich bin in einer Minute soweit, Herr Inspek… Matt!«

Ihrem Gesichtsausdruck nach zu urteilen war meine Befürchtung, sie könnte mich wegschicken, völlig grundlos gewesen. »Ich bin sofort soweit. Unterhalte dich solange mit Tony.«

Ohne ein Wort zu sagen, stand Tony auf und goß Drinks ein.

»Bourbon und Seven-Up«, sagte ich und lächelte ihn strahlend an. »Nett, Sie kennenzulernen, Tony!«

Er reichte mir den Drink. »Auch so«, sagte er und ließ sich erneut im Korbsessel nieder.

Mit seiner penetranten Freundlichkeit fiel er mir glatt in den Rücken. Nur zu gern hätte ich meine Zweifel, Angst und Frustration (ganz zu schweigen von meiner Wut über die Beule an meinem Schädel) an irgend jemandem ausgelassen, und Tony besaß gerade die richtige Größe und Breite, um als Zielscheibe in Frage zu kommen. Außerdem wirkte er auf mich wie ein Macho, der einen gut plazierten rechten Schwinger problemlos wegstecken würde.

»Kennen Sie Monica schon lange?« fragte ich so aggressiv wie möglich.

Es perlte an ihm ab. Er taxierte mich. Freundlich, aber aufmerksam. Ich ließ ihn gründlich Maß nehmen.

»Sie sind also Matt Cobb, hm?« sagte er schließlich.

Ich war geständig.

»Sie sind jünger, als ich dachte.«

»Sie auch, wo wir gerade davon reden. Ich bin genauso alt wie Monica.«

»Ja, aber sie sieht in Ihnen so was wie einen Übervater, wissen Sie? Deshalb hatte ich Sie für älter gehalten. Außerdem meinte sie, Sie sähen ausgesprochen gut aus.« Sein Tonfall ließ erkennen, daß er anderer Ansicht war.

»Wieso haben Sie beide überhaupt über mich gesprochen?« fragte ich.

»Sie würden staunen, wie viele Dinge Monica an Sie erinnern, allein schon bei der Arbeit im Studio. Wenn die Serie bei Ihrem Network produziert würde, dann hätte sie wahrscheinlich gar keine andere Platte mehr drauf.«

Ich sagte ihm, daß ich seine Toleranz bewunderte.

Er legte den Kopf in den Nacken und sah mich über seinen Schnäuzer hinweg an. »Ach ja. Ist schon Scheiße, kann ich Ihnen sagen. Eine andere Frau dürfte das nicht mit mir machen, aber Monica ist was Besonderes. Sie hat was an sich … Sie könnte ein Nazi sein – das würde gar nicht zu ihr passen, aber trotzdem, wenn sie es wäre, dann würde es mir nichts ausmachen. Wieso, weiß ich auch nicht.«

Ich wußte es, denn ich kannte sie länger als er. Ich kannte aber auch ihre schlechten Seiten. »Warum erzählen Sie mir das?« fragte ich.

»Aus Neugier. Ich will wissen, warum ein Mädel – eine Dame wie Monica so an einem Kerl hängt. Vor allem interessiert mich aber, was den Kerl davon abhält, mit ihr zusammenzusein. Sind Sie 'n warmer Bruder oder so?«

Der Takt in Person. »Nein«, sagte ich müde. »Im Gegenteil, derzeit ist mir sogar eher kalt.« Meine Kampflust war verraucht, ich war nur noch erschöpft.

Tony reagierte nicht auf den Witz. »Ich glaube es ja auch nicht. Aber woran liegt es dann? Warum meiden Sie sie?«

»Die Geschichte ist zu lang und zu traurig. Ich erzähle sie Ihnen ein andermal.«

Wie auf ein Stichwort betrat Monica in diesem Augenblick den Raum. Sie hatte einen pastellfarbenen Pyjama mit Blumenmuster an, dessen edler Stoff sich weich an ihren Körper schmiegte. Sie sah hinreißend aus.

Sie sagte: »Tag, Matt.«

»Wir müssen etwas besprechen, Monica.«

Tony sagte: »Tja, also, ich werd mich dann mal auf den Weg machen«, und ging ins Schlafzimmer, um sich anzuziehen. Ich saß da und sah Monica an.

Bestimmt haben Sie Monica Teobaldi schon einmal gesehen. Sie war Schauspielerin und Tänzerin, damals noch mit mäßigem Erfolg, aber auf dem Weg nach oben. Ihre Karriere bestand aus denselben Zutaten wie bei den meisten mäßig erfolgreichen New Yorker Schauspielerinnen: Broadway, Seifenopern und Werbung.

Sie hatte ein Engagement am Broadway hinter sich und wartete auf den Beginn des nächsten, spielte jedoch gerade eine der bedeutenderen Rollen in einer neuen Seifenoper bei einem anderen Network und drehte nebenbei eine Menge Werbespots.

Sie war hochgewachsen und schlank, aber keineswegs mager, und sie bewegte sich mit einer anmutigen Geschmeidigkeit, wie sie nur Rassepferde und Tänzerinnen an sich haben. Ihr Gesicht war nicht im klassischen Sinne schön, wirkte jedoch dank ihrer unschuldigen Kulleraugen unwiderstehlich anziehend. Die Farbe dieser Augen war ein ganz, ganz helles, ins Bernsteingelbe spielende Braun, ihr Haar altgold. Ihre kleinen, aber perfekt geformten Brüste zeichneten sich unter dem geblümten Stoff ab.

Tony war fertig angezogen. Zu seiner gelben Hose trug er jetzt ein grünes Hemd und ein rotes Jackett. So unauffällig, wie es ihm in diesem Aufzug möglich war, ging er zur Tür.

»Tony«, rief Monica. »Danke für alles!«

Er errötete. »War mir ein Vergnügen, also, ich meine, es freut mich, wenn ich dir helfen konnte.«

Monica versicherte ihm, daß sie ihn schon richtig verstanden hatte. Er ging.

»Was ist er von Beruf?« fragte ich Monica. »Ein wandelndes Farbtestbild?«

Ihr Lachen hätte aus einem Solo von Herbie Mann stammen können. »Nicht direkt«, sagte sie. »Er ist neu im Drehteam, kommt frisch vom College. Er ist ausgesprochen talentiert und sehr professionell. Mach dich nicht über ihn lustig, Matt, er ist wirklich ein netter Junge.«

»Junge«, sagte ich, »ist das treffende Wort.«

»Mach mir keine Vorschriften, Matt.« Eine freundliche, aber deutliche Warnung. »Der Abend war nicht einfach für mich. Ich mußte die Leiche identifizieren. Tony war mir eine große Stütze.«

Und ein großer Trost, dachte ich, sprach es aber nicht aus. »Du trägst es offenbar mit Fassung.«

»Was soll ich deiner Meinung nach tun? Vince und ich sind schon seit Monaten auseinander. Ich habe versucht, ihn zu vergessen und bin davon ausgegangen, daß ich ihn nicht wiedersehe. Und dann so etwas …«

Irgend etwas an meinem Gesichtsausdruck gefiel ihr nicht. Ich hatte keine Ahnung, was es war, aber sie sah mich an und brach mitten im Satz ab. Ein paar Sekunden lang betrachtete sie interessiert ihre Nägel und strafte mich, indem sie den Blickkontakt mit mir vermied.

Schließlich sah sie hoch und sagte: »Es war ein Mord nötig.«

»Wie bitte?«

»Vince mußte erst ermordet werden, damit du mich besuchst.«

Ich hielt meinen Mund, denn ich befürchtete Schlimmes.

»Ich bin jetzt seit sechs Monaten wieder in New York, Matt. Du hast mich am Telefon abblitzen lassen und beantwortest meine Briefe nicht. Das sieht dir nicht ähnlich.«

»Du hast mir sehr weh getan, Monica.«

»Das war nicht meine Absicht.«

»Willst du behaupten, du hättest unabsichtlich einen anderen geheiratet?«

Darauf wußte sie nichts zu erwidern. Sie sah mich hilflos an.

Doch jetzt war ich nicht mehr zu bremsen. Zwei Jahre lang hatte ich auf diesen Moment gewartet. »Also gut. Carlson gefiel dir eben besser als ich. Okay. Damit kann ich leben, schließlich bin ich ein erwachsener Mensch. Aber nach allem, was wir uns einmal bedeutet haben, dachte ich, ich hätte etwas mehr verdient als bloß einen Anruf, nachdem schon alles vorbei war.«

Sie murmelte etwas.

»Was?«

»Ich sagte, ich hatte Angst, du würdest es mir ausreden.« Sie stand auf und begann, auf und ab zu gehen. Es war immer schwer zu sagen, wo die Schauspielerin aufhörte und die echte Monica anfing.

Sie starrte mich an. »Du hast mich nie gebraucht, Matt«, sagte sie anklagend. Ich wollte protestieren, aber sie schnitt mir das Wort ab. »Du bildest es dir vielleicht ein, aber es stimmt nicht. Du warst immer so … so verdammt gelassen. Ganz egal, was ich tat, es war dir alles recht, auch wenn ich mit anderen Männern ausging.

Vince brauchte mich. Mich oder irgendeinen anderen Menschen. Außerdem habe ich ihn geliebt.«

»Deshalb hast du dich auch von ihm scheiden lassen«, sagte ich grausam.

»Ja, das habe ich«, flüsterte sie. »Vince war spielsüchtig und schaffte den Absprung nicht. Ich versuchte, ihm zu helfen, ehrlich. Aber letztlich war es dann so, daß ich ihm nicht mehr half, sondern mich nur noch selbst zerstörte. Damals fingen auch die Drohanrufe an.«

»Drohanrufe?«

Sie nickte. »Vince verspielte sein ganzes Gehalt, rührte aber mein Geld nicht an. Einmal sagte er, so viel Ehre hätte er immerhin noch im Leib. Er lieh sich Geld von Kredithaien, aber er verlor immer wieder.«

»Das ist eine Krankheit«, sagte ich lahm. Es war so, als liege ihr Mann im Sterben und ich versuchte, sie damit zu trösten, Krebs sei eben eine Krankheit.

»Dann kam ein Anruf«, sagte sie, ohne auf meinen Kommentar einzugehen. »Jemand sagte, ich solle meinen Ehemann einmal fragen, wie viele Engagements eine Schauspielerin wohl noch bekommt, wenn ihr Gesicht mit Säure verätzt ist.

Da habe ich ihn verlassen. Er hat keine Einwände gegen die Scheidung erhoben.« Sie versuchte sich nicht zu verteidigen, und ich verurteilte sie nicht. Es sagt sich so leicht, man selbst hätte in solch einer Situation mehr Mumm gehabt, aber wer weiß das schon?

Monicas Fehler war ein anderer gewesen. Sie hatte nicht begriffen, daß man einen Menschen nicht lieben kann, indem man ihn verändert. Entweder er ändert sich selbst aus Liebe zum anderen, oder der andere muß lernen, mit ihm zu leben, so wie er ist.

»Ich habe mir selbst etwas vorgemacht. Ich dachte, ich könnte für Vince stark sein«, sagte sie. »Dabei brauche ich selbst jemanden, der für mich stark ist. Ich hätte dich wirklich viel eher anrufen sollen, Matt.« Sie setzte sich neben mich auf die Couch und griff nach meiner Hand. »Ich glaube, du hättest mich vor einem schrecklichen Fehler bewahrt. Ich bin sicher, wir könnten immer noch gut miteinander auskommen.«

»Genau wie vorher?« fragte ich.

»Genau wie vorher«, sagte sie.

Ich dachte darüber nach. Ich kannte Monica gut genug, um ihr die Heirat mit Carlson nicht zum Vorwurf zu machen. Sie war eben hoffnungslos romantisch veranlagt und hätte sich nie und nimmer die Chance entgehen lassen, einen Mann vor sich selbst zu retten, wie sie es aus Filmen kannte. Wenn man überhaupt irgend jemandem einen Vorwurf machen konnte, dann dem Theaterkritiker der New York Times. Hätte er sie nicht so über den grünen Klee gelobt, wäre ihr niemals das Gastspiel bei den Capitol Players angeboten worden. Also wäre sie nie nach Washington gefahren und hätte Carlson gar nicht erst kennengelernt.

Ich liebte Monica, aber ich konnte sie nicht ändern. Ich war jedoch auch nicht mehr bereit, Verrenkungen zu machen, damit sie in mir den Mann sehen konnte, der sie glücklich machen sollte, nämlich das ruhige, starke Vaterbild, von dem Tony gesprochen hatte. Himmelherrgott, ich übernehme ja nicht einmal für mich selbst gern die Verantwortung.

Das Grübeln brachte meinen Schädel wieder zum Pochen. »Hast du ein Aspirin da?«

Sie nahm ihre Hand weg. Ihre Stimme troff vor Selbstironie. »Heute abend nicht, Schatz, ich habe Kopfschmerzen.«

»Heute abend nicht, Schatz, ein Mörder hat mir mit einem Aschenbecher eins übergebraten.«

Sie entspannte sich. »Ich schaue nach, ob ich welches da habe.« Sie ging ins Bad. »Muß es unbedingt Aspirin sein?« rief sie.

»Irgendeine Kopfschmerztablette.«

»Midol?«

»Ich habe Kopfschmerzen, keine Menstruationsbeschwerden«, erwiderte ich. Das kam uns beiden plötzlich urkomisch vor.

Wir lachten noch immer, als sie mit zwei Tabletten und einem Glas Wasser zurückkam. »In meiner Handtasche waren noch ein paar Aspirin«, erklärte sie, als ich die Tabletten mißtrauisch beäugte.

Ich zuckte die Achseln und schluckte die Tabletten herunter. »Was wollte Carlson mir erzählen, Monica?«

»Hast du der Polizei nicht etwas von einem Geschäftsabschluß erzählt?«

»Ich habe es behauptet, aber sie haben mich ausgelacht. Komm schon, Monica, er sagte was von Ärger für die ganze Branche.«

Sie riß ihre goldenen Augen auf. »Dann hast du die Polizei also doch angelogen?«

»Was wollte er mir erzählen?«

»Ich habe alles bestätigt, was du denen gesagt hast, weil ich dachte, Vinnie hätte dich hinters Licht geführt!«

»Verflucht noch mal, Monica, was wollte er mir erzählen?!«

»Schrei mich nicht an. Außerdem weiß ich es nicht.«

»Ich bitte dich, Monica! Du hast ihn zu mir geschickt. Jemand hat ihn umgebracht. Die Polizei weiß, daß wir früher miteinander gegangen sind, und einige der Bullen sind der ziemlich festen Überzeugung, ich hätte es getan!«

Hätte ich sie geohrfeigt, wäre ihr Gesichtsausdruck exakt derselbe gewesen. »Aber ... Das ist doch lächerlich!«

»Wirklich? Sieh dir die Sache mal aus deren Perspektive an. Ein toter Ehemann, der Ex-Freund der Ex-Frau neben der Leiche. Die glauben doch, wir beiden steckten unter einer Dekke. Du hättest ihn dorthin gelockt und ich hätte ihn umgebracht.«

»Aber wieso?«

»Das laß deren Sorge sein. Bis morgen haben die siebzehn Theorien parat, was unser Motiv sein könnte.«

Sie holte tief Luft. Die Fakten leuchteten ihr ein, gefielen ihr aber keineswegs. »Und was sollen wir jetzt machen?« fragte sie.

»Beantworte mir ein paar Fragen, ja?« Sie willigte ein. »Erstens: Warum hat Carlson ausgerechnet mich angerufen und nicht etwa einen Gesetzeshüter? Er erwähnte das FBI. Wieso wußte er überhaupt von meiner Existenz? Wir sind uns nie begegnet.«

»Ich habe ihm von dir erzählt. Als ich ihn kennenlernte, ging ich noch mit dir. Ich ... ich habe viel von dir gesprochen.«

»Und was hat er dazu gesagt?«

»Eigentlich nicht viel. Jedenfalls erinnere ich mich nicht daran.«

»Und das ist alles? Nach zwei Jahren gerät er so in die Klemme, daß er zu guter Letzt deswegen umgebracht wird, und just in diesem Moment falle ich ihm wieder ein und er ruft mich an?«

»Nein, Matt«, sagte sie. Sie ergriff erneut meine Hand. »Im August, glaube ich«, begann sie, hielt dann inne und überlegte. Ihre oberen Schneidezähne bearbeiteten die Unterlippe. Bei ihr sah sogar das wunderhübsch aus.

»Ende Juli oder Anfang August, etwa einen Monat nach der Scheidung, habe ich ihn in einer Bar getroffen. Neben dem Spielen hatte er mittlerweile auch noch Alkoholprobleme. Er war total betrunken. Als er mich sah, fing er an zu weinen und wollte unbedingt mit mir reden.

Das war ich ihm immerhin schuldig. Er sagte, er wolle es eigentlich nicht tun ...«

»Was tun?«

Sie schüttelte den Kopf. »Das habe ich ihn auch gefragt, aber er wiederholte nur immer wieder, er tue es für mich.«

»Kannst du dich an seine genauen Worte erinnern?«

Sie verzog gequält das Gesicht, versuchte es aber dennoch.

»Er sagte: ›Ich will das nicht tun, aber ich muß das machen, das verstehst du doch, Zuckermaus?‹ Er nannte mich immer Zuckermaus.«

Ich hielt meinen Mund.

Sie fuhr fort: »Ich fragte ihn, wovon er redete, und er erklärte: ›Ich tu das für dich.‹ Und dann sagte er noch: ›Die Scheidung macht für diese Leute keinen Unterschied‹, oder irgend etwas in der Art. Ich sollte mir trotzdem keine Sorgen machen, meinte er.

Sorgen müsse nur er sich machen. Ich wollte wissen, weswegen, aber das wollte er nicht sagen. Er wurde todernst, du weißt ja, wie Betrunkene manchmal sein können, und sagte: ›Wenn ich das getan habe, Monica, kann ich nirgendwo mehr hin. Dann haben die mich allesamt restlos in der Hand. Die ganze Branche wird sich von mir abwenden.‹

Und dann sagte er noch: ›Zuckermaus, ich hoffe, so etwas passiert dir nie, daß du in Schwierigkeiten steckst und dich an niemanden wenden kannst.‹ Und dann sagte er: ›Das stimmt ja gar nicht, du hast ja immer noch deinen alten Freund, den edlen Ritter.‹ Er machte eine Bemerkung darüber, daß du ja auch in der Branche deine Brötchen verdienst.

Ich sagte ihm, das stimme nicht, aber wenn er so sehr in der Klemme sitze, sollte er doch Kontakt zu dir aufnehmen, weil du Dinge bewerkstelligen kannst, die sonst keiner schafft. Ich schrieb ihm deinen Namen und deine Telefonnummer auf.«

Ich schloß die Augen. »Du hast mich benutzt, Monica! Du wolltest dem armen Schlucker noch einmal so richtig eins überbraten, und ich sollte der Knüppel dazu sein. Und er hat tatsächlich auf dich gehört. Wenn er geradewegs zur Polizei gegangen wäre …« Den Rest des Satzes: »dann könnte er jetzt noch am Leben sein« verkniff ich mir. Monica verstand es auch so.

»Aber du bist wirklich derjenige, an den ich mich am ehesten wenden könnte! Ich weiß, du hast schon vielen Leuten geholfen. Hugh McFeeley hat mir erzählt, daß du als einziger in der ganzen Branche so aufrichtig bist, daß er dir vertraut, und obendrein so clever, daß du das Network sauberhalten und zugleich den armen Teufeln helfen kannst, die ihm in die Quere kommen.«

Carlson war ich eine schöne Hilfe gewesen, dachte ich.

Sie las in meinen Gedanken oder zumindest in meinem Gesicht. »Immerhin wolltest du dich mit ihm treffen, du hast es wenigstens versucht. Die Schuld trifft ganz allein mich.«

»Dich? Wieso? Du hast ihm achtzehn Monate deines Lebens geschenkt.«

»Ich meine später, diese Szene in der Bar. Ich hätte herauskriegen können, was er vorhatte. Er hat noch nie ein Geheimnis für sich behalten können, weder mir gegenüber noch sonst jemandem. Er redete gern und viel über seine Probleme, ich hätte es aus ihm herauskitzeln und ihn aufhalten können.

Aber das Ganze war mir peinlich, ich konnte gar nicht schnell genug aus der Bar wegkommen. Allein sein Anblick erinnerte mich daran, daß ich nicht stark genug war, dem Mann zu helfen, den ich liebte.« Die Tränen stiegen ihr in die Augen, aber sie riß sich zusammen.

»Weißt du«, sagte sie mit einem gequälten Lächeln, »irgendwie war er ein bißchen wie du.«

»Wie bitte?« fragte ich. Ich wollte wissen, was wir abgesehen von Monica noch gemeinsam hatten.

»Hingabe. Er liebte die Fernsehbranche, genau wie du. Aus ganzem Herzen. Als wäre sie seine Familie und seine Alma mater in eins.«

»Kennst du einen Mann namens Vern Devlin?« fragte ich.

»Nicht besonders gut. Er arbeitet in derselben Abteilung wie Vince.«

Da ich Vince nur als Toten gesehen hatte, kam mir die Gegenwartsform irgendwie seltsam vor. Ich unterdrückte ein Schaudern. »Was weißt du von ihm?«

»Nicht allzu viel. Er betreut die Wettgemeinschaft beim CRI und war ein paarmal mit Vince beim Pferderennen. Ich fand, er übte einen schlechten Einfluß auf Vince aus.«

»Aber die beiden haben sich trotzdem gut verstanden?«

»Ja, ich glaube schon. Vince hätte mir davon erzählt, wenn er mit ihm Streit gehabt hätte, er hat mir sonst ja auch alles erzählt.«

Mir fiel auf, daß ich etwas sehr Wichtiges nicht wußte. »Was hat dein Mann eigentlich genau beim CRI gemacht?«

»Er war verantwortlich für ARGUS.«

»ARGUS!« wiederholte ich verblüfft.

»Kennst du ARGUS nicht?« Sie hätte genausogut fragen können, ob ich denn noch nie von Jimmy Carter gehört hatte.

»Du meinst vermutlich nicht den alten Griechen mit den hundert Augen«, sagte ich.

Sie wirkte nachdenklich. »Das ist clever«, sagte sie. »Jetzt verstehe ich erst, worauf sich der Name bezieht. ARGUS ist der Computer, der für das Fernsehen die Einschaltquoten ermittelt. Die Abkürzung steht für Audience Research General Utilization System. Vince hat bei der Entwicklung des Geräts mitgearbeitet. Du weißt doch, daß es alle diese Fernseher gleichzeitig überwacht?«

»ARGUS. Hundert Augen, na klar«, sagte ich.

Monica sagte: »Noch was?«

»Ach, ja. Walter Schick. Sagt dir der Name irgend etwas?«

Sie dachte einen Augenblick nach. »War er nicht eine große Nummer beim Network, bei deinem, meine ich, kam aber ums Leben oder so ähnlich?«

»So ähnlich, stimmt. Woher kennst du ihn?« Sie würden staunen, wie wenig Schauspieler über die Fernsehbranche wissen.

»Ich glaube, Vince hat ihn ein paarmal erwähnt. Beim CRI gab es eine große Präsentation, als man den Sendernetzen ARGUS schmackhaft machen wollte, und ich glaube, bei der Gelegenheit hat Vince ihn kennengelernt. Schick war als Vertreter eures Networks dabei.«

»Wann war das?«

»Ach, kurz vor unserer Hochzeit. Du mußt doch wissen, seit wann dein Network ARGUS einsetzt«, sagte sie.

»Ja, schon, allerdings sprechen wir nicht von ARGUS, sondern einfach von den Quoten.« Ein grauenhafter Gedanke huschte durch mein Gehirn wie ein Silberfischchen auf der Suche nach einem Schlupfloch. Ich griff danach und sah ihn mir genauer an.

»Sag mal, Monica, spricht Devlin so?« Ich machte Devlins öligen Knödelbariton nach. Ich kann gut Leute nachahmen, und ich wollte sicher sein, daß ich mit dem echten Vern Devlin gesprochen hatte.

»Ziemlich genau so, ja!« sagte sie überrascht. »Wieso weißt du, wie seine Stimme klingt?«

»Ich weiß eine Menge Dinge, die ich lieber nicht wüßte, Möpschen.« Es rutschte mir einfach heraus. Ich hatte sie sehr lange nicht mehr Möpschen genannt. Ich hoffte, sie hätte es überhört, war mir aber zugleich sicher, daß sie es sehr wohl bemerkt hatte.

Ich stand auf und verabschiedete mich.

»Du willst doch wohl nicht gehen!« rief sie.

»Es ist gleich halb eins«, sagte ich, »und ich muß morgen ins Büro. Mir tut der Schädel weh, ich bin deprimiert und durcheinander. Ich brauche ein bißchen Schlaf.«

Sie war wütend. »Deinetwegen habe ich einen Mann aus meinem Bett geworfen!«

Die Hand auf der Türklinke, stand ich da und stellte mir die beiden großen Fragen des Lebens: »Warum gerade ich?« und »Was soll ich jetzt bloß tun?« Beide konnte ich nicht beantworten. Ich ließ die Klinke unschlüssig los und wandte mich zu ihr um. Sie stand da, die Hände in die Hüften gestemmt, mit weit aufgerissenen Augen und geblähten Nüstern.

Schließlich konnte sie sich nicht mehr halten und begann zu schluchzen, ihre Lippen bebten. Sie lief auf mich zu, drängte sich dicht an mich. Sie zitterte.

Ich nahm sie in die Arme. Sie sah zu mir hoch. Im Lampenlicht schimmerten goldene Tränen, als schmelze ihre Iris und tropfe über ihre Wangen hinab.

Ich küßte sie.

Zum Teufel mit allem, dachte ich. Zum Teufel mit dem Toten, mit dem Network und der Wahrheit über Walter Schick, wie auch immer sie lauten mochte. Ich hielt Monica wieder in den Armen und spürte ihre Zunge wieder wie feurigen Honig an meiner. Zum Teufel also mit den Quoten, Lieutenant Martin und meinetwegen auch Tom Falzet.

Aber bevor ich den Gedanken überhaupt zu Ende gedacht hatte, wußte ich schon, daß das alles Unsinn war und ich fort mußte. Die Liebe zu Monica war wie die Sucht nach Heroin. Man braucht den Stoff und weiß doch, er bringt einen letztlich um. Außerdem trug ich eine Verantwortung gegenüber all den Leuten, die ich gerade noch zum Teufel gewünscht hatte.

Es erforderte mehr Willensanstrengung, als ich mir zugetraut hätte, aber ich zwang mich, die Hände zu lösen und Monica sachte wegzuschieben. Sie zuckte zurück. Sie wirkte verletzt und verwundert.

Ich öffnete die Tür und ging. Ich verließ das Gebäude, lief in Richtung Broadway und fuhr von dort mit dem Taxi ins südliche Manhattan.

Kapitel 6

»Gut gemacht, Rinty!«
– James Brown, »Rin-Tin-Tin« (ABC)

Im nachhinein ist man immer schlau, und meine Schlauheit machte mir auf der Taxifahrt nach Hause schwer zu schaffen. Es war ein Fehler gewesen, Carlson zu drängen, mir wenigstens andeutungsweise zu sagen, worüber er mit mir reden wollte. Vor meinem geistigen Auge prangten bereits die riesigen Schlagzeilen der Boulevardblätter: »Die entsetzliche Wahrheit über Walter Schick!!!«.

Ließ man Schick aus dem Spiel, ergab sich ein hübsches kleines Mordkomplott. Carlson hat hohe Spielschulden. Er kann nicht zahlen. Die anderen Zocker (oder Kredithaie) sind sauer, lassen Carlson umbringen oder tun es vielleicht sogar selbst, um nicht aus der Übung zu kommen. Eine runde Sache. Ich hoffte, der Polizei würde diese Version schmecken, denn die wollte ich ihr auftischen.

Mir blieb dabei das zweifelhafte Vergnügen herauszufinden, was Walter Schick mit der ganzen Chose zu schaffen hatte. War er auch ein Zocker, der genauso in die Klemme geraten und abserviert worden war? Möglich, aber nicht wahrscheinlich. Erstens gab es keinerlei Anhaltspunkte dafür, daß er ein Spieler war, schon gar nicht ein zwanghafter Zocker. Solche Dinge treten nicht von heute auf morgen auf, und Mr. Hewlen hätte die Anzeichen mit Sicherheit erkannt und ihn längst aus dem Network komplimentiert. Doch selbst wenn es so gewesen wäre und Schick nicht nur gezockt, sondern auch verloren hätte, dann hätte er sich zweitens immer noch sehr anstrengen müssen, alles Geld zu verspielen, das ihm zur Verfügung stand, nämlich das, was ihm selbst gehörte, und das, was seine Frau aus zweiter Hand durch Mr. Hewlen besaß.

Angesichts dieser Voraussetzungen waren alle weiteren Überlegungen zwangsläufig spekulativ. Hatte Walter Schick Carlson getötet? Da er seit sechs Monaten in Embryonalstellung in einem

Krankenhausbett lag und ohne Beatmungsgerät nicht lebensfähig war, konnte man diese Möglichkeit getrost ausschließen. War Walter Schick womöglich einer der Zocker (oder Kredithaie) gewesen, bei denen Carlson in der Kreide stand? Nie und nimmer, auch wenn es in den Gangsterfilmen der dreißiger Jahre hundertmal so war. Reiche Manager werden nicht zu Halsabschneidern, nur um noch mehr Geld zu scheffeln, im Gegenteil: Halsabschneider werden Manager, um das viele Geld zu behalten. All das ließ drei Schlüsse zu: Schick hatte ein Geheimnis. Er wußte, daß Carlson es kannte, und es hatte einen solchen Stellenwert, daß es einen Mord rechtfertigte.

Ich konnte den Donnerstag kaum erwarten. Ich hoffte, Devlin würde kommen. Ich konnte nichts dafür, wenn die Polizei von ihm wußte, schließlich hatte er genügend Zeit zum Auflegen gehabt. Ich würde am Donnerstagmorgen an der Penn Station auf ihn warten. Selbst wenn er mir nicht wie versprochen alles erklären konnte, dann doch immerhin einiges.

Das Taxi hielt vor dem Stahl- und Glaspalast, in dem »meine« Wohnung lag. Bart, der Nachtportier, war auf dem Posten. Er schaffte es immer wieder, um zwei Uhr morgens fröhlicher zu wirken als andere Leute abends um acht.

»Spät geworden, nicht, Mr. Cobb?« Einige meiner Nachbarn sahen mich immer etwas herablassend an, als könnten sie riechen, daß ich nicht ihren Einkommenssphären angehörte, aber Bart war immer nett zu mir.

»Viel zu spät, wenn Sie mich fragen«, antwortete ich. »Wie ist die Lage, Bart?«

»Och, immer dasselbe, immer dasselbe. Obwohl, vor ein paar Stunden gab's ein bißchen Abwechslung. Ich hab eine Frau schreien gehört, gleich hier um die Ecke, aber als ich hinkam, war keiner mehr da.«

»Da haben Sie aber Glück gehabt«, sagte ich. »Das klingt wie eine typische Falle für einen Raubüberfall.«

Er brach in sein lautes, kehliges Lachen aus. »Machen Sie sich um mich keine Sorgen, Mr. Cobb. Ist noch gar nicht so lange her, da habe ich noch als Profiboxer im Ring gestanden. Und weniger verdient als hier, wenn ich die Trinkgelder mitrechne.

Außerdem hat die Livree große Taschen, da sehe ich immer zu, daß ich einen Leibwächter bei mir hab.«

Er klappte die Patte an einer Jackentasche hoch und ließ mich einen Blick auf die kleine Automatikpistole werfen, die er darin verstaut hatte. Ich konnte ihm das nicht verdenken. Wenn ich die ganze Nacht auf dem Bürgersteig vor einer Tür stehen müßte, als einziges Bollwerk zwischen den Besitztümern hundert reicher Leute drinnen und Millionen Junkies draußen, dann hätte ich auch eine bei mir.

Ich sagte Bart gute Nacht und fuhr mit dem Aufzug nach oben. Ich zog meinen Schlüssel hervor und hielt einen Augenblick inne, als ich hinter der Korridorbiegung das leise Klicken einer Tür hörte. Es war die Tür zum Notausgang, die ins Schloß fiel, und das gefiel mir nicht. Hier in den oberen Stockwerken kam kein Mensch auf die Idee, die Feuertreppe zu benutzen. Manche meiner Etagennachbarn waren so verwöhnt, daß sie vermutlich nicht einmal bei einem tatsächlichen Brand daran denken würden.

Jetzt näherten sich eilige Schritte über den Teppichboden. So, wie sie klangen, war der dazugehörige Mensch schwerer als der Gartenzwerg, der mir von der Polizeiwache aus gefolgt war. Ich beschleunigte meinen Schritt und durchwühlte meine Schlüssel, um den richtigen parat zu haben.

Die Tür zu Ricks und Janes Apartment lag unmittelbar hinter der nächsten Flurecke. Als die Schritte hinter mir verstummten, ahnte ich, was der Bursche vorhatte. Er hatte irgendeine Frau dazu gebracht, Bart von seinem Posten an der Tür wegzulocken (in New York gibt es Frauen, die für Geld buchstäblich alles tun), war dann ins Haus geschlichen und in meine Etage gefahren. Alle Welt regt sich auf, weil der sibirische Tiger vom Aussterben bedroht ist, aber daran, daß Fahrstuhlführer längst ausgestorben sind, denkt kein Mensch. Ich hätte mich jedenfalls erheblich wohler gefühlt, wenn der Typ hinter mir gerade achtzehn Stockwerke zu Fuß heraufgestiegen wäre.

Er war auf meiner Etage ausgestiegen und brauchte sich dann nur noch im Treppenhaus zu verstecken und die Tür einen Spalt offenzulassen, damit er mich kommen sah. Dann konnte er mir nachschleichen, und zwar immer mit so viel Abstand, daß ich ihn nicht sehen konnte.

Jetzt wartete er hinter der Flurbiegung, bis ich die Tür aufschloß, um dann loszupreschen, mich anzuspringen und in die Wohnung hineinzustoßen, wo er mich dann in aller Ruhe massakrieren oder noch Schlimmeres mit mir anstellen konnte.

Hinter der Ecke hörte ich ein weiteres Klicken, aber diesmal war es nicht die Tür zur Feuertreppe. Das Thema Schnappmesser stand sehr lebhaft vor meinem inneren Auge.

Ich rammte den Schlüssel ins Schloß. Ich mußte die Tür öffnen, bevor Spot seine Anwesenheit verriet. Ich drehte den Schlüssel mit der rechten, den Türknopf mit der linken Hand und drückte gleichzeitig mit der Schulter gegen die Tür. Spot ließ gerade sein erstes Bellen los.

Ich spürte den Eindringling direkt hinter mir. Ich ließ mich auf den Fußboden fallen und rollte mich seitlich weg, um dem Messerstich zu entgehen. Allerdings begriff ich jetzt, daß das Klicken gar kein Schnappmesser gewesen war, sondern eine Kugel, die in die Kammer einer Automatik befördert wurde. Der Pistolenlauf glitzerte vulgär im Flurlicht.

Noch im Fallen rief ich: »Faß!«

Das war der magische Befehl, der aus meinem sanftmütigen Bettvorleger einen reißenden Wolf machte. Rick Sloan hatte viel Geld dafür bezahlt, Spot auf den Mann abrichten zu lassen, und ich hoffte, das würde sich jetzt amortisieren.

Mit einem lauten Knurren sauste er an mir vorbei wie ein Schneeball mit Zähnen. Im Türrahmen wirkte die Silhouette des Angreifers riesenhaft, aber er war vermutlich nicht größer als ich, dafür aber um gut fünfzig Pfund Muskelmasse schwerer. Details konnte ich nicht erkennen, außer, daß er eine Kanone in der Hand hielt und blond war.

Er riß die Waffe hoch und gab aufs Geratewohl einen Schuß

ab, der Spot kilometerweit verfehlte, mir aber um ein Haar ein Ohr abgerissen hätte. Spot sprang ihn an. Das clevere Bürschchen schnappte geradewegs nach dem Arm mit der Knarre und biß sich fest wie eine wildgewordene Puderquaste. Der Mann schrie auf und ließ die Waffe fallen. Spot riß ihn nach links, vom Türrahmen weg, und verschwand mit ihm aus meinem Blickfeld.

Wie die meisten ernsthaften Kämpfe passierte all das in Sekundenbruchteilen. Spot hatte einen Überraschungsangriff gelandet und mir damit einen Vorteil gegenüber dem Mann verschafft. Ich sprang auf und stürzte hinaus auf den Flur.

Ich sah gerade noch Spots Hinterpfoten, als er seiner flüchtigen Beute um die Ecke nachsetzte. Spot war ein zäher Brocken, aber längst kein Dobermann. Der Angreifer wog gut und gern zweihundert Pfund mehr als er. Ich schnappte mir die Pistole und rannte hinter den beiden her.

Als ich sie einholte, kratzte Spot knurrend an der geschlossenen Fahrstuhltür herum.

»Fein gemacht, alter Junge«, sagte ich. »Laß gut sein, Spot, er ist weg.« Der Samojede wurde augenblicklich wieder zu einem sanftmütig grinsenden Kuscheltier und tänzelte neben mir zurück in die Wohnung. Ich beachtete ihn kaum, denn ich überlegte, daß der Blonde verdammtes Glück gehabt hatte, daß der Fahrstuhl ausgerechnet in unserer Etage gestanden hatte, bis mir einfiel, daß ich selbst vor wenigen Minuten ausgestiegen war und ihn um zwei Uhr morgens vermutlich noch niemand weggerufen hatte.

Erst als ich wieder in der Wohnung war und hoffen konnte, jegliches Böse draußen vor der Tür gelassen zu haben, kam mir schlagartig voll und ganz zu Bewußtsein, daß jemand versucht hatte, mich umzubringen, mich umzubringen, um Himmels willen! Ich rief Spot zu mir und kraulte ihn an der Kehle. »Feiner Hund«, sagte ich und wischte mir den Angstschweiß ab. »Du ahnst gar nicht, was für ein feiner Hund du bist!« Er leckte mir das Gesicht und grinste mich an.

Gut, daß niemand sehen konnte, was für ein Theater ich in dieser Nacht um diesen Hund machte. Es muß ausgesehen haben wie Probeaufnahmen für ein Remake von Lassie.

Im Kühlschrank lag noch ein rohes Steak, das ich mir für eine besondere Gelegenheit aufbewahrt hatte. Ich legte es in Spots Napf und machte mir eine Schüssel Schokomüsli mit Banane fertig.

Spot fiel über das Steak her. »Man kaut nicht mit offenem Mund«, sagte ich zu ihm, aber das war ihm egal. Ich löffelte mein Müsli.

Mein Gedächtnis ist wie ein Moor. Die Dinge berühren die Morastfläche, bleiben stecken und versinken dann in der Tiefe. Nach einiger Zeit steigen sie wie Luftblasen wieder an die Oberfläche, manchmal völlig unversehrt, manchmal deformiert. Und manchmal klebt etwas anderes an ihnen fest.

Und genau das passierte in diesem Moment. Ich hatte gerade den ersten Löffel Müsli in den Mund gesteckt, als eine Erinnerung auftauchte, an der ein Gedanke hing.

Ich erinnerte mich an den Anruf, den ich in dem Hotelzimmer von Devlin entgegengenommen hatte. Dazu fiel mir jetzt ein, was ich über den Schrei gedacht hatte, der den Portier von seinem Platz gelockt hatte: In New York gibt es Frauen, die für Geld buchstäblich alles tun, alles zulassen, alles sagen. Etwa einen Schrei ausstoßen. Oder einfach am Telefon dreizehn Wörter aufsagen.

Der Mann vor meiner Tür war ein Problem, mit dem ich mich noch würde beschäftigen müssen. Im Moment war ich einfach nur froh, daß ich jetzt wußte, wie ich mit meinem eigentlichen Problem fertig werden konnte.

Ich konnte es kaum erwarten, mit Lieutenant Martin zu reden. Wenn ich ihm helfen konnte, den Fall zu lösen, hatte ich mit einem Schlag die New Yorker Polizei vom Hals.

Und ich war mehr denn je gespannt darauf, Vern Devlin zu sprechen. Ich wäre jede Wette eingegangen, daß er Vince Carlson umgebracht hatte.

Kapitel 7

»Mann … Frau … Geburt … Tod … Unendlichkeit …«
– Sam Jaffe, »Ben Casey« (ABC)

Am nächsten Morgen war ich schon früh auf den Beinen. Als erste Amtshandlung nach dem Zähneputzen rief ich das Morddezernat Süd an und fragte nach Lieutenant Martin. Man sagte mir, ich solle in der Leitung bleiben.

In der Zwischenzeit warf ich einen Blick in die Morgenzeitungen. Die *News* hatte ihre Titelseite irgendwelchen Enthüllungen über einen korrupten Politiker gewidmet (wo sollte da der Nachrichtenwert sein?) und brachte den Mord an Carlson erst weiter hinten gleich neben der Werbung für einen Schallplattenladen. Die *New York Times* hatte die Geschichte nicht erwähnenswert gefunden. Die Polizei hatte offenbar noch immer keine Einzelheiten preisgegeben, sonst hätte die Presse sich längst auf die Querverbindung zum Fernsehen gestürzt. Es war lange her, seit zuletzt etwas auch nur annähernd Positives über das amerikanische Fernsehsystem in der Zeitung gestanden hatte. Die Presse haßt uns, Zeitungen, Zeitschriften, Kritiker, allesamt. Warum? Keine Ahnung. Das amerikanische Publikum bekommt mehr Programmvielfalt und mehr Service geboten als irgendeine andere Fernsehgemeinde auf der Welt. Und das gratis.

Nach Meinung der Kritiker ist in England alles besser. Dennoch importiert England weit mehr von unseren Produktionen als wir von ihren, ganz egal, wie toll sie sind. Die Kritiker meinen, das Fernsehen solle das öffentliche Bewußtsein formen, also den Leuten im Grunde nicht mehr und nicht weniger erzählen, was sie nach Ansicht eben dieser Kritiker wissen sollten.

Und genau das ist meiner Meinung nach ihr eigentliches Problem mit dem US-Fernsehen … Kritiker sind von Natur aus elitär eingestellt. Gnädig lassen sie uns arme Tölpel ihres überragenden Geschmacks teilhaftig werden. Doch das Fernsehen ist das letzte große Bollwerk der Demokratie. Kein Amtsschimmel und kein Kulturpapst kann Ihnen vorschreiben, was Sie sich in der Flimmerkiste anschauen. Das amerikanische Fernsehen ist das erfolgreichste Massenmedium der Weltgeschichte. Jeder einzelne Zuschauer zählt. Es steht ihm frei, mit dem Ein-Aus-Schalter oder der Fernbedienung seine Meinung zu äußern. Und wenn Sie sich die siebenundzwanzigste Wiederholung von »Gilligans Insel« anschauen wollen, während ich Dan Rathers Reportagen sehen will, dann haben wir dazu beide das gleiche Recht.

Ich saß da und ersann diese wunderschöne Polemik. Schade nur, daß sie gerade niemand hören wollte. Als ich mir schon Block und Stift angeln wollte, meldete sich am anderen Ende jemand.

»Was wollen Sie, Cobb?« Die Stimme gehörte Detective Rivetz.

»Wo ist Lieutenant Martin?«

»Meinen Sie nicht, er hat auch mal ein bißchen Schlaf verdient?«

»Darum geht es nicht«, sagte ich. »Ich will ihm etwas sagen.«

»Was denn?« Seine Stimme troff vor Sarkasmus. »Ihr Geständnis kann ich genausogut aufnehmen.«

Es war unvorsichtig von ihm, Matt Cobb morgens um halb acht mit Sarkasmus zu kommen. »Okay, ich gestehe. Ich halte ihn in meinem Apartment versteckt. Als Hund verkleidet.«

»Wen?« Jetzt war er baff.

»Richard Kimble«, sagte ich. »Wenn Sie jetzt gütigerweise die Großinquisitormasche lassen würden, könnte ich Ihnen erzählen, weshalb ich anrufe.«

»Ich höre.«

»Ich muß heute für ein paar Stunden hinauf nach Connecticut. Geschäftlich.«

»Deshalb stören Sie mich beim Frühstück?« Er klang gereizt.

»Tja, Lieutenant Martin bat mich, die Stadt nicht zu verlassen.«

Rivetz sprach betont ruhig. »Hören Sie, Cobb. Von mir aus können Sie in die äußere Mongolei fahren. Noch bin ich nicht so weit, aber wenn ich was gegen Sie in der Hand habe, dann finde ich Sie, da machen Sie sich mal keine Sorgen.«

»Au, fein«, flötete ich. »Dann kann ich heute nacht ja ganz beruhigt Heia machen.«

Bevor er den Hörer auf die Gabel knallte, machte Rivetz ein Geräusch. Es ähnelte Spots Knurren.

»Sie mich auch«, sagte ich rasch, um es möglichst noch über die Leitung zu bringen, bevor sie unterbrochen wurde. Ich fragte mich, was Rivetz bloß gegen mich hatte. Ich war doch eigentlich ein ganz netter Kerl, jedenfalls hielt ich mich dafür. Ich freute mich darauf, Lieutenant Martin meine Überlegungen mitzuteilen und die Sache endlich vom Hals zu haben. Rivetz irgend etwas davon zu sagen, traute ich mich nicht.

Ich zog mich an und machte mich auf den Weg in die Stadt. Ich hatte das Gefühl, daß meine Überlegung zwar genial war, aber noch viel überzeugender klingen würde, wenn ich ein paar Beweise hätte. Im Turm zu Brabbel ging ich deshalb zunächst in mein Büro, um diverse Telefonbücher zu Rate zu ziehen, und dann wieder hinunter in den zwölften Stock.

Ich wollte mit Millie Heywood von der Sendetechnik reden. Millie war ein streitbares Weib um die fünfzig und maximal einsfünfundfünfzig klein. Sie hatte beim Network angefangen, als Technikerinnen noch so häufig vorkamen wie lila Schimpansen im Mormon Tabernacle Choir. Über die technischen Abläufe des Sendernetzes wußte sie besser Bescheid als jeder andere in der Branche.

Ich fand sie, wie immer, umgeben von blinkenden Lämpchen und Schalttafeln. Und wie immer ließ sie gerade lauthals eine Tirade vom Stapel, in der Intelligenzquotient, Körperausdünstungen und sämtliche Vorfahren eines unglückseligen Lulatschs von Techniker vorkamen, der neben ihr saß.

»... und wir testen diese gottverdammte Gebietsunterteilung erst dann, wenn ich es anordne, ist das verflucht noch mal endlich klar?!« Sie holte tief Luft. »Und noch was, Sie ... ach, hauen Sie bloß ab, Cobb!«

»Mir haben Sie genauso gefehlt, Millie!« Ich hob sie hoch, warf sie mir über die Schulter und trug sie in ihr Büro. Als Zeichen ihrer Zuneigung hieb sie mit ihren winzigen Fäusten auf meinen Rücken ein.

In ihrem Büro stellte ich sie wieder auf die Füße. Sie nahm ihre knallbunte Brille von der Nase und ließ sie an einer Schnur herunterbaumeln. Daran sah ich, daß sie mir nicht böse war. Wenn sie nämlich richtig sauer wurde, schob sie die Brille in die Stirn.

»Das ist sexuelle Belästigung am Arbeitsplatz, Sie alter Grabscher! Ich hetze Ihnen den Staatsanwalt auf den Hals!«

Ich sah sie mit gespieltem Ernst an. »Okay, Millie, ich verspreche Ihnen, daß ich das nie wieder tun werde.«

»Ehrlich?« Es klang enttäuscht. »Halten Sie sich dran, Sie Grobian. Es ist widerlich, aber es bringt etwas Abwechslung in den Alltag. Meine Leute hier habe ich alle so unter dem Pantoffel, daß die sich nicht mal trauen, mich nach der Uhrzeit zu fragen.«

»Viele neue, stimmt's?«

»Und ob. Alle erfahrenen Leute sind zu Außenaufnahmen weg oder haben einen Job als Cheftcchniker bei irgendeinem Sender in der Wallachei angenommen.«

»Warum lassen Sie den Jungs nicht ein bißchen Spielraum?«

»Und setze dabei meinen Ruf aufs Spiel?« Da war was dran. Ein geschickter Techniker ist wie ein guter linkshändiger Werfer, der seine Punkte macht. Man braucht ihn, deshalb läßt man ihm ein gewisses Maß an Verschrobenheit durchgehen. Bei Millie äußerte sich diese Verschrobenheit in ihren pausenlosen Schimpfkanonaden, die im Grunde eher ein Bellen als ein Beißen waren.

»Früher oder später durchschauen die mich sowieso alle«, sagte sie. »Nun, junger Mann, was kann Tante Millie für Sie tun, um Sie endlich wieder loszuwerden?«

Ich reichte ihr ein Blatt Papier, auf dem drei Telefonnummern standen.

»Sie können mir einen kleinen Gefallen tun«, sagte ich. »Bitte rufen Sie für mich einen Ihrer zahllosen Verehrer bei der Telefongesellschaft an, vorzugsweise jemanden, der mit Ferngesprächen zu tun hat, und finden heraus, um wieviel Uhr gestern abend ein Gespräch von einer dieser beiden Nummern aus mit der dritten Nummer, hier in New York, geführt wurde.«

»Wo sind die anderen beiden Nummern her?« fragte sie.

»Washington, D. C., und Fairfax, Virginia.«

Sie sah mich mißtrauisch an. »Wozu?«

»Keine Fragen.«

»Das ist doch wieder so eine schmierige Affaire, stimmt's? Diese kleine Schwuchtel sitzt mal wieder in der Patsche, ist es das? Hören Sie, ich bin immer bereit, Ihnen einen Gefallen zu tun, aber ...«

Ich fiel ihr ins Wort, bevor sie in Fahrt kam, und versicherte ihr, daß sich der berühmte Hauptdarsteller, den sie gemeint hatte, derzeit anständig benahm. Es dauerte eine Weile, aber schließlich willigte sie ein. Ich bedankte mich bei ihr und ging.

Ich fühlte mich ziemlich beschwingt, weil ich zu dem Schluß gekommen war, daß Devlin Carlson getötet hatte. Ich war überzeugt, daß der Anruf eine Finte gewesen war, damit ich ihm glaubte und der Polizei nicht auf die Nase band, was Carlson mir gesagt hatte. Er hatte ja keine Ahnung, wie viel oder wie wenig ich wußte. Als ich ihn auf frischer Tat überraschte, gab er mir eins auf die Zwölf, ließ eine Nutte gegen Geld die Vermittlung spielen und Zack! war sein Anruf ein Ferngespräch. In der Gegend eine Nutte zu finden, war weiß Gott keine Kunst.

Er war schnell, aber nicht besonders clever. Für die Abrechnung wird nämlich jedes Ferngespräch per EDV erfaßt. Devlins Anruf war mit persönlicher Voranmeldung erfolgt, so daß die zu dem Zeitpunkt im Dienst befindliche Telefonistin die Angaben des Computers bestätigen konnte, wenn Millies Kontaktmann feststellte, daß vom CRI oder von Devlins Wohnung aus kein Anruf zum Hotel Cameron erfolgt war. Und dessen war ich mir absolut sicher.

Wenn ich der Polizei den Namen des Mörders auf dem Silbertablett lieferte, wäre meine falsche Aussage rasch vergeben und vergessen.

Aber was hatte es mit Walter Schick auf sich? Die Frage ging mir nicht aus dem Kopf. Ich mußte trotz Devlin herausfinden, welches grausige Geheimnis das gesamte Network und sogar die ganze Branche bedrohte. Deshalb hatte ich in Connecticut gleich mehrere Dinge zu erledigen.

Oben in meinem Büro erklärte ich Jazz, ich würde mich um die Sache mit Kenny Lewis kümmern.

Sie sah mich besorgt an. »Aber Mr. Falzet hat doch gesagt ...«

»Läßt Falzet Sie hinter mir herspionieren?«

»Nein, ich will nur nicht, daß Sie Schwierigkeiten kriegen.«

»Ich kann selbst auf mich aufpassen, Jazz«, sagte ich. »Denken Sie daran, bevor er Sie rauswerfen kann, muß er zuerst einmal mich vor die Tür setzen.«

»Okay«, lächelte sie.

»Halten Sie die Stellung, bis ich wieder da bin. Ich erwarte zwei Anrufe. Lassen Sie sich von Millie Heywood durchgeben, was sie hat, aber sagen Sie Jack Hansen, ich rufe zurück. Er soll Ihnen die Nummer geben, wo ich ihn erreiche.«

»Klar. Sonst noch etwas?«

»Ja. Gehen Sie niemals allein in Falzets Büro, ganz gleich, was er ihnen erzählt.«

Sie errötete. Ich ließ sie stehen.

Im Souterrain des Network-Gebäudes befindet sich eine Tiefgarage. Ich fuhr hinunter und schrieb mich für einen Wagen ein, wie üblich eigentlich kein Auto, sondern ein Schlachtschiff. Mr. Hewlen hegte die Vorstellung, wenn jemand aus dem mittleren oder gar gehobenen Management in einem kleineren Fahrzeug als einem Oldsmobile gesehen würde, erlitte das Image des Networks unwiderruflichen Schaden.

In diesem Fall wählte ich ein Fahrzeug, das die Network-Farbstellung außen schwarz, innen weiß aufwies, ansonsten aber neutral gehalten war. Kein Außenstehender macht sich ein Bild davon, was für ein Theater es ist, einen solchen Saurier morgens um zehn aus einer Tiefgarage auf die Sixth Avenue zu steuern.

Die Sache mit Kenny Lewis hatte ich bis halb eins erledigt.

Der Junge tat mir ein bißchen leid, auch wenn er ein nichtsnutziger Punker war. Was hatte er schon für eine Chance? Sein Leben lang hatten andere Leute buchstäblich alles für ihn geregelt, und niemand durfte ihm verraten, warum. Hätte seine berühmte Mutter ihn absichtlich in den Wahnsinn treiben wollen, hätte sie es nicht geschickter anstellen können. Gnadenlos weigerte sie sich, ihr Kind anzuerkennen oder auch nur zu sehen. Ich fand die ganze Geschichte widerlich.

Mein nächstes Ziel war die Willowdale-Privatklinik in Greenwich. Von außen war das Anwesen ein Traum. Ein weitläufiges, friedvolles weißes Haus mit Säulenvorbau und kiesgedeckter Zufahrt, umgeben von einem gepflegten englischen Rasen mit alten Weiden und Kastanien, die wohltuenden Schatten spendeten. Man hatte das Gefühl, diesen Ort der Stille dürfe kein lautes Wort entweihen.

Sobald ich aber das Gebäude betrat, zerplatzte die Illusion. Ärzte und Krankenschwestern huschten umher, es roch nach Desinfektionsmitteln. Der einzige Unterschied zwischen Willowdale und dem Bellevue Hospital war die Form der Fenster.

Eine ältliche Dame, die als ehrenamtliche Pförtnerin fungierte, las ein Taschenbuch und murmelte dabei entrüstet vor sich hin. »So ein Schund!« maulte sie, markierte aber, während sie mir den Weg zu Walter Schicks Zimmer beschrieb, die Stelle sorgfältig mit dem Finger. Als ich weiterging, nahm sie ihre Lektüre kopfschüttelnd wieder auf.

Ein junger Mann im weißen Kittel kam im Eilschritt aus dem Zimmer, das ich gerade betreten wollte, und rannte mich fast um.

»Entschuldigung«, sagte ich. »Sind Sie der behandelnde Oberarzt?«

Er lächelte mich an. »Bloß Assistenzarzt. Behandelnd schon.«

»Ich bin Matt Cobb.« Er stellte sich als Fred Barber vor. Wir gaben uns die Hand.

»Ist mit Mr. Schick irgend etwas nicht in Ordnung?« fragte ich.

Er kratzte sich am Kopf. »Nun ja, er hatte einen Unfall und ...«

»Ach, nein, entschuldigen Sie, ich habe mich falsch ausgedrückt. Ich sah Sie aus dem Zimmer kommen und meinte, ob vielleicht irgendeine Veränderung eingetreten ist.«

»Ach so«, sagte er, »verstehe. Nein. Ich habe Mrs. Schick nur was aus dem Büro gebracht.«

»Sie ist hier?« An manchen Tagen sage ich lauter so dämliche Dinge.

Er ging darüber hinweg. »Aber sicher. Tag für Tag, stundenlang. Sie bringt sich nicht einmal etwas zu lesen mit, sitzt nur da und schaut ihn an. Manchmal denke ich, zu guter Letzt werden wir sie selbst auch als Patientin hier haben. Für ihn können wir nicht das geringste tun. Vielleicht gelingt es Ihnen ja, sie ein bißchen aufzuheitern.«

Ich versprach, es zu versuchen, und betrat das Krankenzimmer. Cynthia Schick stand auf. Sie wirkte geradezu erschrocken.

»Ach, Mr. Cobb«, sagte sie. »Nett, daß Sie kommen.« Sie war eine ausgesprochen attraktive Frau. Lediglich ein paar feine Jahresringe am Hals und hier und dort ein Schimmer Grau in ihrem schwarzen Haar verrieten, daß sie die Vierzig hinter sich gelassen hatte. Sie war größer als ihr Vater, Mr. Hewlen, besaß aber dieselben kieselharten blauen Augen und den entschlossenen Mund. Sie war, um einen Ausspruch Jane Russells zu zitieren, eine kurvenreiche Frau. Und diese Kurven hätten auch einer halb so alten Frau alle Ehre gemacht.

Sie wirkte deutlich bedrückter, als ich sie je erlebt hatte. Normalerweise war sie eine selbstsichere, effiziente Geschäftsfrau, wie sie im Buche steht, eine wohlsituierte Dame der Gesellschaft, die für karitative Zwecke mehr als nur ihr Geld zur Verfügung stellt und ebenso hart dafür arbeitet, ihr Geld abgeben zu dürfen, wie die meisten übrigen Menschen, um es zu verdienen.

»Hallo, Mrs. Schick«, sagte ich. »Ich würde gern mit Ihnen sprechen, wenn Sie gestatten.«

Sie antwortete nicht sofort. Es ist eine Mindestanforderung guten Benehmens, seinen Gesprächspartner anzusehen, aber mein Blick wurde magisch von der Gestalt im Krankenbett angezogen.

Als ich ihn kennenlernte, war Walter Schick ein klassischer Managertyp gewesen, das perfekte Pendant zu seiner Frau. Im Network und in der gesamten Branche hatte er unendlich viel in Bewegung gesetzt. Als seine Tochter von zu Hause weglief, war er sogar in seiner Hilflosigkeit noch eindrucksvoll gewesen.

Was jetzt in dem Bett lag, war die Karikatur eines Mannes, ein einsfünfundsiebzig großer Säugling mit Bartstoppeln, der eine entfernte Ähnlichkeit mit Walter Schick aufwies.

Am Leben erhalten wurde er dank der vereinten Bemühungen mehrerer Pharmafirmen und des Elektrizitätswerks. Medikamente und Nährstoffe wurden ihm über Kanülen verabreicht, die in den Venen beider Handrücken steckten. Elektronische Geräte überwachten und steuerten den Rhythmus seiner Körperfunktionen, wie die Sendetechnik die Qualität der Ausstrahlung verfolgt. Sein Brustkorb hob und senkte sich im gleichen Takt wie die Blasebälge am Beatmungsgerät neben dem Bett.

Die Stille wurde unerträglich. Nur um den Klang einer menschlichen Stimme zu hören, sagte ich schließlich:

»Wie lange sind Sie heute schon bei Ihrem Mann, Mrs. Schick?«

Sie sah mich ruhig an. »Das ist nicht mein Mann.«

Wollen Sie die Wahrheit über Walter Schick hören? Carlsons Worte hallten in meinem Kopf.

»Nicht?« fragte ich. Meine Stimme kiekste, aber Cynthia Schick bemerkte es nicht.

»Was macht einen Mann aus?« fragte sie. »Auch Matthew Cobb ist sicher mehr als ein hochgewachsener, gutaussehender junger Mann in Nadelstreifen. Walter war schiere Aktion. Entschlossenheit und Aktion. Voller Geist, Mr. Cobb, voller Ideen. Das war mein Mann. Seit dem Unfall habe ich ihn nicht wiedergesehen.«

Sie deutete auf das Bett. »Das da hat er zurückgelassen.«

»Trotzdem kommen Sie Tag für Tag her, wie mir der Assistenzarzt sagte.«

Sie lächelte, freudlos. »Ja, das tue ich. Manchmal frage ich mich selbst, warum. Es ist wie die Verehrung einer Reliquie. Walter war ein guter Mensch, aber ein Heiliger war er doch nicht.«

»Warum tun Sie es dann?«

»Wahrscheinlich hoffe ich, hier zu sein, wenn ... falls ... Walter zurückkehrt ...« Sie deutete wieder auf das Bett. Das zusammengekauerte Bündel Mensch machte gurgelnde Geräusche.

»Ich freue mich, daß Sie gekommen sind, Mr. Cobb. Ich sitze hier ganz allein und denke nach, verschließe meine Gedanken in mir ... Manchmal habe ich das Gefühl, als sei ich diejenige, die bestraft wird. Ich muß einfach ein paar Sachen loswerden. Macht es Ihnen etwas aus, wenn ich ...?«

»Ganz und gar nicht. Vermutlich bin ich genau die richtige Person dafür.«

Sie sah mich eigentümlich an. »Was meinen Sie ... Ach, ich weiß schon. Sie stehen außerhalb meiner engsten Familie, aber Sie wissen Dinge über uns, die sonst niemand kennt. Meinten Sie das?«

»So ist es«, sagte ich. »Außerdem habe ich mich wirklich aufrichtig gefreut, als Roxanne die Finger von Drogen ließ und wieder zum College ging. Es ist eine Ehre, einer so mutigen Familie helfen zu dürfen.«

Sie wurde blaß. »Eigenartig, daß Sie das sagen, Mr. Cobb. Das über Mut, meine ich, denn ich bin dermaßen im Zweifel ...« Sie stand auf, stellte sich zwischen Beatmungsgerät und Fenster und sah hinaus.

»Es bezieht sich«, sagte sie und wandte sich zu mir um.

Das Beatmungsgerät stand zwischen uns. Sie starrte wie hypnotisiert auf den Zylinder, der mit dem Ein- und Ausatmen des Patienten stieg und fiel. »Manchmal frage ich mich, ob es nicht besser wäre, wenn ...« Sie verstummte.

Sie hielt etwas in der Hand und streichelte es. Ich stand auf, weil ich nicht sehen konnte, was es war. Sie hielt das Stromkabel des Beatmungsgeräts in der Hand. Ein kräftiger Ruck, und auch das, was von Walter Schick noch übrig war, würde sterben.

»Mrs. Schick«, sagte ich.

Sie schreckte auf. »Ja?«

»Legen Sie das bitte hin, Mrs. Schick.«

»Aber verstehen Sie denn nicht, Mr. Cobb? Das ist ja gerade das Dilemma. Ich weiß einfach nicht, ob ich den Mut habe, es zu tun.« Sie griff die Schnur fester.

»Es erfordert mehr Mut, es nicht zu tun«, sagte ich, »und das wissen Sie ganz genau.«

Auf ihren Wangen glitzerten Tränen, als sie flüsterte: »Er kommt nie mehr zurück.«

Konnte ich denn niemanden mehr ganz normal besuchen? Spot war der einzige, mit dem ich in den letzten zwei Tagen keinen Streß gehabt hatte.

Ich war nicht erpicht darauf, daß sie vor meinen Augen den Stecker zog. Ganz gleich, wie Sie oder ich es nennen würden, für die Gesetze des Bundesstaates Connecticut wäre es eindeutig Mord. Natürlich hätte ich Mrs. Schick mit einem Handgriff schachmatt setzen können, doch dazu hätte ich aus dem Stand quer über das Krankenbett zu ihr hinüberhechten müssen, bevor sie etwas tun konnte.

»Und was ist, wenn Sie sich irren?« fragte ich unvermittelt.

»Wie meinen Sie das?«

»Sie sagen, er ist nicht mehr da. Was immer Walter ausgemacht hat, sein Geist, seine Seele, all das ist fort, und was dort liegt, ist nur noch seine Hülle. Aber was wäre, wenn er gar nicht fort ist, sondern in dieser Hülle eingesperrt ist? Ganz tief drinnen, so daß er nicht heraus kann? Oder zumindest jetzt noch nicht. Ein Gefangener in seinem eigenen Körper?«

»Ein Gefangener?« fragte sie nachdenklich.

»Natürlich! Wenn Sie tun, was Sie vorhaben, ist es so, als wenn Sie dieses Gefängnis in Brand stecken. Das hätte selbst der übelste Mörder nicht verdient, Mrs. Schick. Tun Sie es Ihrem Mann nicht an.«

Was sie nun tat, war so bizarr, daß es echt sein mußte. Sie ließ das Kabel fallen, straffte ihre Gesichtsmuskulatur, wischte ein

Stäubchen von ihren Händen und sagte: »Sie haben vollkommen recht, Mr. Cobb. Ich danke Ihnen.«

Das war alles. Ich war wie vor den Kopf gestoßen. Ich hatte mich innerlich bereits auf eine erschütternde Szene vorbereitet, einen bühnenreifen Zusammenbruch der von Schluchzen geschüttelten Gattin. Was ich bekam, war das genaue Gegenteil, die Gelassenheit in Person. So etwas kann kein Mensch vortäuschen.

Sie griff nach ihrer Handtasche. »Darf ich noch einmal Ihre Freundlichkeit in Anspruch nehmen, Mr. Cobb? Roxanne hat mich hergefahren, aber ich möchte nicht warten, bis sie mich wieder abholt. Würden Sie wohl so nett sein, mich nach Hause zu fahren?«

Kapitel 8

»… das Leben, das Sie retten, könnte Ihr eigenes sein.«
– Werbespot für den Nationalen Sicherheitsrat

Den Weg kannte ich. Ich fuhr an Greenwich vorbei auf den Long Island Sound zu. Nach einer Weile sagte ich: »Mrs. Schick, ich muß Ihnen ein paar Fragen stellen, die Ihnen wahrscheinlich unangenehm sein werden.«

Sie zuckte die Achseln. »Ich kann mich wohl kaum weigern, oder?« Was sie damit meinte, war mir nicht recht klar.

»Ich möchte wissen, wie es zu dem Unfall Ihres Mannes kam.«

»Großer Gott, warum denn?«

»Ein Sicherheits-Check für die Personalabteilung«, log ich. »Erzählen Sie mir einfach, was passiert ist. Es war der elfte Januar, nicht wahr? War er allein im Wagen?«

»Ja, er fuhr allein. In der Nacht gab es einen schrecklichen Schneesturm mit überfrierender Nässe. Roxanne war zu Hause, sie hatte Semesterferien und war am Spätnachmittag zu einer Freundin gefahren. Sie wissen ja, die Kinder können es gar nicht erwarten, sich wiederzusehen und ihre Zensuren zu vergleichen.

Der Sturm setzte erst ein, nachdem Roxanne schon fort war. Sie rief kurz nach elf an und sagte, sie hätte gehört, die Straßen seien unpassierbar, sogar die Stromversorgung war unterbrochen. Sie wußte nicht, was sie machen sollte.

Sie hatte Angst, selbst zu fahren. Walter meinte, sie solle sich keine Sorgen machen, er werde sie abholen. Er nahm den Mercedes, weil der als vorderster Wagen geparkt war.

Seit er wegfuhr, habe ich ihn nur noch so wiedergesehen, wie … wie er jetzt ist. Ein Polizeibeamter brachte mir die Nachricht, daß Walter verunglückt war, und fuhr mich zum Krankenhaus.«

»Aber nicht nach Willowdale?« fragte ich.

»Was? Nein, nein. Greenwich Hospital.« Sie schwieg einige

Sekunden und sagte dann tonlos: »Einer der Ärzte meinte, er habe Glück, noch am Leben zu sein.«

»Wo genau passierte es?«

»Wir müßten jeden Moment an der Stelle vorbeikommen«, sagte sie.

Die Straße führte über einen Grat, neben dem das Gelände zu beiden Seiten gut viereinhalb Meter tief steil abfiel. Mrs. Schick sagte: »Die Polizei meinte, er sei auf einem vereisten Stück Asphalt ins Rutschen geraten und von der Fahrbahn abgekommen, zumal er wohl zu schnell gefahren ist. Der Wagen hat sich mehrmals überschlagen, außerdem war Walter nicht angeschnallt. Er erlitt Verletzungen am ganzen Körper, am schlimmsten natürlich am Kopf.«

»Hat er sich denn nie angeschnallt?«

Sie überlegte. »Nicht immer«, sagte sie schließlich.

Hinterher ist man immer schlau, dachte ich. Es wurde Zeit für die große Preisfrage, aber ich zögerte, denn ich wollte sie nicht aus der Fassung bringen. Da sie sich jedoch hervorragend im Griff zu haben schien, ließ ich es darauf ankommen.

»Gibt es Anhaltspunkte dafür, daß es womöglich kein Unfall war?«

»Die Polizei hält es für ausgeschlossen.« Ihr Tonfall ließ erkennen, wie viel sie auf die Meinung der Polizei gab.

»Haben die so etwas überhaupt in Betracht gezogen?«

»Oh, natürlich. Sie meinen, es sei ein Unfall gewesen, weil nichts darauf hindeutete, daß ihn ein anderer Wagen von der Fahrbahn gedrängt hätte, oder daß er einem Fußgänger ausgewichen wäre.«

Mir reichte das aus. Ich würde bei der Dienststelle der Staatspolizei vorbeifahren und ein wenig nachhaken, aber im Augenblick war ich zufrieden. Trotzdem war Carlson umgebracht worden, weil er mir irgend etwas erzählen wollte. Ich steckte selbst zu tief in der Sache drin, als daß ich es mir hätte leisten können, so etwas auf sich beruhen zu lassen. Ich bohrte weiter.

»Hatte … hat Ihr Mann irgendwelche Feinde?« Ich hätte mich

ohrfeigen können, weil ich beinahe von ihm in der Vergangenheit gesprochen hätte.«

»Sie haben das schon richtig gesagt, Matt. Jetzt hat mein Mann keine Feinde mehr.«

»Mit anderen Worten, früher hatte er welche?«

»Wer die Tochter des Chefs heiratet, hat immer Feinde«, erklärte sie. »Jeder talentierte, ehrgeizige Mann hat Feinde, vor allem in einer so konkurrenzorientierten Branche wie unserer. Ja, Walter hatte Feinde.«

»Wen beispielsweise?«

»Wollen Sie das wirklich von mir hören?«

»Wie Sie es für richtig halten.«

Ihr Blick sagte so viel wie: Du willst es ja nicht anders haben! Sie sagte: »Tom Falzet.«

Tom Falzet. Na toll. Ich kam mir vor wie Pandora mit Bartstoppeln. Jedesmal, wenn ich jemandem eine Frage stellte, kroch eine weitere Schlange aus der Dose. Jetzt ging es gleich um beide Präsidenten, die das Network im letzten halben Jahr gehabt hatte.

»Tom hatte immer Angst vor Walter«, sagte sie. »Als Walter noch für den Verkauf zuständig war und Tom die Programmgestaltung leitete, versuchten sie ständig, sich gegenseitig auszustechen. Sie wußten genau, daß einer von ihnen beiden meinen Vater als Präsidenten ablösen würde.

Sie müssen wissen, Matt, daß meine Geburt nicht geplant war.«

Im ersten Moment glaubte ich, ich hätte mich verhört. »Das soll ja öfter vorkommen.«

»Ich will damit sagen, mein Vater war bereits ein alter Mann, als ich zur Welt kam. Seine ganze Liebe gehörte dem Network. Das war sein Lebensmittelpunkt. Er hätte nie und nimmer einen Mann beim Sendernetz begünstigt, nur weil er mit mir verheiratet war. Und so sollte es ja auch sein.

Aber Tom Falzet verwendete das gegen Walter. Er machte Witze, natürlich nur hinter vorgehaltener Hand, aber er flüsterte Vater ständig ein, alle würden glauben, es sei nur meinetwegen, wenn er Walter tatsächlich zum Präsidenten ernennen würde.

Walter war der beste Mann für den Posten. Tom wußte das ebensogut wie Vater. Wären nicht die ständigen Gerüchte und die ewigen Anspielungen gewesen, hätte Vater Walter schon Jahre früher zu seinem Nachfolger gemacht. Deshalb ist mein Vater auch so lange aktiver Präsident geblieben. Sie wissen sicher, was für ein Mensch er ist. Die Leitung des Networks würde er nur in die allerbesten Hände geben, aber es würde ihn umbringen, wenn es in der Branche hieße, er habe unfair gehandelt.«

»Aber dann kam ›Harbor Heights‹«, soufflierte ich.

Cynthia Schick nickte. Die Details kannte sie vermutlich besser als ich, aber jeder, der im Turm zu Brabbel arbeitete, wußte davon. Es handelte sich um eine der erbittertsten hausinternen Machtkämpfe in der Geschichte des Fernsehens.

Es hatte mit den Kritikern zu tun, von denen ich zuvor schon sprach, und mit dem, was sie zur Programmgestaltung sagten.

Niemand läßt sich gerne Tag für Tag von den Zeitungen in der Luft zerreißen. Ich wette, nicht einmal Charles Manson war davon begeistert, und Tom Falzet war es noch viel weniger. Er war seinerzeit für die Programmgestaltung verantwortlich, so daß er seinen Kopf auch für die Kritiker hinhalten mußte.

Eines Tages kam er auf die Idee, wie er ihnen das Maul stopfen konnte. Er wollte eine Serie produzieren, die ausdrücklich auf den Geschmack der Kritiker zugeschnitten sein sollte. Damit war »Harbor Heights« geboren.

Dadurch kam es zum großen Krach. Walter Schick war von Anfang an gegen das Projekt. Seine Aufgabe wäre es nämlich gewesen, den Industrieunternehmen Werbeaufträge für diese Sendungen abzuluchsen, und das hielt er für ausgeschlossen, zumal das Publikum solche Sendungen gar nicht sehen wolle. Diese Meinung äußerte er immer wieder in aller Deutlichkeit. Selbst wenn es ihm und seinen Leuten gelänge, die Werbeminuten zu verkaufen, meinte er, würden die zahlenden Industriekunden sich betrogen fühlen, wenn »Harbor Heights« durchfiel. Und das sei unweigerlich zu erwarten.

Der gesamte Turm spitzte die Ohren. Vom Hausmeistergehilfen bis hinauf zum Topmanagement spekulierten alle darüber, wie Mr. Hewlen entscheiden würde.

Schließlich kam die Nachricht, das Network werde zum Saisonbeginn im folgenden Herbst hocherhobenen Hauptes »Harbor Heights« ins Programm aufnehmen.

Im nachhinein ist heute klar, daß der alte Mann die Serie genehmigte, weil er sehen wollte, wer von den beiden Rivalen den richtigen Riecher und insofern das Zeug zum Präsidenten hatte.

Die erste Folge von »Harbor Heights« ließ die Kritiker in Verzückung ausbrechen. Die Sendung besaß alles, was sie immer gefordert hatten: reiche Leute, gebildete Sprache, geschmackvolle Sexszenen und vor allem eine »Aussage«. Zu Beginn waren auch die Einschaltquoten gut, das CRI ermittelte einen Wert von vierzig, was bedeutete, daß auf vierzig Prozent aller Fernsehgeräte an dem bewußten Sonntagabend »Harbor Heights« lief.

Das war eine sagenhafte Quote. Sie ließ erwarten, daß die Serie beim Publikum ankam. Schließlich können die Leute nur mögen, was sie probiert haben.

In der folgenden Woche fiel die Quote auf sechsundzwanzig, wenn auch Neilsen und Arbitron auf etwas bessere Werte kamen. Die Leute hatten es probiert, aber es schmeckte ihnen nicht.

Zwei Wochen später war die Quote auf sechzehn abgesackt. Man hörte gerüchteweise, die Sendung werde abgesetzt, doch Falzet blieb stur. »Harbor Heights« wurde auf den Freitag umgelegt. Die Quoten sanken weiter.

Nach acht Folgen wurde »Harbor Heights« schließlich abgesetzt. Die letzte davon sahen Ende Oktober noch ganze sieben Prozent der Zuschauer.

Anfang November wurde Walter Schick zum Präsidenten des Networks ernannt. Mitte Januar legte man ihn mehr tot als lebendig in sein Bett in Willowdale.

Ich beobachtete die Halbwitwe. »Glauben Sie, Tom Falzet war so wütend über seinen Mißerfolg und über die Beförderung Ihres Mannes, daß er versucht hat, ihn umbringen zu lassen?«

»Das könnte ich mir ohne weiteres vorstellen«, sagte sie.

»Na schön«, sagte ich. »Könnten Sie sich auch vorstellen, daß Roxanne mit ihm unter einer Decke gesteckt hätte?«

»Was für ein abscheulicher Gedanke!« sagte sie scharf.

»Ganz Ihrer Meinung«, sagte ich. »Deshalb glaube ich auch, daß es lediglich ein Unfall war. Selbst wenn irgend jemand, nehmen wir an, Falzet, eine Möglichkeit gefunden hätte, Walter von der Straße abzudrängen, wie hätte er ihn dazu bringen können, sich überhaupt auf den Weg zu machen? Er fuhr erst los, nachdem Ihre Tochter angerufen hatte, und es wäre doch lachhaft zu glauben, sie hätte irgend etwas damit zu tun gehabt.«

Ich schnitt ein anderes Thema an. »Kennt Ihr Mann jemanden namens Vincent Carlson?«

»Nein!« sagte sie heftig, dann jedoch ruhiger: »Nicht, daß ich wüßte.«

»Vernon Devlin?«

»Auch den nicht. Wieso?«

»Nur so ein Gedanke. Lassen Sie nur.«

Wir erreichten das Anwesen der Schicks, ein modernes Gebäude aus Steinplatten und viel Glas, das auf einem Felsvorsprung mit Blick über den Long Island Sound gebaut worden war. Ich hielt unter dem Carport vor dem Haus. Cynthia Schick bat mich herein. »Roxanne wird sich freuen, Sie zu sehen«, sagte sie.

Auch ich freute mich darauf, sie wiederzusehen. Ich begleitete Mrs. Schick ins Haus. Das Wohnzimmer war an drei Seiten verglast, zahllose Kübel mit Bäumen und Sträuchern gaben mir den Eindruck, als seltenes Tier in einem Terrarium ausgestellt zu sein. Eine ältliche Dame im grauen Dienstmädchendreß putzte gerade die Fensterfront zur Südseite. Durch die mit Reinigungsmittel eingesprühte Scheibe wirkte die Bucht mit der im Hintergrund schimmernden Halbinsel Long Island wie eine dunstige Fata Morgana.

»Roxanne!«

Ich war verblüfft, Mrs. Schick so laut brüllen zu hören. Ich hatte immer F. Scott Fitzgeralds Meinung geteilt, daß reiche Leute anders sind als du und ich. Ich weiß nicht, welches Verhalten ich von Mr. Hewlens Sprößlingen erwartete, vielleicht, daß sie sich per Telegramm verständigten.

»Roxanne!« schrie sie noch einmal und sagte dann zu ihrem Hausmädchen: »Agatha, haben Sie meine Tochter gesehen?«

»Ich glaube, sie ist zum Strand heruntergegangen, Mies Schick.« Ob das »Mies« ein Tribut an die Frauenbewegung oder nur die schluderige Aussprache von »Missis« war, konnte ich nicht sagen.

»Macht nichts«, sagte ich. »Wie komme ich zum Strand?«

Mrs. Schick wies das Hausmädchen an, mir den Weg zu zeigen. Agatha führte mich zu einer langen Holztreppe, die hinter dem Haus von dem Felsvorsprung zu einem Streifen Sand zwischen dem steinigen Fuß des Hügels und dem grün schimmernden Meer hinabführte.

Roxanne lag auf einer Decke auf dem Rücken, ein Knie angewinkelt, offenbar schlafend, denn als ich mich auf dem Sand lautlos näherte, bemerkte sie mich nicht. Ich betrachtete sie einige Sekunden.

Als ich sie drei Jahre zuvor in einer Wellblechhütte in Albany, New York, aufgestöbert hatte, war sie ein bleiches, krankes, verängstigtes Kind gewesen, dessen Arme und Beine so viele Einstiche aufwiesen wie ein altes Meßtischblatt im Tiefbauamt.

Jetzt waren Arme und Beine makellos glatt und nußbraun. Das ganze Mädchen war schlank, glatt und nußbraun, abgesehen von dem kleinen Stückchen milchweißer Brust, das unter dem Knoten des blauen Jeanshemds hervorblitzte.

In dem Hemd und den ausgefransten braunen Shorts sah sie aus, als habe die Flut sie an den Strand gespült. In der Sonnenwärme glänzte ihre Haut feucht von Schweiß. Ihr brünettes Haar war wie ein akkurater Fächer unter ihr ausgebreitet.

Einen Augenblick war ich versucht, wegzugehen und sie schlafen zu lassen, doch dann weckte ich sie so sanft wie möglich, indem ich mich so hinstellte, daß ihr Gesicht im Schatten lag.

Ihre Augen klappten auf und weiteten sich, zugleich rundete sich der Mund zu einem großen O. Sie richtete sich kniend auf und klatschte dabei in die Hände, so daß man sie für einen blauäugigen Seelöwen hätte halten können.

»Cobb!« quietschte sie. Sie sprang auf und umarmte mich.

»He, paß doch auf, du Hohlköpfchen«, protestierte ich. »Du ruinierst mir ja die Dauerwelle!«

Sie lachte und setzte sich im Schneidersitz wieder auf die Decke. »Ich gebe zu, das war ein klitzekleines bißchen kindisch«, sagte sie.

»Einige meiner besten Freunde sind kindisch«, antwortete ich. Sie hatte das Recht, sich kindisch zu benehmen. Schließlich war sie um ihre richtige Kindheit betrogen worden.

»Dann zieh das Jackett aus, setz dich zu mir und unterhalte dich mit mir, Cobb!« Als ich alles nach Wunsch erledigt hatte, sagte sie: »Nun, was führt dich in die Wildnis von Fairfield? Wir haben uns Jahre nicht gesehen!«

»Sechs Monate«, verbesserte ich. Ich hatte unmittelbar nach dem Unfall einen Anstandsbesuch gemacht.

Sie schüttelte den Kopf. »Kannst du denn nicht mal ein wenig Emphase zulassen, verdammte Unzucht? Mann, ich weiß sogar, wie die rhetorische Figur heißt!«

»Na, na«, sagte ich. »Welche rhetorische Figur ist denn deiner Meinung nach ›verdammte Unzucht‹?«

Sie dachte einen Augenblick nach und antwortete dann strahlend: »Mattaffer?«

Ich lachte. »Oder so ähnlich. Was macht das Studium?«

Sie zuckte die Achseln. »Hält mich von der Gosse fern und sorgt dafür, daß ich ihrer Majestät nicht in die Quere komme.«

Nach einer Weile sagte sie: »Du hast mir noch nicht verraten, warum du hier bist, Cobb.«

»Ich habe deine Mutter von Willowdale nach Hause gefahren.«

»Hast den Zombie besucht, hm?«

»Das ist ziemlich brutal, was du da sagst, Rox. Dein Vater hat damals, als du ausgeflippt warst, nie von dir als Junkie geredet.«

Sie errötete. »Tut mir leid, ehrlich. Ich sage solche Sachen nur

… weil ich zeigen will, daß ich es verkrafte.« Sie malte mit dem Finger Muster in den Sand.

»Mir brauchst du nichts zu beweisen, Rox«, sagte ich.

»Mir selbst aber. Schließlich ist ja alles meine Schuld.«

Kapitel 9

»Kinder sagen die verrücktesten Sachen!«
– Art Linkletter, »House Party« (CBS)

Von Freud wissen wir, daß Menschen aus ebenso vielfältigen wie bizarren Gründen Schuldgefühle entwickeln. Meist vergessen wir, daß man Schuldgefühle auch schlicht und einfach deshalb haben kann, weil man tatsächlich an etwas schuld ist. Ich hoffte inständig, die Antworten auf die Fragen, die ich stellen wollte, würden mir gefallen.

»Rox«, sagte ich, »wir haben eine Menge zusammen durchgemacht, stimmt's?«

Sie lächelte. »Korrekt. Kotzen, Schüttelfrost, Messerstechereien ...«

»Ach, das war doch halb so wild. Den Turkey hätte ich stehend freihändig mit links im Griff gehabt, aber mein Problem warst du. Ich habe heute noch eine Narbe an der Stelle, wo du mich gebissen hast.«

»Das glaube ich dir nicht«, sagte sie.

Ich hob die rechte Hand. »Großes Indianerehrenwort. Ich mußte mich sogar gegen Tollwut impfen lassen.«

Sie zog eine Schnute. »Du bist ein blöder Hund, Cobb.«

»Natürlich. Das ist doch heutzutage Voraussetzung, um einen Job zu kriegen.« Ich wurde ernst. »Warum ist es deine Schuld, Rox?«

»Ist es immer«, sagte sie. »Ich verbreite Unglück wie ein Glühwürmchen Licht.«

»Nun halt mal die Luft an. Sag mir nur eins: Warum bist du in der Nacht nicht bei deiner Freundin geblieben, anstatt deinen Vater zu bitten, daß er dich abholt?«

Sie sah mich mißtrauisch an. »Wieso?« wollte sie wissen.

»Vertrau mir, Rox.«

»›Vertrau mir‹«, äffte sie mich nach. »›Vertrau mir!‹ Das sagst du bestimmt zu den Mädels, bevor du sie bumst.«

»Ich glaube, wir kennen uns lange genug, daß du wissen müßtest, auf wessen Seite ich stehe, Rox.« Ich sagte es etwas pikiert. »Entscheide dich. Sag es oder laß es bleiben.«

»Ich vertraue dir«, sagte sie. »Aber rede ich jetzt mit Matt Cobb oder dem Network?«

»He«, sagte ich, »wir sollten das ein für allemal klarstellen. Ich trage zwar Nadelstreifen, aber ich segle immer noch unter eigener Flagge. Wenn du in Schwierigkeiten steckst, tue ich alles, was ich kann, um dir zu helfen.«

»Merkst du das, Cobb? Merkst du, was du mit mir machst? Wie kommst du auf die Idee, ich könnte in Schwierigkeiten stecken?«

»Ich habe keine Ahnung. Du hast gerade gesagt, es sei alles deine Schuld gewesen. Und dann machst du einen Zwergenaufstand, weil ich versuche herauszufinden, wovon du überhaupt redest!«

»Okay, okay«, sagte sie. »Es ist eigentlich nichts Besonderes, jedenfalls damals nicht. Ich war bei Frieda Treleng zu Hause, und so etwa um halb elf zeigt sie mir einen großen Beutel Marihuana und fragt mich, ob wir den nicht zusammen rauchen sollen. Hier in der Gegend weiß niemand von … der Sache. Ich kann mir nicht vorstellen, daß Frieda mich überhaupt angesprochen hätte, wenn sie davon gewußt hätte.

Ich mußte dauernd daran denken, daß es damals genauso angefangen hatte. Ich fing an zu zittern, und trotz allem war ich scharf drauf. Ich wollte das Zeug rauchen!«

Sie hatte die Knie zum Körper herangezogen und rieb sich nervös die Schienbeine.

»Du kannst dir vorstellen, wie ich mich gefühlt habe. Ich wußte ja ganz genau, daß ich nicht damit umgehen kann. Ich erinnerte mich doch nur zu gut daran, wie das alles weitergegangen war. Es war nicht das Gras selbst, das hätten andere Leuten so weggesteckt.

Aber ich hatte mir selbst versprochen, daß ich nie wieder high von irgend etwas werde, ganz gleich, ob Drogen, Alkohol oder sonstwas, und ich merkte in dem Moment, wie gern ich das Versprechen gebrochen hätte. Ich mußte da weg. Wenn ich geblieben wäre, hätte ich mit Frieda zusammen das Gras geraucht, und den Gedanken konnte ich nicht ertragen. Ich habe so schon genug damit zu tun, mit mir selbst im Schlepptau zu leben.

Normalerweise wäre ich einfach mit meinem Wagen nach Hause gefahren, aber in der Nacht tobte ein fürchterlicher Schneesturm, und ich wollte eigentlich nicht, daß Daddy losfuhr, aber ich mußte einfach da weg!

Ich habe nicht einmal im Haus gewartet. Ich habe mir meinen Mantel geschnappt und habe bibbernd vor Kälte vor der Tür auf Daddy gewartet. Statt dessen kam dann ein Polizist.«

Sie umfaßte ihre Knie fester und kniff die Augen zusammen.

»Es tut mir leid, Rox«, sagte ich sanft. »Ich mußte das wissen.«

»Mach dir deshalb keine Gedanken«, sagte sie und ließ ihre Knie los, so daß die Sonne ihr wieder auf die Beine schien. »Das Dumme ist nur, daß ich nicht mehr mit Frieda zusammensein kann. Am gesamten College kenne ich nur ein Mädchen, das weder Alkohol noch Drogen konsumiert, und das ist lesbisch. Also verbringe ich die meiste Zeit in meiner Bude. Ich werde wohl unfreiwillig lauter Einser kriegen.«

Ich nahm ihre Hand. »Hör mal«, sagte ich, »ich weiß, das ist bitter, aber du hast genau das Richtige getan, als du deinen Vater angerufen hast. Du brauchst deswegen kein schlechtes Gewissen zu haben.«

Sie sah mich warmherzig an. »Danke, Cobb. Und wegen der anderen Sache auch nicht.«

»Welche andere Sache?«

Sie lachte wieder. »Ich hab nur Spaß gemacht. Das Kreuz muß meine Mutter tragen.«

»Wovon redest du?«

»Von dem Streit natürlich. Es muß Streit gegeben haben. Mein Vater war ein hervorragender Fahrer, der beste auf der ganzen Welt. Jeder Chauffeur ging uns früher oder später von der Fahne, weil Dad ständig etwas an seinem Fahrstil auszusetzen hatte. Er hat nie mit seinen Fahrkünsten angegeben, sondern war einfach nur stolz darauf, etwas perfekt zu machen.

Außer, wenn er aufgeregt oder wütend war. Hast du ihn je so erlebt, Cobb?«

Und ob. In seiner Wut war er fürchterlich gewesen.

»Und genau das ist der Punkt. Wenn er sich stritt, vergaß er alles übrige. Ich bin dann nicht zu ihm ins Auto gestiegen. In der Nacht hätte ich es trotzdem getan«, setzte sie leiser hinzu.

»Deshalb bin ich sicher, daß Dad und meine Mutter Ehekrach hatten, in den ich mit meinem Anruf reingeplatzt bin. Sonst wäre er unter gar keinen Umständen von der Straße abgekommen.«

»Und wenn ihn jemand absichtlich abgedrängt hätte?«

»Auch dann.« Sie blieb eisern. »Es spielt keine Rolle, selbst wenn sie den Wagen sabotiert hätten. Er hätte die Situation irgendwie gemeistert. Herrgott, gerade die Tatsache, daß er nicht angeschnallt war, beweist, daß er aufgeregt war. Er hat sich immer angeschnallt, außer wenn er in Wut war.«

»Worüber könnten sich die beiden gestritten haben?«

»Über mich«, sagte sie. »Meinetwegen haben sie andauernd Krach gehabt. Weißt du, meine Mutter hat mir nie verziehen, was ich gemacht habe. Sie versucht es zu kaschieren, vor allem jetzt, aber innerlich hält sie mich für ein verdammt undankbares kleines Biest.«

Ich hätte ihr gern gesagt, daß sie sich irre, aber das konnte ich nicht. Mutter und Tochter mochten sich tatsächlich nicht besonders. So tragisch das auch ist, es kommt häufiger vor.

Um sie abzulenken, versuchte ich einen uralten Witz. »Du sollst doch nicht fluchen, das ist verdammt scheiße.«

Roxanne schüttelte den Kopf mit gespielter Betrübtheit. »Ach, Cobb, was soll man mit dir nur machen«, klagte sie. »Was für ein Spießer! Nadelstreifen. Retter in Bedrängnis geratener Fräuleins. Schrecken aller Drogendealer. Verabscheut schlimme Wörter.«

Sie schüttelte wieder den Kopf, diesmal ernst. »Du bist ein viel zu lieber Kerl für deinen Job, weißt du das, Cobb?«

»Tja, vielleicht«, sagte ich. »Aber da ich in diesem Land nun mal nicht König werden kann, muß ich mich irgendwie damit arrangieren.«

»Haha«, sagte sie sarkastisch. »Ich kenne dich, Cobb, und zwar wahrscheinlich besser als viele andere. Ich habe dich in Aktion erlebt. Du tust, als wärst du ausgekocht, aber im Grunde bist du ein Weichei. Du machst dir zu viele Gedanken. Ich weiß noch, wie du …«

»Jetzt laß gut sein, Roxanne!« fiel ich ihr ins Wort. »Was soll das? Moderierst du neuerdings ›Das war Ihr Leben‹?«

»Schon gut, ich laß die Beweise aus. Ich wollte ja nur folgendes sagen: Halt dich da raus, Cobb. Mit was für einem Abschaum du tagtäglich zu tun hast, kann ich mir nur ansatzweise vorstellen, und das, obwohl ich selbst ehemaliger Abschaum bin. Es wird dir das Genick brechen. In der Branche ist für die Guten einfach kein Platz, Cobb. Ich liebe meinen Vater, aber er selbst hat sich früher immer als Revolverheld bezeichnet. Und er war auch noch stolz darauf.«

Ich schüttelte den Kopf. »Du übertreibst maßlos«, sagte ich. »Ganz so fürchterlich ist es gar nicht, so etwas findest du in jeder Branche. Im übrigen mache ich das nur so lange, bis ich wieder ins Nachrichtenressort oder in die Produktion zurückdarf, notfalls mit Gewalt. Dann mache ich nur noch Sendungen und basta.«

»Bildest du dir wirklich ein, die ließen dich zurück? Bei den Sonderprojekten kommst du denen doch ungemein gelegen. Du bist für die wie Jiminy Grille für Pinocchio. Ihr Gewissen. Du siebst den ganzen Dreck durch, damit mein Großvater, Falzet und das Network ihre weiße Weste behalten. Hör auf mich, Cobb. Ich bin in dem verdammten Turm aufgewachsen.«

»Ich will nicht mit dir streiten«, sagte ich. »Aber was sollte ich deiner Meinung nach tun, um den moralischen Verfall abzuwenden?«

»Lach mich bitte nicht aus, Cobb. Ich verdanke dir buchstäblich mein Leben. Ich versuche, ein bißchen von meiner Schuld abzutragen. Kündige. Verlaß das Network. Werde ein fader alter Englischpauker, wie du es immer vorgehabt hast. Such dir eine

Frau und mach dir Gedanken über eine richtige Familie, nicht so ein Unternehmensmonstrum.«

Damit hatte sie mir das Stichwort für einen Themawechsel gegeben. »Wer würde mich schon nehmen?« scherzte ich.

Sie sah mir ohne jeden Scherz in die Augen und sagte: »Ich würde dich nehmen, Cobb.«

Ich finde, das ist das Netteste, was man einem anderen Menschen sagen kann. Ich wußte nicht, was ich erwidern sollte.

Zum zweitenmal innerhalb eines Tages antwortete eine Frau auf meine Gedanken, die ich nicht einmal ausgesprochen hatte. »Du brauchst nichts zu sagen«, erklärte Roxanne. »Du hast mir eine Frage gestellt, und ich habe sie beantwortet. Punkt. Ich bin kein kleines Mädchen mehr. Ich bin eine wahlberechtigte, steuerzahlende Erwachsene und gehöre zu den Hauptaktionären des Networks. Außerdem bin ich seit meinem vierzehnten Lebensjahr keine Jungfrau mehr.«

Ich besitze einen Witzreflex. Sobald ein Gespräch eine Wendung nimmt, die mir nicht paßt, muß ich sofort versuchen, es durch einen Witz abzubiegen, ganz egal, wie viele Anläufe dazu nötig sind. Diesmal klappte es endlich. Ich erklärte ihr, daß ich sehr wahrscheinlich bis zu ihrem vierzehnten Lebensjahr ebenfalls Jungfrau gewesen sei.

»Ich wette, du hast um ihre Hand angehalten«, sagte sie lächelnd. »So hyperkorrekt, wie du bist, hättest du dich dazu verpflichtet gefühlt.«

Ich sagte: »Hohlköpfchen, du bist viel schlauer, als dir guttut.« Ich stand auf und zog Roxanne auf die Füße. Wir gingen zur Treppe.

»Rox«, sagte ich beim Aufstieg, »laß deine Mutter nicht mehr allein in die Klinik gehen, hörst du?«

»Wieso? Ich hasse Willowdale … Ich habe selbst lange genug da festgesessen, wie du weißt.«

»Roxanne, ich weiß, daß du dich nicht gut mit deiner Mutter verstehst, aber sie braucht deine Hilfe. Wenn es zutrifft, was du mir über den Streit erzählt hast, dann schleppt deine Mutter weit mehr Schuldgefühle mit sich herum als du. Das würde erklären, was sie heute beinahe getan hätte.«

Sie sah mich überrascht an. »Was hätte sie beinahe getan?«

»Sie hätte um ein Haar den Stecker des Beatmungsgeräts herausgezogen.«

»Jesus«, sagte sie. »Ach du meine Güte. Sie benimmt sich in letzter Zeit komisch, aber das hätte ich nicht erwartet.«

»Komisch? Wie meinst du das? Seit wann?«

»Seit dem Unfall. Sie geht zu seltsamen Zeiten weg, sie rast zum Telefon, sobald es klingelt, solche Dinge. Erst habe ich gedacht, sie hätte vielleicht einen Lover, aber es paßt alles nicht zusammen. Sie liebt Dad. Das ist das einzige, worin wir uns einig sind.«

»Vielleicht ginge es ihr besser, wenn sie tatsächlich einen Lover hätte«, rutschte mir heraus. Ich hätte lieber nicht laut denken sollen. Ich entschuldigte mich bei Roxanne.

»Nein, du hast völlig recht«, sagte sie. »Mutter ist noch recht jung, und Dads Zustand macht ihr ganzes Leben kaputt. Wenn sie jemand anders hätte, würde sie nicht so viel grübeln.«

Unmittelbar, bevor wir das Haus erreichten, fragte ich Roxanne, wie das Hausmädchen mit Nachnamen hieß.

»Locker. Agatha Locker. Warum fragst du?«

»Nur so. Ich will mit ihr reden, aber ich möchte nicht, daß du es ihr befiehlst. Sie soll frei heraus sprechen. Und da will ich sie wenigstens respektvoll ansprechen können.«

»Wir verdanken Agatha viel«, sagte Roxanne. »Als ich in der Nacht nach dem Unfall nach Hause gebracht wurde, war ich völlig fertig. Agatha hat mich in den Arm genommen und mir Schlaflieder vorgesungen, wie damals, als ich noch klein war.«

Cynthia Schick war nicht zu sehen, als wir ins Haus kamen. Roxanne ging ins obere Stockwerk, um sie zu suchen. Agatha putzte das Eßzimmer, und ich ging hinüber, um mit ihr zu sprechen.

»Mrs. Locker«, schrie ich, um das Heulen des Staubsaugers zu übertönen.

»Was?« schrie sie zurück.

»Ich möchte mit Ihnen reden!«

»Was?«

»Könnten Sie wohl den Staubsauger ausschalten?«

»Warten Sie einen Moment«, brüllte sie, »ich muß nur erst den Staubsauger ausschalten!«

Hör mal, du hast ja ’ne Banane im Ohr – Ich kann dich nicht hören, ich hab nämlich ’ne Banane im Ohr. Allmählich fing ich an, miese Witze zu erleben.

Das Motorjaulen erstarb, und ein Gespräch wurde möglich.

»Mrs. Locker«, sagte ich, »ich störe Sie nur ungern bei der Arbeit, aber ich würde Ihnen gern ein paar Fragen stellen, wenn Sie einverstanden sind.«

Sie sah mich gleichgültig an. »Fragen können Sie, so viel Sie wollen.«

»Danke. Es ist wirklich nur eine simple Frage. Haben sich Mr. und Mrs. Schick am Abend vor dem Unfall gestritten?«

»Bei allem Respekt, Mr. …?«

»Cobb. Matt Cobb.« Ich entschuldigte mich, daß ich vergessen hatte, mich vorzustellen.

»Bei allem Respekt, Mr. Cobb, aber das geht Sie nun wirklich nichts an.« Sie sagte es mit aller Würde, zu der sie fähig war, und das war eine ganze Menge.

Ich war einen Moment lang ratlos. Mike Hammer passierte so etwas nie. Wenn ihm jemand eine Frage nicht beantwortete, gab es was auf die Zwölf. Mickey Spillanes Bücher haben mich schon immer fasziniert.

»Normalerweise stecke ich meine Nase nicht in anderer Leute Angelegenheiten«, sagte ich, »aber ich arbeite für das Network, und es ist meine Aufgabe, gewissen Beschuldigungen nachzugehen, die jemand in bezug auf Mr. Schick vorgebracht hat. Ich will nur die Wahrheit herausfinden, schon damit keine Unschuldigen zu Schaden kommen.«

»Wer zum Beispiel?« wollte sie wissen.

»Wer schuldig und wer unschuldig ist, weiß ich ja erst, wenn ich die Wahrheit herausgefunden habe, oder?« sagte ich lächelnd.

Sie schenkte mir einen beinharten Blick, als durchforste sie meine Seele nach schwarzen Flecken. Ich bemühte mich, treuherzig dreinzuschauen.

Schließlich sagte sie: »Nun, in der Bibel steht, ›die Wahrheit wird euch frei machen‹.«

Das war mein Fahrwasser. »So ist es, gute Frau«, sagte ich. »Johannes, Kapitel acht, Vers zweiunddreißig.«

Sie strahlte mich an. »Was wollten Sie noch mal wissen?«

»Nur ob sich Mr. und Mrs. Schick in der Nacht gestritten haben.«

»Nun ja, das haben sie. Aber um was es dabei ging, kann ich Ihnen nicht sagen. Ich war in meinem Zimmer und habe gelesen. Sie sind allerdings ziemlich laut geworden. Man hörte, daß sie richtig wütend waren.«

»Hatten sie oft Ehekrach?«

Sie überlegte lange, was sie sagen sollte, als hätte sie Angst, mir einen falschen Eindruck zu vermitteln. »Nun ja«, sagte sie, »Krach gehört nun einmal zur Ehe dazu. Der Himmel weiß, daß ich mit Locker, Gott sei seiner Seele gnädig, auch hin und wieder Streit hatte. Aber in der Nacht waren sie lauter als sonst.«

»Konnten Sie überhaupt irgend etwas verstehen?«

»Nein, das heißt, also, ich glaube, etwas schon. Sie hörten eine Weile auf zu streiten, das war, glaube ich, als Miss Schick anrief. Unmittelbar, bevor er dann losfuhr, sagte Mr. Schick noch: ›Hoffen wir, daß ich mich tatsächlich irre!‹ Mehr nicht, bloß, daß er noch einige Flüche dabei ausstieß. Dann hörte ich, wie er die Tür zuknallte.«

Ich kratzte mich am Kopf. Hier ein Stückchen, da ein Endchen. Alles nichts Halbes und nichts Ganzes, wie eine Pizza mit Pilzen und Salami, aber ohne Kruste. Viele leckere Kleinigkeiten, aber alle freischwebend im Raum.

Agatha hatte etwas gesagt. »Wie bitte?« fragte ich nach.

»Ich fragte, ob das alles war, was Sie wissen wollten.«

»Oh, ja. Vielen Dank, Sie waren mir eine große Hilfe.«

Sie trat auf den Knopf, und der Staubsauger jaulte wieder auf.

Ich ging zurück ins Wohnzimmer, wo Roxanne auf mich wartete. Sie sprach mit den Topfpflanzen. Wenn das Prinzip wirklich funktioniert, kann man vielleicht alle Hungersnöte der Erde ein für allemal besiegen, indem man Tonbänder mit Politikerreden vor Weizenfeldern abspielt. Überlegen Sie nur mal, wie viel Düngemittel man sparen würde …

Ich wollte mich gerade von Roxanne verabschieden, als die Haustür aufging und Cynthia Schick hereinkam. Man spürte förmlich die Temperatur sinken.

»Oh, Matt«, sagte sie, während sie die Tür schloß. »Ich wußte nicht, daß Sie noch hier sind. Ich hoffe, Roxanne hat Sie gut unterhalten.«

»Wir hatten viel Spaß miteinander, keine Sorge, Mutter!« Beide hatten die Krallen ausgefahren und offensichtlich eine Menge Übung darin.

Roxanne sagte: »Wir haben dich gesucht.«

»Ich mußte der Versicherungsgesellschaft ein paar Unterlagen deines Vaters bringen. Bitte entschuldige, daß ich dich vorher nicht um Erlaubnis gefragt habe.«

Ich hasse Weiberkämpfe. Ich unterbrach die beiden mit der Bemerkung, ich wolle jetzt zurück in die City fahren.

»Vielen Dank, daß Sie mich nach Hause gebracht haben, Mr. Cobb. Kommen Sie uns bald einmal wieder besuchen.«

»Mit dem größten Vergnügen«, sagte ich.

Sie entschuldigte sich und ging die Treppe hinauf. Roxanne brachte mich durch den Topfpflanzendschungel zur Tür. In ihrer abgerissenen Aufmachung paßte sie gut hier herein. »Auf Wiedersehen, Cobb«, sagte sie. »Ich weiß nicht, was du vorhast, aber spiel bloß nicht den Helden, ja?«

»Mach dir um mich keine Sorgen«, versicherte ich ihr. »Ich bin so ein feiges Huhn, daß jeder Grill mich jederzeit als Werbeträger nehmen würde.«

Ich beugte mich zu einem onkelhaften Abschiedskuß zu ihr herunter, doch sie stellte sich auf die Zehenspitzen, so daß ich ihre Stirn verfehlte und statt dessen ihre Lippen traf. Sie erwiderte den Kuß ganz und gar nicht wie eine brave Nichte, so daß ich sie sanft wegschob und ging.

Ein Zwischenstopp beim nächstgelegenen Polizeirevier räumte meine letzten Zweifel aus, an dem Unfall Walter Schicks sei manipuliert worden. Sie hatten ausgesprochen gründlich recherchiert, aber unter allen möglichen wissenschaftlichen Aspekten von der Metallurgie bis zur Meteorologie war es eindeutig ein Unfall gewesen.

So weit, so gut. Es war also ein Unfall. Also war das nicht die schreckliche Wahrheit über Walter Schick, die Carlson mir verraten wollte. Jetzt hatte ich überhaupt keine Ahnung mehr, wonach ich suchen sollte.

Zu meiner Überraschung war es mir auch völlig gleichgültig. Ich wollte den ganzen Kram nur noch vom Hals haben. Ich würde Lieutenant Martin die Story über Devlin in den Rachen werfen und ansonsten meinen Mund halten. Falls die Wahrheit über Walter Schick wirklich so wichtig war, dann würde sie früher oder später ohnehin herauskommen. Ich war die ganze Sache leid und einfach nur müde. Die Wahrheit wird euch müde machen.

Nachdem ich mich auf dem Rückweg zum Turm zu Brabbel zu diesem Entschluß durchgerungen hatte, fühlte ich mich wieder erheblich besser.

Kapitel 10

»Was für eine abscheuliche Entwicklung!«
– William Bendix, »The Life of Riley« (NBC)

Ich fuhr zum NetHQ zurück, bevor die erste Welle des Feierabendverkehrs die Straßen von Manhattan verstopfte, und konnte deshalb das Schlachtschiff relativ problemlos wieder in der Tiefgarage abstellen.

Jazz hatte eine ganze Liste mit Nachrichten für mich, als ich ins Büro kam.

»Jack Hansen hat angerufen«, sagte sie. »Er ist den ganzen Nachmittag unten in der Nachrichtenredaktion zu erreichen. Harris läßt ausrichten, er hat ein Rendezvous mit einer Sekretärin von der russischen Botschaft und will die Kosten auf sein Spesenkonto setzen. Ich soll Ihnen sagen, wenn er mit der Dame fertig ist, stehen unsere Leute als Ehrengäste auf der Liste des Kreml.«

Das hätte mich keineswegs gewundert. Harris Brophy ist der coolste Typ, der mir je begegnet ist. Ich kenne niemanden, der so absolut locker vorgeht und zugleich so viel erreicht.

»Hat Millie Heywood sich schon gemeldet?« wollte ich wissen.

»Bisher nicht. Ich kann sie anrufen, wenn Sie wollen.«

»Ja, bitte. Sonst noch was?«

»Ja. Lieutenant Martin von der Polizei wartet in Ihrem Büro auf Sie.«

»Verdammt noch mal, Jazz, lassen Sie diese Mätzchen!« Sie hatte sich schon wieder die Zugnummer für zuletzt aufbewahrt. Ich kam mir vor wie im Zirkus.

»Ja, Sir, ich werde es nicht wieder tun.« Wir wußten beide, daß das eine Lüge war. Dazu brauchte ich nicht einmal ihr Augenzwinkern zu sehen.

»Wie lange ist der Lieutenant schon hier?«

»Etwa eine Viertelstunde.«

»Okay. Außer für Millie bin ich für niemanden zu sprechen, Jazz.«

Lieutenant Martin war in meinen SSB-Ordner vertieft (Skandale, sobald bekannt), der eigentlich immer unter Verschluß sein müßte. Er saß in meinem Sessel, die Füße auf meinem Schreibtisch.

Ein paar Sekunden lang tat er so, als habe er mich nicht bemerkt, dann sah er auf und sagte: »Weißt du, Matty, wenn du diesen Fernsehkram je leid wirst, kannst du als Erpresser eine Menge Kohle machen.«

»Genau«, sagte ich. »Und wenn Sie die Polizei je leid werden, können Sie Einbrecher werden.«

»Ich weiß nicht, wovon du sprichst, mein Junge. Die Schublade war offen.«

»Ich glaube Ihnen«, sagte ich. »Nixon habe ich auch geglaubt. Kann ich jetzt bitte meinen Schreibtisch wiederhaben?«

Er stand auf und ging zu einem Besucherstuhl vor dem Schreibtisch.

»Der Grund, warum ich hier bin, Matty«, sagte er, »ist, daß wir bei den Ermittlungen an dem Punkt angelangt sind, an dem wir ganz zum Anfang zurückkehren. Allein schon deshalb, weil wir am anderen Ende nicht weiterkommen. Ich will die ganze Geschichte noch einmal von dir hören.«

»Das wird gar nicht nötig sein«, sagte ich. »Wo ist Rivetz?«

»Er sieht sich etwas Interessantes an, das wir herausgefunden haben.«

»Schade«, sagte ich. »Es wäre schön gewesen, wenn er jetzt zuhören könnte.« Ich räusperte mich dramatisch und verkündete dann: »Ich weiß, wer Carlson getötet hat.«

Das Gesicht des Lieutenant ließ keine Regung erkennen, aber seine Augen leuchteten. Er sagte: »Nun, Matty?«

»Vern Devlin«, sagte ich.

Er lachte mir ins Gesicht. Das war eigentlich nicht geplant gewesen. Er hätte sich maßlos wundern müssen, bis ich ihm alles erklärt hätte. Ich glaube, er liest einfach die falschen Bücher.

Ich wartete geduldig, bis er mit Lachen fertig war. Schließlich hatte er sich so weit wieder im Griff, daß er sagen konnte: »Okay, Herr Meisterdetektiv, Devlin hat also Carlson umgebracht. Und warum?«

Ich hatte irgendwie gehofft, das würde er mir sagen. »Keine Ahnung«, sagte ich.

»Wie erklärst du dir sein Alibi, das im übrigen, wenn ich dich daran erinnern darf, von dir selbst stammt, außerdem von einem Beamten des New Yorker Morddezernats und …«

»Genau das ist ja der Punkt!« unterbrach ich ihn. »Als ich mit Devlin telefoniere, tut er alles, damit ich bloß nicht auflege. Er fleht mich an, seinen Namen aus dem Spiel zu lassen. Dann platzen die beiden Uniformierten rein und trompeten ›Polizei‹, daß jedem Luden rings um den Times Square der Draht aus der Schiebermütze fällt. Devlin muß es gehört haben. Nachdem er mich also auf Knien angebettelt hat, ihn außen vor zu halten, legt er etwa ganz schnell den Hörer auf, als er das hört? Nein. Er wartet in aller Seelenruhe, bis Rivetz ans Telefon geht und mit ihm redet.

Es ging ihm gar nicht darum, daß ich seinen Namen verschweigen sollte. Er wollte mich hinhalten.«

»Vielleicht glaubte er nicht recht, daß du ihn raushältst, und meinte, es sei letzten Endes besser, selbst mit der Polizei zu reden«, sagte Lieutenant Martin.

Ich dachte einen Moment darüber nach. »Wieso wußte er eigentlich, daß die Polizei im Anmarsch war? Ich habe die Jungs jedenfalls nicht gerufen. War im Hotel eine Razzia der Sittenpolizei im Gange oder so etwas? Wieso seid ihr überhaupt in dem Laden aufgekreuzt?«

»Anonymer Anruf«, räumte er ein.

»Aha!« sagte ich. Jetzt war ich richtig in Fahrt. »Kapieren Sie nicht? Devlin steckte hinter dem anonymen Anruf. Er schleicht sich über die Hintertreppe ins Hotel, tötet Carlson, schleicht auf demselben Weg wieder raus, gibt euch einen Tip und beobachtet von einer Telefonzelle in der Nähe aus, wie die Uniformierten eintrudeln. Dann läßt er eine Nutte oder sonstwen anrufen und die Vermittlung spielen und sorgt dafür, daß er genau in dem Moment anruft, in dem die Polizei in Carlsons Zimmer eintrifft.

Da er aber über die Hintertreppe rein und raus ist, hat er nicht mitgekriegt, daß der Fahrstuhl außer Betrieb ist. Als ich nämlich von dem Schlag auf den Kopf aufwache, den er mir verpaßt hat, und ans Telefon gehe, erzählt er mir irgend etwas, was ihm gerade einfällt, damit ich lange genug in der Leitung bleibe, um ihm ein hieb- und stichfestes Alibi zu verschaffen. Wäre ich nicht im falschen Moment in den Raum gestolpert, hätte sich sein kleiner Fehler beim Timing nicht als so wesentlich erwiesen.«

Ich mußte Luft holen. »Und was soll jetzt an dieser Theorie falsch sein?« wollte ich wissen.

»Falsch daran ...«, setzte er entnervt an, »... ist lediglich, daß ...«

Die Sprechanlage summte. Ich nahm den Hörer ab und schnitt Lieutenant Martin mit einer Handbewegung das Wort ab. Ich hatte Millie Heywood in der Leitung.

»Und, liebste Millie, haben Sie schon etwas von der Telefongesellschaft gehört?«

»Klar«, sagte sie. »Ich wollte Sie schon eher anrufen, aber Sie hätten sehen sollen, was diese Arschlöcher hier wieder veranstaltet haben. Also, wirklich, ich ...«

»Verdammt noch mal, Millie, was haben Sie rausgekriegt?«

Es war lange her, daß das letzte Mal jemand so mit ihr umgesprungen war. Sie war so geschockt, daß sie nahezu servil wurde.

»Schon gut, Matt«, sagte sie sanft. »Regen Sie sich nicht auf. Also: Der Typ von der Telefongesellschaft hat die Sache sogar bei der Telefonzentrale in dem Laden nachgeprüft.«

Jetzt kommt es, dachte ich. Ein sauberes, schlüssiges Indiz, das ich dem Lieutenant auf dem Silbertablett servieren konnte. Mit etwas Glück war die Kuh damit ein für allemal vom Eis.

Millie redete weiter. »Die EDV-Liste der Telefongesellschaft belegt, daß der Anruf um zwanzig Uhr zwölf von der Nummer in

Washington zum Hotel Cameron in New York City geschaltet wurde, und zwar Dienstag, also gestern.«

Mir fiel die Kinnlade herunter.

»Häh?« fragte ich höchst intelligent. »Das ist unmöglich!« rief ich.

»Wieso denn?« fragte Millie. »Paßt Ihnen zwanzig Uhr zwölf nicht? Die Liste abgehender Gespräche an der Telefonzentrale des CRI ergibt jedenfalls das gleiche. Sagen Sie mal, Matt, der Typ bei der Telefongesellschaft wollte wissen, wieso ich nach demselben Anruf frage, den die Polizei auch schon überprüft hat. Ich kriege doch deswegen keine Schwierigkeiten, oder, Cobb?«

Das schlug dem Faß den Boden aus. »Nein, Sie kriegen keine Schwierigkeiten deswegen, Millie. Schönen Dank jedenfalls.«

»Gern geschehen«, sagte sie.

Nachdem sie eingehängt hatte, saß ich eine Weile mit dem Hörer in der Hand da und überlegte, ob ich ihn Detective Lieutenant Cornelius U. Martin Jr. auf den Schädel hämmern sollte. Er schüttelte sich vor Lachen, noch penetranter als vorher. Er nahm sich Zeit dafür. Mir war das Ganze unendlich peinlich.

Schließlich wischte er sich die Tränen aus den Augen, seufzte und sagte: »Matty, das hat mir altem Knopf gutgetan, das kannst du mir glauben. Du hättest dein Gesicht sehen sollen. Das war die Information über Devlins Anruf, stimmt's?«

Ich traute mich nicht zu antworten und nickte deshalb nur.

»Ich lache dich nicht gerne aus, Matty, aber das geschieht dir ganz recht. Du bist ein cleveres Bürschchen, hast mir schon oft geholfen, das gebe ich jederzeit gern zu. Aber hier geht es um Mord, Matty, und du mußt lernen, daß du bei so etwas mit Amateurrumschnüffeln nichts rauskriegst. Ein Bericht über diesen Anruf lag schon auf meinem Schreibtisch, bevor du überhaupt in mein Büro gebracht wurdest. Außerdem habe ich die Staatspolizei in Washington das Ganze vor Ort überprüfen lassen. Die Telefonistin beim CRI schwört Stein und Bein, daß der Anruf aus dem Gebäude kam, und zwar von Devlin persönlich.

So, jetzt erzähl mir deine Geschichte noch einmal. Von Anfang an.«

Ich erzählte sie ihm, ließ aber Walter Schick weiterhin außen vor. Ich saß wieder mitten drin in der Patsche. Ich mußte die Sache wohl oder übel aufklären, schon aus Selbstschutz.

Das wurde mir um so bitterer klar, als der Lieutenant schließlich sagte: »Okay, Matty, ich hoffe, du weißt, was du tust.« Er zuckte die Achseln. »Übrigens, Tony Groat, der Freund dieser Teobaldi, ist eindeutig entlastet. Damit haben wir einen Hauptverdächtigen weniger.«

»Und wer steht jetzt als Hauptverdächtiger zur Debatte?« fragte ich.

»Wenn ich einen benennen müßte, Matty«, sagte er, »dann wärst du das.« Er griff nach seinem Hut. »Keine Angst. Ich erzähle Rivetz nichts von vorhin.« Er verließ mein Büro.

Damit stand ich wieder ganz am Anfang, als hätte ich Zimmer 414 nie verlassen. Zum Trost riß ich eine Rolle Drops auf und steckte mir drei rosafarbene auf einmal in den Mund. Dann ging ich zu Jack Hansen hinunter.

Aufgrund seiner gehobenen Position und der gelegentlich erforderlichen Diskretion stand Jack Hansens Schreibtisch nicht inmitten des alltäglichen Wahnsinns der Nachrichtenredaktion von Kanal 10, sondern in einem fensterlosen Kabuff, das in den Bauplänen noch als Besenkammer eingezeichnet gewesen war. Als ich eintrat, redigierte er gerade den Text für eine Dokumentation über irgendwelche staatlichen Stellen.

Er bedachte meine äußere Erscheinung von Kopf bis Fuß mit einem kritischen Blick und sagte dann: »Na, na, kleine Sauftour gemacht? Du siehst aus wie ein Zombie auf Grufturlaub.«

»Angesichts meiner aktuellen Verfassung«, erwiderte ich, »dürfte das noch arg geschmeichelt sein. Ich habe deine Nachricht bekommen. Hast du was für mich?«

»Eine ganze Menge sogar«, sagte er. »Setz dich. Nein, hierher. Ich will dir ins Gesicht sehen, wenn ich mit dir rede.«

»Schon wieder einer!«

»Wie meinen?«

Ich winkte ab. Er legte eine Aktentasche auf den Tisch und entnahm ihr einige Unterlagen, alles sehr professionell. Sollte das Network je eine Serie namens »Gerichtsreporter Jack Hansen« drehen, würde man Jack nicht einmal sich selbst spielen lassen, weil er viel zu sehr wie ein Schauspieler wirkt. Er ist groß und schlank, hat braune Haare mit eleganten grauen Schläfen und gerade so viele Sorgenfalten in seinem ebenmäßigen Gesicht, daß er interessant aussieht.

»Zunächst einmal habe ich herausgefunden, wer die Leiche entdeckt hat«, sagte er.

»Und?« Das überraschte mich keineswegs, denn er hatte unter seinen Ex-Kollegen viele gute Freunde.

»Du kannst von Glück reden, daß du noch auf freiem Fuß bist. Für das, was du da zu Protokoll gegeben hast, hättest du eigentlich einen Freifahrschein nach Sing Sing kriegen müssen.«

»Das ist ja gerade der Knüller, den ich dir versprochen habe«, sagte ich. »Ein Bericht aus erster Hand: Mord war mein Hobby.« Ernsthaft fügte ich hinzu: »Ist diese Kleinigkeit wichtig genug für die Nachrichten?«

»Erst, wenn sie dich wirklich verhaften«, sagte er. »Na komm schon, Matt, du warst doch selber Nachrichtenredakteur, bevor eine Karriere dich von uns fortgespült hat. Das ist doch keine Story! Du weißt ja selbst, wie viele Leichen in dieser Stadt tagtäglich in irgendwelchen Hotelzimmern gefunden werden. Für die Nachrichten muß es schon mindestens eine grausam verstümmelte Kinderleiche sein.

Ich für mein Teil werde die Story jedenfalls erst verwerten, wenn sie in den Schlagzeilen auftaucht oder ein anderer Sender das Ganze bringt.«

»Danke. Hast du etwas über Carlson herausbekommen?«

»Ja, aber das möchte ich mir für zuletzt aufbewahren. Willst du wissen, wie die Polizei die Sache derzeit sieht?«

»Allerdings«, sagte ich. Ich war der Meinung, als Hauptverdächtiger war ich es mir selbst schuldig, Bescheid zu wissen.

Jack rieb sich die Augenbraue. »Vieles von diesen Informationen stammt von einer Registraturangestellten, die sich brennend für die Berichte interessiert. Das meiste konnten mir die Jungs, die die Ermittlungen durchführen, bestätigen.«

Er schlug sein Notizbuch auf. »Also: Unter dem Namen Charles Vincent trägt sich Carlson um fünf Uhr nachmittags im Hotel Cameron ein. Nach Aussage des Tagesportiers hat er keinerlei Besuch gehabt, jedenfalls nicht, daß er wüßte, und der Nachtportier, mit 'nem Kopp wie 'ne Ansteckperle, hat nur einen gesehen, nämlich dich. Das heißt allerdings überhaupt nichts, denn das Haus hat außen eine Feuertreppe und diverse Notausgänge. Das heißt, die Detroit Lions hätten da ungesehen rein- und wieder rausmarschieren können.

Nach Angabe des Gerichtsmediziners trat der Tod um zwanzig Uhr plus minus ein paar Minuten ein, und zwar infolge einer Stichverletzung in die linke Herzkammer. Er dürfte augenblicklich tot gewesen sein. Als Tatwaffe wurde ein Messer mit einer vierzehn Komma sechs Zentimeter langen Klinge identifiziert ...«

»Ich habe die Tatwaffe gesehen. Da steckte sie noch in dem Ermordeten drin.«

»Hmmmmmm. Dann weißt du ja auch, daß das Messer selbst nicht viel hergibt. Innerhalb einer Viertelstunde könnte ich dir von dem Geld, das ich in der Tasche habe, in zehn verschiedenen Läden im Umkreis von anderthalb Häuserblocks rings um das Hotel exakt das gleiche Messer besorgen.«

»Genausogut hättest du es in Moose Jaw, Saskatchewan, kaufen und mitbringen können.«

»Genau. Als Indiz absolut wertlos. Immerhin weiß man, daß der Stich von oben in den Rücken erfolgte, und zwar mit der rechten Hand.«

Das erklärte vermutlich, wieso Tony entlastet war, dachte ich.

»Na schön«, sagte ich. »Ich kenne seine Ex-Frau, ich habe die Leiche gefunden, und ich bin Rechtshänder. Ich kenne Leute, die bei weniger eindeutiger Beweislage in den Kahn gegangen sind. Mich haben sie nicht mal in Untersuchungshaft gesteckt.«

»Es hat eben nicht jeder den Sohn eines Lieutenants des Morddezernats vor dem Ertrinken gerettet«, sagte Jack.

»Woher weißt du denn das schon wieder?« fragte ich.

»Ich habe dich überprüft, ganz einfach. Ich wollte die Story im Kasten haben, falls du doch noch verhaftet wirst.« Lächelnd fuhr er fort: »Aber das sollte nur ein Scherz sein. Ich weiß, warum du auf freiem Fuß bist. Bevor die dir irgend etwas anhängen können, müssen sie noch eine Menge Sachen klären.«

»Zum Beispiel?«

»Zum Beispiel die Zigarettenkippen, die sie im Papierkorb gefunden haben. Sie haben alle deine Bekannten gefragt, ob dich je einer hat rauchen sehen, sogar mich haben sie darauf angesprochen. Inzwischen müßten sie kapiert haben, daß du der erbittertste Feind bist, den die Tabakindustrie je hatte, von der Krebsliga einmal abgesehen.

Jedenfalls sind sie sicher, daß die Zigaretten von zwei verschiedenen Personen geraucht wurden, obwohl alle Stummel von Carlsons Marke stammen. Einige davon waren noch ziemlich lang, andere bis zum Filter runtergebrannt.«

Jetzt wußte ich auch, warum Rivetz und Lieutenant Martin in der Nacht zuvor so auf dem Thema Rauchen beharrt hatten.

»Warte mal«, sagte ich. »Der Mörder und Carlson kannten sich also offensichtlich. Und sie müssen eine ganze Weile dort gewesen sein, wenn es so viele Kippen waren. Der Portier kann bezeugen, daß ich erst etwa eine Viertelstunde vor den Bullen im Hotel angekommen bin.«

Jack schüttelte den Kopf. »Du hättest wieder rausschleichen und durch die Eingangshalle kommen können, um dir ein Alibi zu verschaffen.

Aber du hast recht, daß es wohl sein Mörder war, der sich bei ihm aufhielt. Eine Nutte war es jedenfalls nicht, es war kein Lippenstift an den Filtern.«

»Nicht alle Frauen tragen heute Lippenstift«, wandte ich ein.

»Nutten schon. Außerdem haben die keine Zeit für Zigarettenpausen, jedenfalls nicht die Sorte, die das Hotel Cameron beehrt.«

»Na gut«, sagte ich. »Also ein Grund, warum ich möglicherweise unschuldig bin. Was sonst noch?«

»Fingerabdrücke«, sagte er.

»Quatsch. In dem Zimmer muß es von meinen Abdrücken nur so wimmeln!«

»Tut es auch«, räumte er ein. »Du hast astreine Abdrücke innen und außen auf der Türklinke, auf dem Schreibtisch und am Telefon hinterlassen. Dafür waren auf dem Messer überhaupt keine.«

»Das hätte ich ja abwischen können«, sagte ich.

»Stimmt«, gab er zu. »Aber mit Ausnahme der Fingerspitzen des Toten waren deine Abdrücke die einzigen im ganzen Zimmer. Der Aschenbecher, der dich k. o. geschlagen hat, war blitzblank.«

»Dann habe ich den Mistkerl gestört, als er dabei war, die Spuren zu beseitigen. Also brät er mir eins über und haut ab.«

Er nickte. »Wenn du jetzt die Fingerabdrücke und die Zigarettenstummel zur Beule an deinem Kopf addierst (die du dir übrigens auch selbst hättest zufügen können, aber wozu?) und dann noch dazurechnest, daß die Bullen etwa zwei Minuten, bevor du in den Raum getappt bist, einen anonymen Hinweis von einem männlichen Anrufer erhalten haben, dann wird es sich der Staatsanwalt dreimal überlegen, bevor er dich wegen Mordes anklagt.«

Ich fühlte mich schon erheblich besser. »Weißt du, Jack, ich kann mich nur bei dir bedanken. Aber wenn doch alles so super für mich ist, warum schaust du dann so sorgenvoll drein?«

Das tat er wirklich. Er sah mich pessimistisch an und sagte: »Warte, bis du mehr über das Opfer weißt.«

»Schön«, sagte ich. »Das können wir abkürzen. Er war ein Zocker.«

»Und ein Säufer.«

»Und eine alte Plaudertasche.«

»Korrekt.«

»Er hat verloren.«

»Fast ständig.«

»Karten?«

»Und Pferde.«

»Er hatte einen Deckel offen.«

»Als er starb? Halb so wild, nur zwei Riesen. Er hatte eine gute Stellung beim CRI. Er hat an der Entwicklung der Geräte mitgearbeitet, mit denen sie die Einschaltquoten ermitteln. Gutes Gehalt, geschieden, keine Kinder oder Unterhaltsverpflichtungen (das weißt du ja). Für seine Verhältnisse sah die Lage fast schon rosig aus. Am Montag hat er sogar seinem Gläubiger Geld gebracht, wahrscheinlich war er unter anderem deshalb in New York.«

»Was ist daran so aufregend?« wollte ich wissen.

»Warte, ich bin noch nicht fertig. Mein Informant von der Straße sagt, vor etwa einem Jahr stand Carlson noch mit rund neunzehn Riesen in der Kreide.«

Ich zuckte unwillkürlich zusammen. Wenn ich einen Dollar für die Staatliche Klassenlotterie ausgebe, blutet mir das Herz.

»Wundersamerweise löste er seine Schulden ab«, sagte Jack. »Kein Mensch weiß, woher er die Mäuse hatte.«

»Warte mal«, sagte ich. »Hast du das von deinen üblichen Informanten hier in der Stadt? Ich hätte erwartet, daß er seine Buchmacher zu Hause in Washington hat.«

»Genau das ist das Aufregende an der Sache«, sagte Hansen. »Natürlich hatte er da auch seine Leute, aber nachdem er ein paar Raten im Rückstand war, haben ihn die Jungs in Washington an Herschel Goldfarb verkauft.«

Ich bibberte keineswegs vor Angst. Ich lachte sogar. »Herschel Goldfarb!?« ächzte ich.

Jack lachte nicht mit. »Das habe ich befürchtet«, sagte er. »Matt, hör gut zu. Ich weiß nicht, was du vorhast, aber so, wie du lachst, scheinst du keine Ahnung zu haben.«

»Tut mir leid. Aber ich hatte erwartet, daß du mir ein Komplott zur Ergreifung der Weltherrschaft servierst, und dann erzählst du mir was von ›Herschel Goldfarb‹!«

»Halt die Klappe und hör zu«, sagte er scharf. »›Herschel

Goldfarb‹ ist genauso witzig wie ›Dutch Schultz‹ oder ›Meyer Lansky‹, Matt. Goldfarb ist ein Genie, vermutlich ein verrücktes. Er könnte sich den Central Park kaufen und zehn Apartmenthäuser darin bauen, aber er lebt mit seiner Mutter in dem alten Reihenhaus, in dem er aufgewachsen ist.«

»Klingt, als wäre er ein netter Kerl.«

»Mach weiter so, Matt, dann bist du der witzigste Typ in der ganzen Leichenhalle, das verspreche ich dir.«

Er rieb sich die Nase. »Weißt du, Matt, auch wenn man keine Narbe im Gesicht hat oder Banken ausraubt, kann man ein Gangster sein. Goldfarb ist der lebende Beweis. Bis vor zehn Jahren war er Professor an der Wharton School of Business, ein Experte für Betriebswirtschaft und Rechnungswesen.

Das Dumme ist, daß er dieses Wissen auf das organisierte Verbrechen angewendet hat. Er hat der Unterwelt beigebracht, auf den richtigen Kapitalfluß und niedrige Gemeinkosten zu achten. Er kauft Buchmachern und Geldverleihern Schuldscheine ab, natürlich mit zwanzig oder dreißig Prozent Rabatt.

Das ist genial. Im legalen Wirtschaftsleben geschieht das gleiche. So, wie Goldfarb die Sache aufgezogen hat, kommen die Ganoven schneller an ihr Geld und können es wieder in Umlauf bringen oder vielleicht einen Drogendeal finanzieren. Es erspart ihnen auch das mühsame, kostenintensive Inkasso.

Für Goldfarb fällt natürlich auch etwas ab. Er kann auf einer breiteren Basis arbeiten als die meisten Geldverleiher und nimmt deshalb jede Woche enorme Summen ein.«

»Tut mir leid, daß ich gelacht habe«, sagte ich. »Vermutlich übt er für die Geldwäsche irgendein legales Gewerbe aus.«

»Genau. Außerdem ist er sehr diplomatisch. Er ist völlig unauffällig. Sorgt immer für Ruhe in der Truppe, stellt keine ungerechtfertigten Forderungen, hält sich hübsch aus Rauschgifthandel, Schutzgelderpressung und Rotlichtmilieu heraus. Die Schmutzarbeit wie etwa das Geldeintreiben überläßt er seinen Jungs. Hält sich nur eine kleine Truppe, zwei mittelprächtige Typen als Fahrer und Leibwächter.«

»Und offiziell?«

»Nicht mal ein Strafmandat für eine rote Ampel. Das Finanzamt würde ihn liebend gern wegen Steuerhinterziehung an den Kanthaken kriegen, aber er führt seine Bücher selbst, und zwar brillant. Gibt Jahr für Jahr pünktlichst seine Steuererklärung ab, aber das Geld ist auf so viele echte Unternehmen verteilt und er kennt so viele Schlupflöcher, daß er nie mehr als zweihundert Dollar im Jahr Einkommenssteuern zahlt.

Und mit diesem Mann hat sich Carlson getroffen, unmittelbar, bevor er umgenietet wurde. Paß auf deine Rübe auf, Cobb, du schuldest mir noch zehn Scheine.«

»Ich habe sie dir bei der Weihnachtsfeier zurückgezahlt. Ich kann auch nichts dafür, wenn du besoffen warst.« Dieses Thema war zwischen uns ein Dauerbrenner. »Wissen die Bullen eigentlich von der Connection zwischen Goldfarb und Carlson?«

»Natürlich, du Knalltüte«, sagte er. »Die wissen alles über Carlson, seit er das erste Mal in die Windeln geschissen hat. Die können das.«

»Dann sind sie mir gegenüber ja fast scheu«, bemerkte ich, vor allem zu mir selbst.

Ich bedankte mich bei Jack und ging. Im Flur machte ich sofort eine Kehrtwendung und spazierte wieder zu ihm rein.

»Vern Devlin«, sagte ich.

Er sah mich einen Augenblick lang fragend an und meinte dann: »Sagt mir irgendwas.« Er schaute in seine Notizen. »Hier ist es. Natürlich, der Anruf. Die Washingtoner Polizei hat ihn heute morgen beim CRI vernommen. Über ihn gibt es nicht viel. War Carlsons Stellvertreter, wird jetzt wahrscheinlich befördert. Junggeselle, verlobt, keine bekannten Geldprobleme.

Bevor du jetzt wieder lossprintest, kann ich sonst noch was für dich tun?«

»Nein, danke«, sagte ich, und ging zum zweiten Mal.

»Und wann kriege ich meine Story?« rief er mir nach.

Ich überhörte es. Ich fragte mich, ob es wohl noch schlimmer kommen konnte. Irgendwie wurde ich immer tiefer hineingezogen, jetzt hatte ich es schon mit dem organisierten Verbrechen zu tun. Was kam wohl als nächstes, vielleicht noch Leichenschändung?

Kapitel 11

»... mein Privileg war es, einem der reichsten und exzentrischsten Männer der Welt zu dienen.«
– Marvin Miller, »The Millionaire« (CBS)

Ich fand, es war höchste Zeit, meine Probleme einer höheren Instanz zu unterbreiten. Und da der liebe Gott bekanntlich keine Geschäftszeiten aushängt, entschied ich mich für Mr. Hewlen. Als der Aufzug in der Penthouseetage anhielt, war die Empfangsdame etwas verwirrt, weil ich weder US-Senator noch Ölmillionär (in- oder ausländischer Provenienz) oder sonst ein Angehöriger der Crème de la Crème war, die ihrem Chef normalerweise ihre Aufwartung zu machen pflegte.

Sie war zu vornehm, um mich rundheraus anzustarren, aber das überlegene Lächeln trat mit ein oder zwei Sekunden Verspätung auf ihre Lippen.

»Matt Cobb, Sonderprojekte«, teilte ich ihr mit. »Ich würde gern Mr. Hewlen sprechen.«

Sie lächelte noch immer. Mit ihrem blassen Teint und dem breiten, rotgeschminkten Mund erinnerte sie mich an einen eigentümlich attraktiven Clown. »Es tut mir leid, Mr. Hewlen ist zur Zeit in einer Besprechung. Soll ich Ihnen einen Termin geben?«

»Nein. Sagen Sie ihm einfach über die Gegensprechanlage, daß ich hier bin.«

Sie gab ein nachsichtiges kleines Lachen von sich. »Ich fürchte, das ist ausgeschlossen.«

»Aber nein. Sagen Sie ihm einfach, ich hätte Ihnen den Arm verdreht. Oder noch besser, ich hätte Ihnen unanständige Avancen gemacht.«

Sie schnappte entsetzt nach Luft und drückte auf die Taste. »Ein Mr. Cobb möchte Sie sprechen, Sir.«

»Was?« tönte es aus dem Lautsprecher. »Cobb? Schicken Sie ihn rein. Er hat gerade noch gefehlt.«

Ich fragte mich, was er damit meinte, bis ich die mit schwarzem Leder bezogene Schwingtür geöffnet hatte und eingetreten war. Es war ein weiter Weg quer durch das ganze Büro, doch selbst auf diese Entfernung erkannte ich Mr. Hewlens Gesprächspartner auf den ersten Blick. Der streng dreinblickende Mann in dem Ledersessel vor ihm war Thomas Falzet, der Präsident des Networks. Bei der Frau mit dem hochroten Kopf, die sich drohend neben dem Vorstandsvorsitzenden aufgebaut hatte, handelte es sich um Cynthia Schick.

Alle blieben wie erstarrt, wo und wie sie waren, während ich das Büro durchquerte, fünf Stufen hinunter, am Schreibtisch der Sekretärin vorbei und wieder sieben Stufen hinauf zum Podest, auf dem Mr. Hewlens Schreibtisch stand.

Als ich in Hörweite kam, sagte Mr. Hewlen: »Haben Ihnen die Ohren geklingelt, Cobb?«

»Wie bitte?«

»Wir haben gerade über Sie gesprochen. Warum sind Sie heraufgekommen?«

»Ich wollte Ihnen ein paar Fragen stellen. Mr. Falzet übrigens auch.«

Er lächelte mich an. Die Rückenflosse eines Haifischs in meiner Badewanne sähe ich lieber als dieses Lächeln.

»Zuvor würde ich Ihnen gern eine Frage stellen. Warum haben Sie meiner Tochter gegenüber gesagt, Tom Falzet habe versucht, ihren Mann zu töten?«

Das Schicksal tat wahrlich alles, um mir Knüppel zwischen die Beine zu werfen. Ich warf Cynthia Schick einen bitterbösen Blick zu und sagte: »Ich habe nichts dergleichen gesagt, Mr. Hewlen.«

»Und ob Sie das haben«, fuhr sie mich an. »Sie haben mich gefragt, ob Tom Falzet meiner Meinung nach so wütend war wegen ›Harbor Heights‹ und weil er nicht Präsident geworden war, daß er versucht haben könnte, Walter umbringen zu lassen!«

Falzet und Mr. Hewlen beobachteten mich gespannt.

»Nun?« sagte die Lady herrisch. »Wollen Sie das etwa abstreiten?«

»Nein«, sagte ich. »Ich habe Ihnen diese Frage gestellt.«

»Siehst du, Vater!«

Falzet äußerte zum ersten Mal etwas. »Grotesk!« sagte er.

»Was hat das alles zu bedeuten, Cobb?« wollte der Unternehmensgründer von mir wissen.

»Das Zitat ist aus dem Kontext gerissen. Ich hoffe, ich gehe nicht zu weit mit der Vermutung, daß Ihre Tochter etwas überreizt ist. Es war folgendermaßen: Im Zusammenhang mit Ermittlungen, die ich für meine Abteilung führe, fragte ich Mrs. Schick nach den genauen Umständen des Unfalls, den ihr Mann hatte.«

»Er wurde ermordet!« sagte Mrs. Schick wieder, als sei ihr Mann längst unter der Erde.

Ich hatte keine Lust, mich über diesen Punkt zu streiten. »Wie dem auch sei. Lediglich aus Routine hatte ich gefragt, ob die Polizei vielleicht die Vermutung geäußert hatte, an dem Unfall sei irgend etwas nicht koscher gewesen. Sie sagte nein. Dann fragte ich weiter, ob ihr Mann Feinde gehabt hatte, und daraufhin brachte sie Tom Falzets Namen ins Spiel.

Dann erst fragte ich, ob sie wirklich glaube, daß er so etwas getan haben könnte. Sie hat Ihnen vermutlich nicht erzählt, daß ich hinzufügte, ich persönlich sei der Meinung, daß es sich nicht um einen Mordanschlag gehandelt hatte, denn sonst hätte entweder Mrs. Schick oder Ihre Enkelin als Komplizin beteiligt gewesen sein müssen.«

»Lassen Sie Roxanne aus dem Spiel, Sie Schwein!« In ihren Augen glitzerte schierer Haß.

Ich zuckte die Achseln. »Nichts lieber als das. Aber wenn Sie vor aller Welt behaupten, ich hätte meinen Chef eines Mordversuchs bezichtigt, was soll ich dann tun? Den Mund halten und mich rauswerfen lassen? Nein, danke!«

»Grotesk!« sagte Falzet nochmals.

Der Vorstandsvorsitzende sagte: »Ich entschuldige mich bei Ihnen, Cobb.« Zu seiner Tochter gewandt sagte er: »Cynthia, ich mache mir Sorgen um dich. Ich weiß, die letzten Monate waren sehr bitter. Für uns alle. Ich habe Verständnis dafür, daß der ständige Druck sich auch auf dein Verhalten auswirkt, aber ich kann nicht zulassen, daß deine emotionalen Probleme Unstimmigkeiten innerhalb des Networks zur Folge haben.

Ich lasse dich jetzt nach Hause fahren und möchte, daß du dich an einen Nervenarzt wendest.«

»Ich brauche keinen Arzt, Vater«, sagte sie angespannt, warnend.

Das Gesicht des alten Mannes wurde so milde, wie ich es nie zuvor gesehen hatte. »Schon gut, Cynthia. Vielleicht können wir morgen noch einmal darüber sprechen. Vielleicht hast du ja Lust, eine Kreuzfahrt zu machen und Roxanne die Welt zu zeigen.«

»Walter braucht mich«, sagte sie. Schweigend ließen wir diesen Satz durch den Raum schweben und verklingen. Inzwischen hatte sie ihre kühle, effiziente Maske wieder aufgesetzt. Sie war anpassungsfähig, aber an irgendeinem Punkt ist es mit der Geschmeidigkeit vorbei. Schließlich willigte sie ein, die Sache später mit ihrem Vater weiter zu diskutieren. Mit giftigen Blicken in Falzets Richtung stolzierte sie hinaus.

Ich betrachtete derweilen interessiert die Modiglianis an den Wänden von Hewlens Büro. Sie sahen allesamt aus wie Basketballspielerinnen.

Als die Tür ins Schloß fiel, wiederholte Falzet kopfschüttelnd: »Grotesk!« Er stand auf und sagte: »Nun, Mr. Hewlen, damit dürfte dieser Punkt erledigt sein. Meiner Meinung nach sollten Sie darauf bestehen, daß sie einen Nervenarzt konsultiert. Wenn Sie mich jetzt entschuldigen wollen …«

»Einen Augenblick noch, bitte, Mr. Falzet«, sagte ich. »Wenn Sie schon einmal hier sind, würde ich gern meine Frage an Sie loswerden.«

Er warf mir einen eisigen Blick aus seinen grauen Augen zu. Ich überlebte. »Jetzt nicht, Cobb. Was bilden Sie sich eigentlich ein? Lassen Sie sich gefälligst von meiner Sekretärin einen Termin geben.«

Ich blieb höflich. »Es wäre für mich viel einfacher, wenn Sie mir jetzt ein paar Minuten schenken könnten, Mr. Falzet.«

»Da unten wartet ein hohes Tier von der Medienaufsicht auf mich, Cobb. Wegen mir können Sie bleiben, wo der Pfeffer wächst.« Ich zuckte zusammen.

Ich machte mir nicht die Mühe, ihm zu antworten, schon aus Angst, er würde noch etwas von sich geben, das mir die Fußnägel hochklappte. Statt dessen zog ich meine Brieftasche hervor und entnahm ihr eine hektographierte interne Mitteilung mit dem Briefkopf des Networks.

»Das erschien unmittelbar nach Ihrer Ernennung zum Präsidenten, Mr. Falzet«, sagte ich. »›Von Thomas J. Falzet, an alle Konzernmitarbeiter. Betrifft: Abteilung Sonderprojekte. Mir ist zu Ohren gekommen, daß einzelne Personen sich alles andere als kooperativ gegen die (gegenüber der, korrigierte ich im stillen) Abteilung Sonderprojekte verhalten haben.‹«

Den folgenden Satz bekam ich nur mit Willensanstrengung über die Lippen: »›Aus gegebenem Anlaß erinnere ich Sie daran, daß alle Mitarbeiter des Networks betreffend jeglicher Informationen bezüglich des Networks und seiner Geschäftstätigkeit zur umfassenden und rückhaltlosen Kooperation mit der genannten Abteilung verpflichtet sind.

Persönliche Fragen brauchen nicht beantwortet zu werden, doch wird eine Verweigerung der Zusammenarbeit mit der genannten Abteilung im Hinblick auf geschäftliche Abläufe künftig zum Anlaß genommen …‹«

Ich mußte aufhören. Mr. Hewlen lachte, daß sein grauer Haarschopf wackelte.

»Mein Gott, Thomas«, ächzte er. »Was bist du für ein Schaumschläger, du mit deinen pompösen Rundschreiben! Stimmt doch, Cobb, oder?«

Sollte ich dem Vorstandsvorsitzenden widersprechen oder den Präsidenten einen Schaumschläger nennen? »Alexandre Dumas der Ältere schrieb: ›Man muß gut aufpassen, was man schreibt, und in wessen Hände es gerät.‹« Es war gelogen. Mr. Hewlen krümmte sich erneut vor Lachen, und natürlich mußten Tom Falzet und ich mit einstimmen.

Falzet wußte genau, wo sein Futternapf stand. Er setzte ein gutmütiges Lächeln auf und sagte: »Also gut, Cobb. Um es mit Shakespeare zu sagen: ›Wenn der Feuerwerker von seinem eigenen Pulver in die Luft fliegt …‹ Stellen Sie Ihre Frage.«

Wider besseres Wissen war ich beeindruckt. Shakespeare wird ständig zitiert, meist, ohne daß die Leute es selbst merken, deshalb war ich um so überraschter, dergleichen von einem Mann zu hören (selbst wenn er es falsch zitierte), der seiner Muttersprache sonst so viel Schreckliches antat.

Deshalb sagte ich jetzt etwas versöhnlicher: »Nur eine simple Frage, Mr. Falzet: Gab es seinerzeit böses Blut, als ›Harbor Heights‹ abgesetzt wurde?«

Mr. Hewlen warf ein: »In der internen Mitteilung sind persönliche Fragen ausdrücklich ausgenommen, Cobb.« Er hatte sichtlich Spaß an der Sache.

»Ja, Sir, aber ich habe Mr. Falzet nur gefragt, ob ihm von irgendeiner Seite im Network oder bei der Produktionsfirma irgendwelche Unstimmigkeiten in diesem Zusammenhang aufgefallen sind.«

»Ach so, in diesem Fall geht das in Ordnung. Sie dürfen die Frage beantworten, Thomas«, sagte er gefällig.

»Vielen Dank, Sir.« Falzet hatte seine Gesichtszüge ausgezeichnet unter Kontrolle. Er lächelte noch immer, obwohl ihm die ganze Sache nicht im geringsten gefiel. Er wandte sich zu mir um. »Nein, Cobb, es hat kein böses Blut gegeben. ›Harbor Heights‹ war mein Baby, und ich war natürlich enttäuscht, aber es war eindeutig zu erkennen, daß es nicht lief und abgesetzt werden mußte.«

»Wessen Entscheidung war das?«

»Nun, ja, meine eigene, selbstverständlich in Abstimmung mit Mr. Hewlen und Mr. Schick.«

»Sie haben die Serie also nach acht Wochen abgesetzt.«

»Ja. Nachdem der CRI uns die Einschaltquoten für die zweite Woche vorgelegt hatte, wäre ich allerdings bereit gewesen, sie sofort zu beenden. Die Quoten sanken rapide und hätten letzten

Endes Einbußen bei den Werbeeinnahmen zur Folge gehabt. Mr. Schick stimmte mir zu, aber Mr. Hewlen wies uns an, noch einen Monat zu warten.«

Der alte Mann nickte. »So konnten die Hyänen wenigstens nicht sagen, wir hätten es nicht versucht. Wenn es am Freitag auch nur geringfügig besser gelaufen wäre als am Sonntag, hätten wir es vielleicht die ganzen dreizehn Wochen durchgezogen, wie in alten Zeiten.«

Es war das erste Mal, daß ich jemanden wehmütig von den »alten Zeiten« der Quotenmessung sprechen hörte. Stichprobenverfahren sind ebenso merkwürdige wie faszinierende Methoden. Die Fernsehgewohnheiten von zwölfhundert ständig wechselnden Haushalten werden repräsentativ für die Bevölkerung der USA gemessen. Die Stichprobe ist statistisch aussagefähig und mathematisch auf wenige Prozentpunkte exakt berechnet, und dennoch werden die Ergebnisse nicht von allen akzeptiert. Leuten, die nicht an die Gültigkeit von Stichprobenverfahren glauben, mußten sich schon einmal vorhalten lassen: »Wenn Sie das nächste Mal beim Arzt Laboruntersuchungen machen lassen, dann lassen Sie sich nicht nur eine Blutprobe abnehmen, sondern geben Sie ihm doch gleich alles.«

In der guten alten Zeit (vor rund vier Jahren) ermittelte man die Einschaltquoten jedenfalls durch Meßgeräte, die unmittelbar an den Fernseher gekoppelt wurden. Das Gerät lief ständig mit und zeichnete Minute für Minute auf, ob die Flimmerkiste eingeschaltet war und welches Programm lief. Zum Wochenende wurden die Kassetten mit den Aufzeichnungen vom CRI abgeholt oder von den Zuschauern mit der Post geschickt.

Dann nahm sich ein technisches Genie der Sache an und stellte fest, daß man, um eine bestimmte Sendung identifizieren zu können, lediglich Uhrzeit und das Programm kennen mußte. Man brauchte gar nicht zu wissen, daß der Fernseher sonntagnachmittags stundenlang das Fußballspiel auf Kanal zwei ausstrahlte, sondern mußte nur ermitteln, wann der Zuschauer angefangen und aufgehört hatte, die Sendung zu sehen.

Also holte man sich ein paar Leute (unter anderem offenbar Carlson) und entwickelte ein System, das folgendermaßen funktioniert: Anstelle einer kontinuierlichen Überwachung wird an den Fernseher jetzt nur noch ein Gerät angeschlossen, das im wesentlichen aus drei Elementen besteht: einer Uhr, einem Aufzeichnungs- und einem Telefonmodul. Schaltet man den Fernseher ein, zeichnet der Recorder in elektronisch kodierter Form Uhrzeit und Programm auf. Anschließend stellt es sich selbsttätig aus.

Sobald man umschaltet, registriert das Aufzeichnungsgerät kurz die Uhrzeit und das neue Programm und geht dann wieder auf Stand-by. Auch den Zeitpunkt, an dem der Fernseher ausgeschaltet wird, notiert das Gerät.

Diese Informationen liegen alle als verschlüsselte Signale auf Magnetband vor. Nun kommt das Telefon zum Einsatz, denn am anderen Ende der Leitung hängt der CRI-Computer in Washington, D. C. Zu einem festgelegten Zeitpunkt wählt er sich automatisch in das Aufnahmegerät ein und ruft die aufgezeichneten Daten ab, entschlüsselt sie, setzt sie mit den Informationen über andere Fernsehgeräte zusammen und führt Berechnungen durch. Die Ergebnisse werden in eine für normale Menschen verständliche Form gebracht, ausgedruckt und – schwupp! hat man die Einschaltquoten der amerikanischen Fernsehgemeinde.

Natürlich beurteilt das Sendernetz seine Stellung nicht alle zwei Wochen, sondern alle zwei Tage. Sobald der Führungsspitze neue Daten vorliegen, wird es in den unteren Etagen ungemütlich. Deshalb wechselt das Programm zur Hauptsendezeit oft in so atemberaubendem Tempo. Alle Fernsehsender schieben ihre Sendungen hin und her, her und hin, um ein größeres Stück vom Kuchen abzubekommen, denn man muß sich vor Augen halten, daß jährlich viele Milliarden Dollar für Fernsehwerbung ausgegeben werden. Ein Zehntelprozent kann Millionen bedeuten.

Falzet fragte mich mit übertriebener Höflichkeit, ob er jetzt gehen könne.

»Nur eine Frage noch«, sagte ich. »Kennen Sie einen Mitarbeiter des CRI namens Vincent Carlson?«

»Nein. Mit dem CRI habe ich nie persönlich zu tun gehabt. Das wird erst der Fall sein, wenn die Vertragsverlängerung ansteht. Bei unserem Network, Cobb, läuft die Ermittlung der Einschaltquoten über das Budget des Vertriebs.«

Natürlich hatte ich das gewußt, genauso, wie ich weiß, welche Augenfarbe ich habe. Aber an solche Banalitäten denkt man immer erst, wenn einen jemand darauf anspricht.

»Vielen Dank, Mr. Falzet.«

Er zog wieder die Show mit dem kameradschaftlichen Schulterklopfen plus jovialem Lachen ab, damit alle sahen, wie prächtig er und ich miteinander auskamen.

Mr. Hewlen sagte: »Denken Sie daran, Thomas, den Rest der Woche sehen wir uns abends nach Feierabend die Pilotfilme an.«

»Ja, Sir.« Falzet setzte wieder sein falsches Lächeln auf. »Wissen Sie, Mr. Hewlen«, sagte er, »ich gehe davon aus, daß unser Freund Matt uns noch lange Zeit sehr effizient bei den Sonderprojekten unterstützen wird.« Er nickte. »Er geht die Dinge anders an wie McFeeley, aber er macht seine Sache gut.«

Anders als, du dumme Nuß, dachte ich empört, während Falzet sich auf den langen Weg zur Tür begab. Dieses Arschloch. Er wußte genau, daß ich lieber heute als morgen die Sonderprojekte verlassen und wieder in der Sendeleitung arbeiten wollte. Er wußte, daß er mich voll in den Klauen hatte, denn selbst wenn ich bei anderen Sendernetzen einen Job bekommen konnte, würden die mich ebenfalls primär für solche Sonderprojekte haben wollen, wie immer die dann bei denen hießen. Aber der Fernsehbranche ganz den Rücken zu kehren, wäre ebenfalls unsinnig gewesen – so, als würde sich jemand wegen eines eingewachsenen Zehennagels das ganze Bein amputieren lassen.

Als Falzet gegangen war, sah mich der alte Mann mit bohrenden Blicken an und sagte: »Alles, was gerade besprochen wurde, bleibt in diesen vier Wänden, junger Mann. Vergessen Sie es einfach.« Er drohte mir mit dem Finger. »Haben wir uns verstanden?«

»Darf ich fragen, wovon Sie sprechen, Sir?«

Offenbar war das ein Witz nach seinem Geschmack. Als er sich endlich beruhigt hatte, sagte er: »Ich will Ihnen etwas sagen, Cobb, weil ich Sie mag. Seien Sie vorsichtig, sonst fallen Sie eines Tages auf den Hintern. Ihre Höflichkeit ist so offensichtlich aufgesetzt, daß sie manch einer als beleidigend empfindet. Sie sind genau wie ich. Wenn Sie vor jemandem keinen Respekt haben, dann können Sie dem auch keinen Honig um den Bart schmieren. Nur mit dem Unterschied, daß ich mir das erlauben kann, weil ich reich bin.

Tom Falzet kenne ich wie meine Westentasche. Er ist ein aufgeblasener Wichtigtuer, aber dennoch eine ausgezeichnete Führungskraft. Natürlich würde er alles tun, um seine Interessen durchzusetzen, aber ich sorge schon dafür, daß seine Interessen mit denen des Networks konform gehen. Er ist für den Sender tausendmal wichtiger als Sie, also lassen Sie es nicht auf eine Konfrontation ankommen. Was haben Sie denn nun auf dem Herzen?«

Ich erzählte ihm die Geschichte von Anfang an und unterschlug dabei lediglich meine derzeitige Beziehung zu Monica sowie die Einzelheiten meiner erbärmlichen Vorstellung wegen Devlins Anruf.

Die ganze Zeit verzog er keine Miene, selbst dann nicht, als ich ihm von der Szene in Willowdale erzählte. Während ich von dem Mordanschlag auf mich berichtete, hätte ich genausogut das städtische Telefonbuch rezitieren können.

Als ich fertig war, sagte er: »Sie haben mir das nie gesagt.«

»Wie bitte? Ich habe es Ihnen doch gerade …«

»Nein. Haben Sie nicht. Sie haben die Ermittlungen vollständig auf eigene Faust geführt. Vom Network haben Sie niemanden eingeweiht.«

»Mr. Hewlen, jemand hat versucht, mich umzubringen!«

Er sah mich an. Zum ersten Mal, seit ich ihn kannte, wirkte er alt.

»Cobb«, sagte er, »begreifen Sie das denn nicht? Ich habe das Network aufgebaut. Falls das, was Sie mir da erzählen, zutrifft, oder sogar noch schlimmere Dinge dahinterstecken, darf ich auf keinen Fall etwas damit zu tun haben. Ich würde gebraucht, um das Network anschließend wieder aufzubauen.

Glauben Sie mir, Cobb, niemand auf dieser Welt kann behaupten, ich hätte je mein Wort gebrochen. Sollte Ihnen aus dieser Sache irgendein Schaden entstehen, wird man sich darum kümmern, das verspreche ich Ihnen.«

Ich schnaubte. »Sie meinen, man wird mir ein Begräbnis spendieren?«

»Seien Sie vernünftig, das war mit Sicherheit ein einmaliger Versuch. Und wenn nicht, dann ist es jetzt vermutlich ohnehin zu spät.«

»Wie meinen Sie das?«

»Der Angriff mußte erfolgen, weil jemand Sie als Bedrohung empfindet. Wie könnten Sie diese Person davon überzeugen, daß das nicht der Fall ist? Sie wissen ja nicht einmal, um wen es sich handelt!«

Er hatte recht. Um weitere nächtliche Besuche zu verhüten, blieb mir nichts übrig, als weiterzumachen und die Sache restlos aufzuklären, und wenn ich es dabei mit dem Teufel persönlich zu tun bekam oder, schlimmer noch, mit Herschel Goldfarb. Mehr als alles andere auf der Welt wünschte ich, Carlson hätte seine Schulden abbezahlt und die Sache wäre damit erledigt gewesen.

Der alte Mann fuhr fort: »Kommen Sie wieder her, wenn Sie so viel in der Hand haben, daß wir entscheiden können, wie es weitergehen soll.«

Ich hätte mich am liebsten selbst geohrfeigt, willigte aber ein. Im Gehen sagte ich noch: »Hoffentlich können Sie Mrs. Schick davon überzeugen, daß sie zum Arzt gehen muß.« Ich glaube nicht, daß er mir zugehört hatte. Er hatte jetzt den nach innen gerichteten Blick, den alte Leute oft haben, als liege alles Schöne ihres Lebens in der Vergangenheit begraben. An Mr. Hewlen hatte ich diesen Ausdruck nie zuvor gesehen.

»Ich wollte immer einen Sohn haben, Cobb«, sagte er. »Cynthia war immer schon ein intelligentes, ehrgeiziges Mädchen und fasziniert vom Radio. Als sie alt genug war, um nachzuvollziehen, was ich mit ihren Lieblingssendungen zu tun hatte, sah sie mit so viel Stolz zu mir auf, ... als wäre ich eine Art Zauberer.

Wußten Sie, daß sie sich damals den Namen für ›Coony Island‹ ausgedacht hat? Da war sie gerade einmal neun Jahre alt. Das war die erfolgreichste Kindersendung aller Zeiten. Mit neun Jahren!

Ihre Mutter starb bei ihrer Geburt, wissen Sie, ich war gerade bei einer Sitzung der Konzernunternehmen in Chicago …

Nachdem Cynthia in Europa ihren Abschluß gemacht hatte, bat sie mich um einen Job, ganz egal, was. Ich lehnte ab. Damals gingen nur die Töchter armer Leute arbeiten. So war das eben. Wenn man einen Sohn hatte, lernte man ihn im Geschäft an und übergab ihm irgendwann das Regiment, aber von einer Tochter aus gutem Hause erwartete man, daß sie reiten ging und Tennis spielte. Heute sieht das ganz anders aus, heute würde ich ihr ihre Karriere gönnen.

Aber damals brauchte sie Walter Schick, um Karriere zu machen. Sie lenkte Walters Leben in die richtigen Bahnen, Cobb. Sie erzog ihn zu einem Topmanager. Sie war von den beiden die stärkere, sie war sein Rückgrat, sonst wäre er übergeschnappt, als seine verrückte Tochter weglief. Talent hatte Walter jede Menge, aber der Antrieb kam von Cynthia.«

Es war irgendwie so, als spreche er gar nicht mit mir, sondern diktiere seine Memoiren. Als sei ich zum Mitschreiben da, genau wie vorhin bei seiner Tochter. Ich bot ihnen einen Vorwand, um Dinge auszusprechen, die sie schon seit langem in Gedanken formulierten. Ein Diktiergerät hätte den gleichen Zweck erfüllt.

»Sie drängte mich ständig, ihn zum Präsidenten zu machen. Ich sollte ihm Platz machen, ich hätte mir ›eine Verschnaufpause verdient‹, sagte sie. Doch wie hätte ich das tun können? Es stimmt zwar, daß ich das größte Einzelpaket Aktien besitze, aber das macht bei weitem nicht die Anteilsmehrheit aus. Die Aktionäre hätten mir nicht geglaubt, daß ich Schick allein wegen seiner Qualifikation befördern wollte und nicht etwa, weil er mein Schwiegersohn war, nicht wahr?«

»Harbor Heights«, sagte ich.

Ich hätte lieber den Mund halten sollen. Er begann zu nicken, aber mittendrin wurde ihm plötzlich bewußt, was und mit wem er redete. »Also gut, Cobb, Sie haben mich jetzt genug Zeit gekostet. Das hätte ich mir von McFeeley nie bieten lassen, und von Ihnen schon gar nicht. Gehen Sie mir aus den Augen.«

Ruhig sagte ich: »Ja, Sir«, und ging. Er saß da, den Kopf schwer auf die knotigen Hände gestützt.

Kapitel 12

»Gürteltiere sind von Natur aus geschützt, Sie nicht. Sorgen Sie deshalb vor mit einer Kranken- und Unfallversicherung bei der Mutual of Omaha.«
– Martin Perkins in der von der Mutual of Omaha gesponserten Sendung »Wild Kingdom« (NBC)

Bei der Rückkehr in mein Büro sah ich etwas, das ich nie und nimmer für möglich gehalten hätte: ein Lächeln auf Detective Rivetz' Gesicht. Er flirtete mit Jazz, und sie flirtete mit ihm, nur um in Übung zu bleiben.

»Hallo, Rivetz«, sagte ich. »Was gibt's Neues?« Ich dachte, er werde mich wegen meines Schnitzers noch ein bißchen auslachen, und wollte es so schnell wie möglich hinter mich bringen.

Das Lächeln verschwand. »Eine ganze Menge, Cobb. Ich habe gerade eben etwas sehr Wichtiges herausbekommen und dachte, ich frage Sie gleich mal danach.«

»Na klar«, sagte ich. »Warum nicht? Einen Augenblick noch.« Es war schon kurz vor fünf, deshalb schickte ich Jazz nach Hause.

»Fein, vielen Dank, Mr. Cobb!« Sie war ganz aus dem Häuschen. Offenbar hatte sie eine besonders aussichtsreiche Verabredung.

Ich bat Rivetz in mein Büro und setzte mich hinter den Schreibtisch. »Möchten Sie ein Jellybean?« fragte ich.

Er lehnte ab. Vielleicht hatte er Skrupel, Jellybeans von Leuten anzunehmen, die er irgendwann einbuchten wollte. Er sagte nämlich: »Der Tag kommt, Cobb, darauf können Sie Gift nehmen.«

»Nun halten Sie doch verdammt noch mal einen Augenblick die Luft an«, sagte ich. »Heute morgen war Lieutenant Martin hier bei mir, ganz traurig und mitfühlend. Jetzt schneien Sie hier rein und stoßen versteckte Drohungen aus. Was soll das? Machen Sie beide auf Jeckyll und Hyde? Das können Sie vergessen, ich weiß nämlich zu viel über solche Storys.«

Er betrachtete mich wie ein seltenes, leicht ekliges Insekt, mit einer Mischung aus wissenschaftlichem Interesse und Widerwillen.

»Nein«, sagte er. »Es ist eben einfach so, Cobb. Dem Lieutenant tun Sie leid. Er ist ein guter Polizist, selbst für einen ..., eben ein guter Polizist, aber er kennt Sie sehr lange und kann sich einfach nicht vorstellen, daß Sie Carlson wegen dieses Flittchens umgebracht haben.«

»Aber Sie können das ohne weiteres, nicht?«

»Das kann ich, und ich werde es auch beweisen, so daß selbst Martin es schlucken muß. Im Vergleich zu ihm dürfte es ein Kinderspiel sein, auch die Geschworenen zu überzeugen.«

»Sie wollten mir doch Fragen stellen«, erinnerte ich ihn.

»Und ob. Wissen Sie, dieser Carlson war schon am Montag in der Stadt, einen ganzen Tag, bevor er Sie angerufen hat. Wenn er etwas so Dringendes mit Ihnen besprechen wollte, warum hat er dann so lange gewartet?«

Ich begriff, worauf er hinauswollte, und beschloß, ihm die Sache zu erleichtern. »Vielleicht hat er sich mit jemandem getroffen«, sagte ich.

»Ja, vielleicht.« Rivetz hatte einen ausgezeichneten zynischen Ausdruck im Repertoire. »Sagt Ihnen Herschel Goldfarb was?«

»Nur dem Namen nach«, räumte ich ein. Ich sagte ihm aber nicht, was ich vor etwa anderthalb Stunden in Erfahrung gebracht hatte.

»Er ist ein Gauner, ein geldgieriges Stück Scheiße. Carlson hat sich am Montag mit ihm getroffen und ihm tausendfünfhundert auf eine Gesamtschuld von viertausendfünfhundert Dollar zurückgezahlt. Die Jungs in Washington sagen, Carlson hat sein Auto verkauft.«

»Und?« fragte ich. Er wartete offensichtlich auf irgend etwas.

»Und vor einiger Zeit schuldete Carlson Goldfarb noch neunzehn Riesen, die er abbezahlt hat. Wo hatte er die Mäuse her?«

»Das ist die große Frage«, sagte ich. Daß ich so ruhig blieb, machte ihm schwer zu schaffen.

»Wollen Sie meine Meinung hören, Cobb?« Sein Gesicht rötete sich zusehends. »Ich denke, er hat das Geld von seiner Frau. Er hat irgendwas gegen sie in der Hand und hat sie erpreßt, um an die neunzehn Riesen zu kommen.«

»Sie haben übertriebene Vorstellungen, wieviel eine Schauspielerin verdient«, antwortete ich.

Das beeindruckte ihn nicht. »Sie konnte es sich besorgen. Eine Frau, die so aussieht, kommt immer und überall an Geld. Aber Carlson geriet erneut in die Miesen und versuchte, sie nochmals anzuzapfen, aber diesmal ließ sie ihn abblitzen. Deshalb mußte er sein Auto verkaufen.

Ich denke, sie hat dann wieder mit Ihnen angebändelt, die Beine für Sie breit gemacht und dazu bequatscht, Carlson abzustechen, bevor er alles rumposaunen konnte.«

»Was rumposaunen?« fuhr ich ihn an. »Lesen Sie keine Zeitungen? Schauspielern können Sie heute beim besten Willen nicht mehr an die Karre fahren. Uneheliche Kinder, Drogen, Homosexualität, du liebe Güte! Man kann doch heute keine Zeitung mehr in die Hand nehmen, ohne eine Story über einen Star zu finden, der nicht nur abwegige Vorlieben pflegt, sondern sich auch noch damit brüstet. Worin soll denn Ihrer Meinung nach ihr finsteres Geheimnis bestehen, Rivetz?«

»Das kriegen wir schon noch raus. Aber ganz gleich, worum es sich handelt, es ist immerhin so finster, daß Miss Teobaldi deswegen die Biege gemacht hat.«

»Was?« rief ich. »Wovon reden Sie eigentlich?«

Er lachte. Ich wurde es allmählich leid, dauernd von Bullen ausgelacht zu werden.

»Sie haben es also wirklich nicht gewußt, Sie Schlemihl«, sagte er. »Sie ist abgehauen, so ist das. Ist nicht im Studio aufgetaucht, ist nicht in ihrem Apartment und auch sonst nirgendwo. Ein Nachbar sagt, sie ist morgens früh eilig aus der Wohnung gestürmt, aber ohne Gepäck.«

Er lachte wieder. »Sie sollen offenbar den Arsch für sie hinhalten. Tut mir regelrecht fast leid für Sie!«

Ich suchte nach einem plausiblen Grund, warum Monica weggelaufen war, aber in meinem Kopf summte es so laut, daß ich keinen klaren Gedanken fassen konnte.

»Nein, das stimmt nicht«, sagte Rivetz, »ich meine, daß es mir Ihretwegen leid tut, Sie Blödmann. Sie haben keine Ahnung, wie es ist, als Jude aufzuwachsen. Die Leute sagen aus Höflichkeit nichts, aber was sie denken, weiß man auch so. Selbst in New York und selbst heute noch.

Und dann kommt so ein Wichser wie Goldfarb. Klar ist er ein geldgieriger Spinner, verdammt noch mal, schließlich ist er fünfzig und wohnt immer noch bei seiner Mama, aber trotzdem. Ruckzuck sind die Leute fertig mit ihrem Urteil und brauchen keine weiteren Beweise mehr, allein weil der Typ genau dem Klischee entspricht.

Carlson hat also seine Frau erpreßt, um Goldfarb bezahlen zu können. Aber geht sie etwa zur Polizei, damit wir Carlson festnageln und als Zeugen gegen Goldfarb benutzen können? Nein. Sie holt sich einen Knallkopf, der sein Gehirn im Sack spazieren trägt, und überläßt ihm die Drecksarbeit. Und Goldfarb sitzt gemütlich zu Hause und überlegt, ob er sein Mamilein mit einer Floridareise überraschen soll.«

Die letzten Sätze hatte er fast geschrien. Jetzt senkte er die Stimme zu einem Flüstern: »So, Cobb, jetzt wissen Sie, warum ich mich genauso darauf freue, Sie hopszunehmen, wie auf Goldfarbs Verhaftung. Wir sehen uns noch.« Das war kein freundlicher Abschiedsgruß, sondern eine Drohung.

Erst Mr. Hewlen, jetzt auch noch Rivetz. Es schien kein guter Tag für Gespräche unter vier Augen zu sein. Immerhin konnte ich jetzt nachvollziehen, was Rivetz gegen mich hatte. Ich mochte ihn deshalb keinen Deut besser leiden, aber ich verstand ihn. Monica hat mir einmal erzählt, ihr Vater sei immer ganz erleichtert gewesen, wenn er von der Verhaftung eines Gangsters erfuhr, der keinen italienischen Namen trug.

Monica. Was zum Teufel hatte sie vor? Wo steckte sie? Den ganzen Heimweg über schlug ich mich mit diesen beiden Fragen herum.

Spot freute sich wie ein Schneekönig, mich zu sehen. Zu allen anderen Problemen hatte ich ein schlechtes Gewissen, weil ich ihn so viel allein ließ.

»He, Spot«, sagte ich zu ihm, »wie wär's, wenn du ein Kind zum Spielen hättest?«

»Wuff!« antwortete er hocherfreut.

»Okay, ich kauf dir eins. Junge oder Mädchen?«

»Wuff!« erwiderte er.

»Abgemacht. Wenn ich irgendwo ein Wuff bekomme, kriegst du es.«

Die Unterhaltung versickerte, und meine Gedanken glitten zu dem Gespräch mit Rivetz zurück. Hätte ich ihm von meinem nächtlichen Besucher mit der Pistole erzählen sollen?

Nein. Auch Lieutenant Martin nicht. Rivetz' Theorie entbehrte nicht einer gewissen Logik, so widerwärtig ich sie fand. Beweise für den Überfall hatte ich nicht. Ich konnte mir ja selbst eine Waffe gekauft und sie abgefeuert haben.

Also gut, fangen wir wieder ganz von vorn an. Walter Schick. Ich hatte ihn mir für zuletzt aufbewahrt und mußte jetzt sehen, was ich mit ihm anfing.

Als erstes rief ich bei den Schicks in Greenwich an und sprach mit Agatha Locker. »Wo waren Sie selbst eigentlich in der Nacht, als der Mord geschah?« Sie versicherte mir, sie sei in der Nacht zu Hause gewesen und habe sich tunlichst aus einem Krach zwischen Mrs. Schick und Roxanne herausgehalten. Die beiden hatten sich darüber gestritten, ob Roxanne im nächsten Semester an ein näher gelegenes College wechseln sollte oder nicht.

»Um welche Zeit war das, Mrs. Locker?«

»Sie fingen beim Abendessen an. Der Wortwechsel zog sich über zwei Stunden hin.«

»Und von den beiden hat auch keine das Haus verlassen, oder?«

»Nein, Mr. Cobb, sie haben sich in einem fort gestritten.«

»Vielen Dank, Mrs. Locker.« Lauter saubere Alibis.

»Keine Ursache. Äh, Mr. Cobb, wir halten einmal in der Woche Bibellesungen in verschiedenen Kirchen der Gegend ab. Ich dachte, wo Sie die Bibel doch so hervorragend kennen und eine so angenehme Stimme haben, hätten Sie vielleicht Interesse ... Sie wären jederzeit willkommen.«

Ich armer Sünder war richtig gerührt. »Haben Sie vielen Dank, Mrs. Locker, ich weiß nicht, ob ich mich freimachen kann, aber Ihre Einladung ist mir eine große Ehre. Auf Wiedersehen.«

Ich beneidete Leute, die wußten, wo sie Antworten auf ihre Fragen bekommen. Ich hatte irgendwie immer mehr noch härtere Nüsse zu knacken.

Voller Selbstmitleid hockte ich da (das kann ich gut), bis jemand an der Tür läutete. Zu dieser Tageszeit hieß das noch lange nichts. Der Türsteher holte vielleicht für einen Mitbewohner ein Taxi, so daß ein Besucher unangemeldet ins Haus gekommen war, oder es war ein Nachbar, der sich ein Täßchen Kaviar pumpen wollte. Nach den Ereignissen der letzten Nacht war ich allerdings nicht dazu aufgelegt, irgendwelche Risiken einzugehen.

Ich öffnete den Tresor und nahm die Pistole heraus, die Spots Spielkamerad am Vorabend hatte fallen lassen. Dann ging ich zur Tür und sah durch den Spion hinaus. Ein riesiges Auge starrte durch den Gucker zurück.

»Wer ist da?« rief ich durch die Tür.

»Tony Groat. Kann ich reinkommen?«

»Gehen Sie einen Schritt zurück, damit ich Sie sehen kann.« Er tat es, und ich erkannte den Jungen wieder, den ich am Vorabend in Monicas Apartment kennengelernt hatte. Er war heute etwas dezenter gekleidet. Er trug eine Wildlederjacke und eine Latzhose. Ich steckte die Pistole in die Tasche und öffnete die Tür.

»Tun Sie das nie wieder«, sagte ich.

»Was denn?«

»Mit dem Auge so nah an den Spion gehen. Das erschreckt die Leute. Warum tun Sie das überhaupt?«

Rothaarige erröten leicht, und das galt auch für ihn. »Weiß ich nicht«, sagte er. »Ist so 'ne Marotte von mir.«

»Und, was wollen Sie von mir?«

Er scharrte mit den Füßen und betrachtete eingehend den Teppich. Er wirkte wie ein halbes Kind.

»Ich … ich mache mir Sorgen wegen Monica«, sagte er.

Ich mußte lachen. »Hinten anstellen«, sagte ich.

»Ehrlich. Ich kann sie nicht finden. Kein Mensch weiß offenbar, wo sie steckt. Sie ist nicht im Studio erschienen, dabei war das heute eine wichtige Szene, die wir aufnehmen wollten. Es mußte jemand für Monica einspringen.«

»Hat sie sich krank gemeldet?«

»Nee. Hat nichts von sich hören lassen. Wenn sie Pech hat, kriegt sie jetzt die Rolle in ›Tödliche Frist‹ nicht.«

»Was für eine Rolle?«

»Hat sie Ihnen das nicht erzählt? Die haben für die Serie die Rolle einer Gerichtsreporterin dazugeschrieben, und Monica ist dafür in der engeren Wahl.«

»Davon hat sie nichts gesagt. Ich war gestern abend nur kurz bei ihr.«

Er wirkte überrascht. »Ach. Ich dachte, sie ist vielleicht immer noch mit Ihnen zusammen.«

»Die Polizei fragt sich ebenfalls, wo sie ist, Tony. Ein Nachbar hat gesehen, wie sie heute früh in aller Eile abgezischt ist.«

»Tja, zurück ist sie jedenfalls noch nicht.«

»Waren Sie schon bei ihr?« Er nickte. »Sind Sie in der Wohnung gewesen?«

»Nein.«

»Warum nicht? Sie haben doch einen Schlüssel, oder nicht?«

Er nickte wieder und wurde rot.

»Was ist los, Tony? Sie tun so, als hätte der Lehrer Sie erwischt, wie Sie 'nen Steifen hinterm Mathebuch verstecken. Gestern abend wirkten Sie viel weltmännischer.«

Er lachte selbstbewußt. »Habe ich gut hingekriegt, die aalglatte Tour, nicht? Da sehen Sie, daß ich Talent zum Schauspieler habe. Heute war's mehr der Junge vom Lande, fast geradewegs aus dem Kuhstall.«

»Verstehe«, sagte ich. »Hat alles geklappt wie im Schlaf, stimmt's? Sofort die guten Rollen, schöne ältere Frauen en masse, ja? Nur keine Angst, man wird schnell trocken hinter den Ohren.«

Er wurde munter. »War das bei Ihnen auch so?«

»Andersherum«, sagte ich. »Ich hatte gerade die High School abgeschlossen, als ein elegantes College im Norden des Staates auf die Idee kam, sie bräuchten dringend ein hochkarätiges Basketballteam. Da ich ziemlich gut war und auch recht ansehnliche Abschlußnoten hatte, gaben sie mir ein Stipendium. Nachdem wir ein paar Spiele gewonnen hatten, kriegten die sich überhaupt nicht wieder ein. Ich mußte jeden Morgen im Spiegel nachsehen, ob ich das eigentlich noch war oder jemand anders.«

»Genau«, sagte Tony. »Genauso ist es. Ich denke die ganze Zeit, die Leute halten mich für jemand anders, wenn alles so gut läuft. Ich … ich möchte sicher sein, daß es so bleibt.«

»Was man am meisten wünscht, verliert man oft als erstes«, sagte ich.

»Warum will die Polizei Monica finden?«

»Ein bestimmter Polizist jedenfalls.« Ich überlegte, daß Rivetz möglicherweise sogar Ärger bekommen würde, wenn er ohne Rückendeckung der Vorgesetzten seinen Mutmaßungen nachging. Und ich hatte auch einen Einfall, wie ich rausfinden könnte, was seine Bosse von seinen Ideen hielten.

»Wissen Sie was, Tony? Ich muß sowieso den Hund ausführen. Wir gehen in ihre Wohnung und sehen uns dort einmal um. Vielleicht hat sie eine Nachricht für Sie dagelassen.«

»Ich hoffe nur, sie ist nicht krank oder verletzt oder so«, sagte er. »Womöglich hat sie einen Herzanfall gehabt!«

»Nun machen Sie sie nicht älter, als sie ist, Mann!« sagte ich ungehalten. »Sie kennen sie doch. Mich würde es nicht wundern, wenn sie mal eben nach Los Angeles gejettet wäre, um den Produzenten der Serie persönlich von ihren Qualitäten zu überzeugen.«

Wir waren uns einig, daß das eher unwahrscheinlich war, doch zumindest dachte er jetzt nicht mehr gleich an Krankheit und Tod.

»Spot!« rief ich. Der Samojede trottete aus der Küche herbei. Tony freundete sich sofort mit ihm an und kraulte ihm die Kehle. Ich legte derweilen die Pistole in den Tresor zurück.

»Ein schöner Hund«, sagte Tony. »Die Gebrauchshunde sind sowieso die besten. Wir haben zu Hause einen Collie.« Er kraulte hinter Spots Ohren weiter. Spot genoß es mit geschlossenen Augen. »Wie lange haben Sie ihn schon?«

»Leider gehört er mir gar nicht. Wir sind nur gute Freunde.«

Als ich den Haken an der Leine klingeln ließ, kam Spot zu mir herüber. »Wir machen jetzt einen ordentlichen Zug durch die Gemeinde, mein Freund«, sagte ich, als ich die Leine an seinem silberbeschlagenen Halsband einhakte. Jane Sloan hatte es für ihn anfertigen lassen. Ursprünglich wollte sie Diamanten haben, aber Rick hatte es ihr ausgeredet.

Spot fuhr mir mit seinem rosa Waschlappen durchs Gesicht. Ich werde nie begreifen, was Hunde auf die Idee bringt, Menschen würden Hundespucke auf den Wangen mögen.

Auf dem Weg durch Manhattan erzählte mir Tony alles über seine Pläne und Hoffnungen. Er erinnerte mich ungemein an mich selbst. Ich wünschte mir, er würde zurück auf die Farm gehen und ein einfaches Leben führen, aber ich sagte ihm das vorsichtshalber nicht. Wenn er mir tatsächlich ähnelte, hätte er ohnehin nicht zugehört.

Wir gingen flott voran und hielten nur gelegentlich an, damit Spot seinen Geschäften nachgehen konnte, selbstverständlich nur im Rinnstein. Spot war ein ausgesprochen rücksichtsvoller Stadtbewohner.

In Monicas Apartmentgebäude waren Haustiere wahrscheinlich nicht erlaubt, aber da uns niemand aufhielt, kam Spot einfach mit. Ich war ganz froh, ihn bei uns zu haben.

Tony öffnete die Haustür und Monicas Wohnungstür mit seinem Schlüssel. Draußen war es noch dämmerig, aber die Räume lagen im Dunkeln.

Er trat ein. »Monica?« Keine Antwort.

Ich hätte zwar das vage Gefühl nicht in Worte kleiden können, doch fürchtete ich mich instinktiv davor, einen weiteren Toten zu finden. Spot war jedoch ruhig, und das wertete ich als gutes Zeichen. In Romanen und Filmen bellen oder jaulen Hunde immer, wenn irgendwo eine Leiche herumliegt.

Hier lag gar nichts herum, jedenfalls nichts, was gegen die These sprach, daß Monica morgens fortgegangen und noch nicht zurückgekehrt war. Das Bett war nicht gemacht, und der Schlafanzug, den sie am Vorabend angehabt hatte, lag über dem Stuhl vor der Frisierkommode. In der Küchenspüle stand eine benutzte Kaffeetasse. Auf der Arbeitsfläche lagen zwei Lammkoteletts in durchweichtem Gefrierbeutel mitten in einer lauwarmen Wasserpfütze.

»Sie hatte offenbar vor, heute abend wieder hier zu sein«, sagte ich.

»Wie kommen Sie darauf?«

»Hätte sie sonst die Lammkoteletts aus dem Eis genommen?«

»Und wo ist sie jetzt?«

»Machen Sie sich keine Sorgen«, sagte ich. »Vielleicht macht sie eine Stadtrundfahrt oder einen Einkaufsbummel.« Ich sagte es weniger zu seiner Beruhigung als zu meiner eigenen. »Rivetz hat die Sache bestimmt nur hochgespielt, um mir Angst einzujagen. Er ist stinksauer auf mich.«

Spot schnupperte ein bißchen in der Küche herum und stellte sich dann mit den Vorderpfoten auf die Arbeitsfläche, um sich dort umzusehen. Da es aussah, als hege er unlautere Absichten in bezug auf die Lammkoteletts, zog ich ihn aus der Küche. Tony kam hinter uns her.

»Gehen wir«, sagte ich. »Das bringt hier alles nichts. Wenn Sie Lust haben, mit zu mir zu kommen, koche ich uns etwas, und wir können uns noch ein bißchen unterhalten.«

Er hatte Lust. Wenn er schon nicht mit Monica zusammen sein konnte, dann wollte er wenigstens über sie reden. Er ging mir allmählich auf die Nerven, vor allem, als er vorschlug, wir sollten die Polizei benachrichtigen.

»Nicht doch. Zumindest Rivetz weiß ja bereits, daß sie nicht da ist. Kann sein, daß er das für sich behält, aber selbst dann können Sie nicht hingehen und Vermißtenanzeige für eine alleinstehende Frau stellen, die gerade mal elf Stunden fort ist. Die werden Ihnen sagen, Sie sollen sich in ein paar Tagen wieder melden, und das war's. Wenn Rivetz die Sache weitergegeben hat, dann suchen die Bullen sie sowieso. Wenn Sie wollen …«

Ich hielt inne, weil ich in einem Schaufenster das Spiegelbild meines zu kurz geratenen Schattens von gestern erkannte.

»Was ist los?« wollte Tony wissen.

»Legen Sie einen Zacken zu«, drängte ich.

Wir gingen schneller, aber unser Beschatter auch. Wir bogen nach links auf den Broadway ab.

»Was ist los?« fragte Tony noch einmal.

»Wir werden verfolgt.«

»Sie meinen den Wagen?«

»Wieso Wagen?«

»Der grüne Ford. Ich habe ihn dreimal gesehen, seit wir Ihre Wohnung verlassen haben.«

»Sitzt ein blonder Gorilla hinter dem Steuer?« fragte ich.

»Keine Ahnung«, sagte er. »Wenn er das nächste Mal vorbeikommt, achte ich darauf.« Er lachte. Ich konnte nichts Komisches daran entdecken.

Wir gingen den Broadway in südlicher Richtung herunter und näherten uns der 86. Straße West. An der Kreuzung ist immer Betrieb, und die Fußgänger rasen beim ersten Ampelzeichen los, um den Autos zuvorzukommen, die ebenfalls beim ersten Kommando losrasen.

Spot als gebürtiger New Yorker kannte diese Zustände und zerrte mich im Laufschritt über die Straße, doch Tony, der erst kurze Zeit in Manhattan lebte, blieb an der Bordsteinkante stehen.

Spot und ich fädelten uns zwischen den Fahrzeugen hindurch. Als die Ampel umsprang, hatten wir die ganze Kreuzung für uns.

Tony schrie, ich solle aufpassen. Ich wandte mich erschrocken um und sah einen Wagen die rote Ampel überfahren und quer über den Broadway und mit qualmenden Reifen direkt auf mich zurasen. Die Scheinwerfer wurden größer und größer, bis sie mir wie Tore zur Hölle vorkamen.

Der Wagen war jetzt so nah, daß ich nicht mehr zur Seite springen konnte. Ich hoffte einfach, tot zu sein, bevor ich die Schmerzen fühlte.

Plötzlich jedoch flog ich quer über die Straße, teils gezogen von Spot, dessen Leine ich noch immer fest in der Hand hielt, teils von Tony weggestoßen.

Ich fiel auf die Fahrbahn und rollte bis an die Bordsteinkante. Während ich mich überschlug, sah ich wie in einem Stroboskop einen grünen Ford die 86. Straße zum Hudson hinunterrasen. Mit jeder Umdrehung konnte ich ein weiteres Stückchen vom Nummernschild erkennen: 297-VVJ.

Ellbogen und Knie waren aufgeschlagen, Hände und Gesicht zerschrammt, wo ich über den Asphalt gerutscht war. Ich sah mich nach Tony um.

Er lag mitten auf der Straße und wälzte sich leise jammernd hin und her. Ich rannte zu ihm hin. Der Wagen hatte ihn erwischt, als er mich aus dem Weg stieß. Er atmete mit tiefen, schnellen Zügen. Seine Augen waren weit aufgerissen, seine Haut fühlte sich warm und feucht an. Alles deutete auf einen Kreislaufschock hin. Ich zog mir das Jackett aus und deckte ihn so gut es ging damit zu.

Ich wollte Hilfe holen, doch die übrigen Fußgänger waren wie durch Zauberhand allesamt verschwunden, während der Autoverkehr im Kreuzungsbereich seelenruhig um uns herumfuhr. Keiner von ihnen wollte etwas damit zu tun haben. Ich verfluchte sie allesamt.

Tony versuchte, etwas zu sagen. »Beine … gebrochen …«

»Psst«, sagte ich. »Nicht sprechen. Ich muß …«

»Hat versucht ... Sie umzubringen!« Er stieß die Worte mühsam hervor. Trotzdem hörte man seine Verwunderung.

»Ich weiß, und jetzt halten Sie die Klappe. Wenn Sie reden, tut es nur noch mehr weh. Ich lasse Sie einen Augenblick allein ...«

Er griff nach meiner Hand. »Nicht!«

»... nur um einen Krankenwagen zu rufen. Ich bin sofort wieder da, versprochen!«

»Gehen Sie nicht weg!« bettelte er.

Ich durfte keine Zeit verlieren. »Spot, paß auf ihn auf!« wies ich den Hund an. Ich wußte, er würde wie ein Fels in der Brandung neben Tony stehen und sich nur mit Gewalt wegbewegen lassen. Außerdem dachte ich, wenn ein weißer Hund neben ihm steht, wird Tony da mitten auf der Straße nicht ganz so schnell überrollt.

In der Nähe gab es einen Waschsalon mit einem öffentlichen Telefon. Ich rief die Vermittlung an, bat sie, einen Krankenwagen zur Unfallstelle zu schicken. Dann dankte ich der Vorsehung, daß ich etwas Kleingeld aus dem Schoß des Sloanschen Elfenbeinbuddhas genommen hatte, zog eine Dose Limonade aus einem Getränkeautomaten, schüttete den Inhalt in ein Spülbecken und füllte die Dose mit lauwarmem Wasser.

Als ich zurückkehrte, hatte sich nichts verändert. Tony war noch bei Bewußtsein, ein gutes Zeichen. Niemand war bei ihm. Ich wünschte mir, Spot könnte reden und mir erzählen, wie viele Arschlöcher vorbeigefahren oder -gelaufen waren, ohne zu helfen.

Ich flößte Tony etwas von dem Wasser ein, damit sein Körper nicht austrocknete, denn das ist das Hauptrisiko bei einem Kreislaufschock. Mit kleinen Schlucken hatte er etwa die halbe Dose leergetrunken, als der Krankenwagen kam, zeitgleich mit einem blauweißen Polizeiauto.

Wie im Erste-Hilfe-Kurs gelernt, erklärte ich dem Rettungssanitäter, was ich unternommen hatte. Er sagte, es sei in Ordnung, und gab mir mein Jackett zurück. Dann erzählte ich ihm, ich sei mit meinem Hund spazieren gegangen und Zeuge des Unfalls mit

Fahrerflucht geworden. Ich beschrieb den Wagen, so gut es ging, sparte jedoch das Nummernschild für meine eigenen Zwecke auf.

Ich war mittlerweile stocksauer, und zwar auf mich selbst. Bisher war ich neugierig, deprimiert und vor allem verängstigt gewesen. Ich war bis zu diesem Augenblick unsäglich inkompetent an die Sache herangegangen, doch das war jetzt mit einem Schlag vorbei. Antworten mußten auf den Tisch, und ich war derjenige, der sie finden würde. Und zwar jetzt sofort.

Als erstes brauchte ich Bewegungsfreiheit. Ich wußte nicht, ob mein zu kurz geratener Freund mich dem Fahrer des grünen Ford gezeigt hatte, und ich wußte auch nicht, wo er sich jetzt aufhielt, aber ich wollte ihn vom Hals haben. Und ich wollte keineswegs die ganze Nacht auf der Wache zubringen.

Als der Streifenpolizist nach meinem Namen fragte, sagte ich: »Lee DeForest«, und gab eine erfundene Adresse an. Da er mich nicht auf die Schrammen im Gesicht ansprach, fühlten sie sich offenbar schlimmer an, als sie waren. Er erklärte mir, die Kriminalpolizei werde sich mit mir in Verbindung setzen. Ich lächelte und sagte, das sei in Ordnung, schnappte mir Spot und sah zu, daß ich wegkam.

Allmählich wurde mir der Boden unter den Füßen heiß, wie Tony jetzt zu seinem Leidwesen hatte feststellen müssen. Vor mir selbst konnte ich ja leider nicht davonlaufen, aber ich wollte nicht noch mehr auffallen, als ich es offenbar ohnehin tat. Dazu mußte ich vor allem Spot loswerden.

Leichter gesagt als getan. Jemand verfolgte mich, und ich mußte davon ausgehen, daß sie alle Orte, zu denen ich vermutlich gehen würde, bereits ausbaldowert hatten. Bestimmt mein Apartment, Monicas Wohnung (zweifellos waren sie Tony und mir von dort aus gefolgt) und der Turmbau zu Brabbel.

Es war anzunehmen, daß sie auch das Haus überwachten, in dem meine Eltern wohnten, doch selbst wenn nicht, wollte ich dort nicht hin, weil Lieutenant Martins Wohnung gleich nebenan war.

Ich mußte einen Ort finden, wo ich nie zuvor gewesen war, wo ich jedoch Aufnahme finden würde. Mir fiel nur eine Möglichkeit ein. Ich winkte mir ein Taxi heran und wies den Fahrer an, mich zu einer Adresse am Bay Ridge in Brooklyn zu bringen.

»Nach Brooklyn fahr ich ganz bestimmt nich, Kumpel«, sagte der Fahrer und hauchte eine Wolke Fisherman's Friend zu mir herüber.

»Nicht?« fragte ich zurück. »Nach dem Gesetz müssen Sie mich jederzeit in jeden der fünf Stadtteile plus Nassau und Westchester fahren.« Ich stieg ein und nahm Spot auf den Schoß.

»Wissen Sie, was mich dieses blöde Gesetz kann, Jungchen? Ich werde den Teufel tun und nach Brooklyn fahren. Tut mir leid.«

Ich gab Spot heimlich einen Klaps auf die Schnauze. Das ist ein kleines Spiel, das wir einstudiert haben. Es heißt »Vorsicht, bissiger Hund«.

»Grrrrrr«, sagte Spot.

»Mann, das ist aber schade«, sagte ich. »Ich muß ganz schnell dahin. Mein Hund braucht nämlich seine Medikamente.«

Spot knurrte wieder, diesmal drohender.

»M-Medikamente?« fragte der Fahrer.

»Hmmm«, nickte ich ernst. »Beruhigungsmittel.«

»B-Beruhigungsmittel?«

»Genau. Mit seiner Nase stimmt irgendwas nicht. Für ihn riecht offenbar alles und jeder nach Katze.«

Ich gab Spot erneut einen Klaps, und diesmal bleckte er richtig bösartig das Gebiß und sagte: »GRRRRRRR!«

Dem Taxifahrer wurde allmählich mulmig. »Tja, tut mir leid, aber … hören Sie, ich muß weiter.«

»Oje, wenn er erst einmal in diesem Zustand ist, würde ich es nicht wagen, ihn vom Schoß zu nehmen. Die Wirkung des Beruhigungsmittels läßt jetzt schnell nach.« Ich tätschelte Spot. »Ganz ruhig, Killer, in Null Komma nichts geht's dir wieder besser.«

»Killer?« ächzte der Taxifahrer.

»Passender Name, nicht?«

Spot bellte, und das schlug dem Faß den Boden aus. Der Fahrer stieß nur noch hervor: »Bay Ridge, sagten Sie?« setzte den Taxameter in Gang und bretterte los.

Spot beruhigte sich zusehends, sobald wir unterwegs waren. Der Fahrer sah immer wieder verstohlen im Rückspiegel nach uns.

Nachdem er sich zweimal verfahren hatte, hielt er das Taxi schließlich vor der richtigen Adresse an, einem Häuschen mit Gaubenfenstern. Es war eines von Tausenden exakt gleichen Gebäuden, die im Abstand von je fünfzehn Zentimetern beide Seiten der Straße säumten, soweit das Auge reichte.

Beim Aussteigen schlappte Spot dem Taxifahrer verspielt mit der Zunge über den Nacken. Ich mußte mir das Lachen verbeißen, als der daraufhin schneeweiß vor Angst wurde und wahrscheinlich dachte, sein letztes Stündlein habe geschlagen. Sobald ich bezahlt hatte, gab er Gas, daß die Reifen qualmten.

Shirley Arnstein bewohnte die oberen Stockwerke des Hauses, mit Dachschrägen in allen Räumen. Seitlich gab es einen separaten Eingang. Ich klingelte.

Sie öffnete die Tür, so weit es die vorgelegte Stahlkette erlaubte, und sagte: »Was machen Sie denn hier, Mr. Cobb?«

»Zeit, an die Arbeit zu gehen, Shirley«, sagte ich. »Darf ich reinkommen?« Durch den Türspalt sah ich nur einen schmalen Streifen von ihr. Sie wandte den Kopf und schaute fragend in Richtung Treppe. Eine Männerstimme antwortete von oben: »Natürlich! Warum nicht?« Es war Harris Brophys Stimme.

Ohne Brille, mit langem Haar und Freizeitkleidung sah Shirley erheblich attraktiver aus als normalerweise im Büro. Es tat mir leid, daß ich ihr den Abend mit Harris verdarb, und sagte es ihr auch.

»Das ist schon in Ordnung, Matt, ich kann ihr auch nicht widerstehen!« Seine Stimme hatte den üblichen Unterton gutmütiger Spöttelei. Harris gehörte zu den Menschen mit enorm ausgeprägtem Selbstbewußtsein und schien zu gleichen Anteilen etwas von D'Artagnan und Happy Days-Rocker Fonzie zu haben. Arroganz war ihm fremd, er war durch und durch ein feiner Kerl. Er war meines Wissens der einzige beim Sendernetz, der ungestraft eine Beförderung ausgeschlagen hatte.

»Ich bin froh, daß Sie hier sind«, sagte ich zu ihm. »Meine erste Bitte an Shirley wäre gewesen, Sie ausfindig zu machen. Was ich möchte, ist …«

Shirley unterbrach mich, ganz Gastgeberin: »Kann ich Ihnen was anbieten, Mr. Cobb?«

»Nein«, sagte ich. »Und nennen Sie mich Matt. Es ist ein Unding, daß die Frauen in meiner Abteilung Mister zu mir sagen, während die Männer mich mit Vornamen anreden. Ab heute bitte Matt für Sie. Und noch etwas: Wie spät ist es?«

Drei Armbanduhren wurden simultan inspiziert. »Halb zehn.«

»Okay. Ich möchte, daß Sie Jazz morgen Bescheid sagen, daß die Zeit, die Sie jetzt aufwenden, als Überstunden mit Abendzulage gewertet wird. Sie sind jetzt beide offiziell im Dienst.«

»Da muß ich erst einmal meine Brille holen«, sagte Shirley.

»Was gibt es denn Besonderes, Matt?« fragte Brophy.

»Etwas Wichtiges, aber ich möchte jetzt keine Details nennen. Ganz kurz: Ich sitze in der Tinte und muß bis morgen früh untertauchen.«

Shirley kehrte zurück, jetzt wieder ganz Geschäftsfrau.

»Ich bitte Sie beide um drei Dinge. Spot!« Ich hatte ihn unten an der Treppe warten lassen. Er kletterte jetzt zu uns herauf und legte wie ein pelziger Kilroy schüchtern die Schnauze auf den Treppenansatz.

»Das erste ist, daß Sie sich bitte um meinen Hund kümmern.« Sie hörten schon nur noch halb zu, denn sie erzählten Spot bereits, was für ein hübscher Kerl er sei. Der dreiste Köter kam in die Wohnung getänzelt und marschierte, ohne mich eines Blickes zu würdigen, direkt auf die beiden zu.

»Ich kümmere mich um ihn«, sagte Shirley.

»Zweitens möchte ich alles über einen grünen Ford Torino erfahren, registriert im Bundesstaat New York, amtliches Kennzeichen 297-VVJ. Der Wagen war heute abend in einen Unfall mit

Fahrerflucht verwickelt. Die Polizei interessiert sich ebenfalls dafür, weiß aber das Nummernschild nicht. Wichtig ist mir, daß Sie Informationen darüber erhalten, ohne daß die Bullen es ebenfalls erfahren.«

»Ich kenne eine Angestellte beim Straßenverkehrsamt«, sagte Brophy. »Kinderspiel.«

»Gut. Wenn das geht, möchte ich vor allem wissen, ob der Wagen gestohlen ist, und falls ja, wann.«

Mit einem zuversichtlichen Nicken sagte er: »Ich kenne auch bei der Hauptwache eine Angestellte.«

Es würde mir größte Mühe bereiten, einen Ort zu benennen, an dem Harris Brophy keine Angestellte kannte, die ihm alles erzählen konnte, was er wissen wollte. Shirley, mit allen Wassern gewaschener Profi, zeigte keinerlei Reaktion.

»Drittens möchte ich eine Aufstellung von Walter Schicks finanziellen Transaktionen im Zeitraum von, sagen wir, Juni bis November letzten Jahres. Gründlich, aber unauffällig. Das ist Ihre Aufgabe, Shirley.«

»Okay, Matt«, sagte sie.

Brophy war überrascht. »Walter Schick? Was haben Sie vor, Matt? Reiten wir eine Attacke gegen das Network?« Der Gedanke schien ihm zu gefallen.

»Es könnte durchaus darauf hinauslaufen, Harris«, sagte ich. Ich verabschiedete mich von den beiden, tätschelte Spot den Kopf und verschwand im Dunkel der Nacht.

Kapitel 13

»Kommen Sie, tragen Sie sich bitte ein.«
– John Daly, »What's My Line?« (CBS)

Ich hätte wahrscheinlich über Nacht in Shirleys Wohnung bleiben können, wenn ich darum gebeten hätte. Harris war so unorthodox, daß er sich nichts dabei gedacht hätte. Ich fand es jedoch nicht fair, die beiden den Gefahren auszusetzen, die offenbar auf mich lauerten. Ich war mir ziemlich sicher, meinen Beschatter in Manhattan abgehängt zu haben, aber ich hatte noch immer keine Ahnung, wer hinter mir her war oder welche Mittel und Wege ihm zur Verfügung standen. Ich war zwar nicht direkt starr vor Angst, aber doch äußerst vorsichtig geworden.

Ich wollte jetzt vor allem in der Nähe der Penn Station bleiben. Meine Verabredung mit Devlin mußte ich unbedingt einhalten, und falls er nicht um halb zehn eintraf, würde ich nach Washington fahren und ihm einen Besuch abstatten. Ich sah den Fall jetzt in einem neuen Licht und wollte wissen, was Devlin davon hielt, bevor mich die Bullen wieder einmal auslachten. Carlson hatte Devlin gesagt, unter welchem falschen Namen er in New York absteigen würde, also hatte er ihm womöglich auch das große Geheimnis anvertraut. Was es auch sein mochte: Ich hoffte, es war nicht das, was mir allmählich dämmerte.

Als erstes mußte ich nach Manhattan zurück. Ich hatte jetzt keinen Spot mehr, um Taxifahrer zu überreden, über Stadtteilsgrenzen hinauszufahren, also machte ich mich in Richtung U-Bahn auf.

Ich stieg die von Millionen Pendlern ausgetretenen, rutschigen Stahltreppen hinunter, zahlte fünfzig Cent für ein Einzelticket, wartete auf die nächste Bahn nach Westen und ärgerte mich, daß der Fahrpreis dank einer inkompetenten Stadtverwaltung seit meiner Kindheit um geschlagene fünfhundert Prozent gestiegen war.

Bevor ich mich in solche Gedankengänge hineinsteigern konnte, lenkte ich mich mit den Graffiti an den Mauern ringsum ab. In der New Yorker Kunst der illegalen Wandverschönerung ist seit einigen Jahren ein völlig neuer Trend zu erkennen. Anstelle der früher intellektuell angehauchten Sprüche (wie beispielsweise »Auch Kant empfand gelegentlich das Ding an sich«) findet man heute eher schrille visuelle Darstellungen. Ein angehender Michelangelo hatte diverse Spraydosen mit purpurroter Farbe verschwendet, um die Worte »Hector 72« der Nachwelt zu hinterlassen. Zumindest so lange, bis jemand anders sie übersprühte.

Es gibt wenige Situationen, in denen man sich so einsam fühlt wie mutterseelenallein an einem U-Bahnsteig. Die Schritte hallen auf dem Betonboden wider, und der zu gleichen Teilen aus Staub, Maschinenöl und Schweiß bestehende Geruch läßt Sehnsüchte nach den lauten, drängelnden Menschenmassen der Rushhour aufkommen.

Ich ging weit von der Bahnsteigkante entfernt an der Wand entlang und sah mir die kleinformatigen Graffiti an, die man bei sechzig Stundenkilometern in einem düsteren Tunnel nicht erkennt.

Da sah ich es. Es stand ganz klein zwischen »Benny 102« und einem in Kleinbuchstaben eigentümlich kindlich wirkenden »carlotta liebt raoul«. Es kam mir wie ein Wink des Schicksals vor, auch wenn ich eigentlich nicht an solche Sachen glaube. Aber es paßte so nahtlos, es war einfach so wahr, daß es einer mystischen Offenbarung gleichkam.

Hier hatte sich noch einmal ein Mitglied der alten Schule verewigt, ein Grafittist, der der Welt mehr zu sagen hatte als seine Adresse und Hausnummer.

Ich las den Spruch noch einmal.

»Hilfe«, stand da, »ich werde von Paranoiden verfolgt!«

Genau das war es, erkannte ich. Wir sind allesamt paranoid. Und was noch schlimmer ist, wir haben allesamt recht damit. Sie sind in der Tat hinter uns her. Warum? Weil wir meinen, hinter ihnen her zu sein. Das tun wir nämlich, damit sie uns nicht zuerst kriegen.

Das war so wunderbar logisch, wie es nur völlig verrücktes Zeug sein kann. Wir rennen wie aufgescheuchte Hühner herum und glauben, alle anderen sägten permanent an unserem Ast, deshalb ergreifen wir Gegenmaßnahmen und sorgen dafür, daß wir permanent am Ast der anderen sägen.

Als der Zug einfuhr, riß ich mich zusammen. Ich mußte eine Strecke von rund fünfzig Metern zurücklegen und zwischen den sich schließenden Türen in den Waggon hechten, aber ich schaffte es. Wenn ich anfange zu philosophieren, bekomme ich immer Probleme.

Ich verließ die U-Bahn am Times Square und hoffte, zwischen den anderen heimatlosen Herumtreibern nicht aufzufallen. Ich ging ziellos umher, aß etwas in einem Steakhaus und wurde von drei weiblichen und einer männlichen Prostituierten angesprochen. Ich war erschöpft und mein Kopf schmerzte. Ich mußte in die Horizontale. Der Gedanke an das Hotel Cameron oder ein ähnliches Etablissement behagte mir nicht. Ich fand, am sichersten war ich allemal allein im Dunkeln. Ich kaufte mir deshalb eine Eintrittskarte für ein Pornokino, in dem die ganze Nacht ein durchgehendes Programm lief.

Die Idee erwies sich als gut. Keine Bomben, keine quietschenden Reifen – nur Geigenmusik und Stöhnen lullten mich in Schlaf.

Als ich aufwachte, stöhnten sie immer noch. »Ab hier kenne ich den Film schon«, sagte ich unverbindlich in die Runde und ging hinaus auf die Straße. Ich mischte mich unter die in die Stadt strömenden ersten Pendler, kaufte mir Tageszeitungen und ließ mich zu Kaffee und Pfannkuchen in einem Coffee Shop nieder.

Beim Frühstück las ich Zeitung, fand aber nichts Neues über den Mord an Carlson, das heißt, um die Wahrheit zu sagen, überhaupt nichts. Die Story war nicht mehr interessant.

In einem Drugstore kaufte ich mir ein Reise-Rasierset und ein kleines Nähetui. In einer öffentlichen Toilette versetzte ich unter Ausschaltung meines Geruchssystems Gesicht und Kleidung wieder in einen präsentablen Zustand.

Ich hatte noch viel Zeit und ging deshalb zu Fuß zur Penn Station. Der Bahnhof war früher genauso ein viktorianischer Prachtbau wie die Grand Central Station, liegt jedoch heute nur noch verborgen im Souterrain des Madison Square Garden. Die Bahnhofshalle ist so nichtssagend wie ein x-beliebiges Einkaufszentrum.

Der Anzeigetafel entnahm ich, daß der Zug, mit dem Devlin kommen mußte, noch nicht eingetroffen war. Ich zog mich mit meiner Times an eine Stelle vor einer Mauer zurück, von der aus ich den Auskunftschalter gut im Blickfeld hatte. Ich schätzte die Wahrscheinlichkeit, daß er überhaupt kam, zwar nur auf rund dreißig Prozent, doch wenn er auftauchte, wollte ich ihn zuerst sehen.

Ich wartete zwanzig Minuten, ohne mich jedoch im geringsten zu langweilen. In diesem Zeitraum wurde ich aufgefordert, mich vier verschiedenen Religionen anzuschließen. Ein Mann setzte mich in Kenntnis, Montag in einer Woche werde die Welt untergehen, und ich fragte mich, warum er diese Vorhersage mit so viel Eifer unter das Volk streute, wenn in vierzehn Tagen ohnehin niemand mehr da sein würde, um ihm recht zu geben. Ich erklärte gerade einem ernst blickenden jungen Mann mit kahlgeschorenem Schädel, ich sei keineswegs daran interessiert, im gleißenden Licht des Herrn zu baden, weil ich von grellem Licht immer niesen muß, als ein Mann mit einer weißen Nelke im Knopfloch seines anthrazitgrauen Anzugs zielstrebig auf den Auskunftschalter zusteuerte.

Ich sah ihn mir im alles andere als gleißenden Licht der Bahnhofshalle an. Er war etwas kleiner als ich, schätzungsweise einsachtzig, und hatte tiefliegende Augen unter zusammengewachsenen Augenbrauen. Für den Haarschnitt, der sein beginnendes Schiebedach kaschieren sollte, hatte er bestimmt zwölf bis zwanzig Dollar investiert. Seine Gesichtszüge waren unauffällig, doch wenn er so wie jetzt gerade die Stirn runzelte, hatte er etwas Hinterhältiges an sich.

Er sah auf seine Armbanduhr, betrachtete aufmerksam die sich verlaufende Menschenmenge und schaute erneut auf die Uhr. Als er den Kopf hob, sah er mich genau an. Er rief meinen Namen quer durch die ganze Halle und kam auf mich zu.

»Tut mir leid, der Zug hatte Verspätung«, sagte er und streckte mir die Hand entgegen.

Ich schlug ein. Falls ich es hinterher bereute, würde ich schon noch ein Waschbecken finden. »Macht nichts«, log ich. »Ich bin auch gerade erst gekommen.«

Er lächelte und wirkte dadurch sofort erheblich sympathischer. »Ich bin jedenfalls froh, Sie endlich zu sehen«, sagte er.

»Woran haben Sie mich erkannt? Eigentlich wollte ich Sie ausfindig machen.«

»Ich habe Ihr Foto vor einiger Zeit in *Broadcasting* gesehen.« Um mir die Hand geben zu können, hatte er eine kleine Reisetasche in die linke Hand genommen und faßte sie jetzt wieder mit der rechten.

»Wohin gehen wir?« fragte er.

»In meine Wohnung«, sagte ich. »Wir nehmen draußen ein Taxi.«

Ich beschloß, kurz am NetHQ zu halten, und dirigierte den Taxifahrer zunächst dorthin. Devlin und ich waren während dieses Teils der Fahrt beide still. Wir belauerten uns wie Mungo und Kobra, wobei wir beide nicht wußten, wer was war.

Devlin hatte offenbar einen Tic. Alle paar Sekunden betastete er mit der rechten Hand seinen Körper, erst die Brust, dann die Hüften, die Flanken. Er ging mir damit auf den Wecker.

»Was ist los? Haben Sie die Krätze?«

»Wie? Ach so, nein, nein. Ich glaube, ich habe meine Brille im Zug verloren.«

»Sie werden schon zurechtkommen«, sagte ich knapp. »Mich haben Sie ja auch aus ziemlicher Entfernung erkannt.« Ich hatte eine spontane Abneigung gegen Devlin, teilweise allein deshalb, weil er irgendwie nicht in meine Theorie paßte. Das verwöhnte Blag in mir nahm ihm das einfach übel.

Ich hatte nicht vor, ihn aus den Augen zu lassen. Ich bat den

Taxifahrer, auf uns zu warten, und fuhr mit Devlin im Schlepptau zu meiner Abteilung hinauf.

Spot lag neben meiner Sekretärin auf dem Fußboden ausgestreckt und machte sich einen Spaß daraus, seinen buschigen Schwanz jedesmal im letzten Moment wegzuziehen, wenn sie mit dem Bürostuhl nach vorn oder hinten rollte.

Ich sagte beiden guten Tag, wies Devlin an, sich nicht von der Stelle zu rühren, und flüsterte Jazz das Zauberwort zu, mit dem sie Spot befehlen konnte, Devlin nicht aus dem Zimmer zu lassen. Dann konnte ich mich in Ruhe um meine Anliegen kümmern.

»Sind Brophy und Arnstein schon da?« fragte ich.

»Arnstein ja, aber Brophy noch nicht, Mr. Cobb.«

»Nennen Sie mich Matt«, sagte ich. »Ist eine neue Regelung, habe ich gestern abend eingeführt.«

Ich erinnerte Devlin noch einmal daran, ja zu bleiben, wo er war, und ging in Shirleys Büro.

»Hat sich der Hund gut benommen?« fragte ich.

»Wie ein richtiger Gentleman. Im Vergleich zu Harris allemal.«

»Das will ich aber nicht gehört haben!« sagte ich mit gespielter Empörung. »Irgendwas Neues vom Straßenverkehrsamt?«

»Nein. Offenbar ist die Angestellte, die Harris kennt, inzwischen verheiratet und hat den Dienst quittiert. Er sagt, er muß mit einer anderen Dame ganz von vorn anfangen. Es dauert möglicherweise eine Weile, bis er von ihr solche Auskünfte bekommt.«

»Na toll«, sagte ich. »Wie lange?«

»Er weiß es nicht genau, meint aber, wahrscheinlich bis morgen.« Das war typisch für ihn, wir mußten beide lachen. »Er ist ein richtiges Schwein, nicht wahr?« meinte Shirley.

»Das schlimmste ist wahrscheinlich, daß er selbst daran glaubt«, stimmte ich zu. »Was gibt es Neues über Walter Schicks Finanzen?«

Sie musterte mich neugierig durch ihre Brillengläser. »Ich wüßte zu gern, worum es überhaupt geht.« Sie schüttelte den Kopf. »Sage ich Ihnen nicht. Also, was haben Sie?«

»Also, ich kann nichts mit Bestimmtheit sagen, ich konnte nur einen kurzen Blick hineinwerfen, aber bisher habe ich gar nichts. Er hat sein Gehalt bezogen, seine Dividenden kassiert und so weiter. Keine außergewöhnlichen Ausgaben, jedenfalls nicht in dem Zeitraum, den Sie mir genannt haben.«

»Was hatte ich noch gesagt? Juni bis November letzten Jahres?«

»Ja. Ich prüfe natürlich alles noch einmal nach, aber ich glaube nicht, daß ich noch mehr über Walter Schick herausfinde. Allerdings ...«

»Ja?«

»Ich habe bei der Gelegenheit in Erfahrung gebracht ...«

»Ja?«

»Es hat wahrscheinlich nichts zu bedeuten ...«

Eines habe ich gelernt – wie sehr es einen auch nervt, man kommt schneller zum Ziel, wenn man bei dramatischen Pausen einfach mitspielt. Die Leute brauchen das offenbar.

»Ja?« soufflierte ich deshalb erneut.

»Walter Schicks Tochter hat etwas Geld geerbt.«

Ich zögerte einen Augenblick. Das war neu.

»Wieviel?« fragte ich dann.

»Fünfzigtausend Dollar. Ihre Großmutter vermachte ihr das Geld in ihrem Testament. Das war Mr. Hewlens zweite Frau, sie starb vor neun Jahren. Bis zu Roxanne Schicks achtzehntem Geburtstag sollte das Geld von einem Treuhänder verwaltet werden. Also bis zum fünfzehnten Juli letzten Jahres.«

»Am Todestag des Heiligen Bonaventura«, murmelte ich.

»Was?«

»Lassen Sie nur, es kam mir gerade in den Sinn. Haben Sie herausbekommen, was Miss Schick mit dem Geld gemacht hat?«

»Das nicht, aber Sie wollten ja nur etwas über Walter Schick wissen. Ich könnte es herausbekommen, aber dazu müßte ich all die Juristen und Bankmenschen nochmals ein wenig erpressen. Ist irgendwas?«

Als ich ihre letzte Bemerkung hörte, mußte ich wohl ziemlich blaß geworden sein. Ich fühlte mich erbärmlich. Ich hatte gehofft, Shirleys Informationen würden eine gewisse Idee, die mir gekommen war, entkräften, aber das Gegenteil war der Fall. Der Gedanke wurde immer übermächtiger.

Ich seufzte. »Ach, warten Sie vorläufig noch damit. Und nennen Sie das bloß nicht Erpressung. In unseren Kreisen heißt das ›Gefälligkeiten erbitten‹.«

»Semantik«, sagte sie. Es klang wie ein Schimpfwort.

»Leute wie Sie sind Nägel zu meinem Sarg«, sagte ich. Sie mußte mir versprechen, S.I. Hayakawas bahnbrechendes Werk über die Sprache in Wort und Tat zu lesen und mit mir auszudiskutieren, bevor sie das nächste Mal über die Semantik herzog.

Ich ging zurück in mein Vorzimmer. Devlin saß noch immer dort und las die Anschläge am Schwarzen Brett.

Ich ging davon aus, daß in meiner Wohnung um diese Tageszeit keine Gefahren lauerten, und brachte Devlin dorthin. Ich fragte ihn, ob ich ihm irgend etwas anbieten konnte.

»Vielleicht einen Scotch mit Eis, gegen den Staub«, sagte er.

Ich hatte ihn schon als Scotch-Trinker eingeschätzt. Zu seinem Glück hatte ich sogar noch eine Flasche von der letzten Bottle Party bei mir. Für mich schmeckt Scotch wie aufgelöster Verbandmull.

Er nippte an seinem Glas. »Nett haben Sie's hier. Der Teppich da muß 'ne Stange Geld gekostet haben.« Er deutete auf den weißen Langflorläufer, den Jane passend zum Hund gekauft hatte.

»Eigentlich ist es nicht meine Wohnung. Ich hüte sie nur für Freunde von mir.«

»Sie Glücklicher«, sagte er und nippte wieder an seinem Drink.

»Stimmt. Es liegt an meinem unverschämt guten Aussehen, daß mir so was in den Schoß fällt.« Ich nippte an meinem Glas mit kaltem Kakao. Vor Sonnenuntergang trinke ich nie Alkohol.

Ich fand, es sei Zeit, zur Sache zu kommen.

»Warum sind Sie hier?« fragte ich.

»Sie haben mich hergebracht.«

»Ich meine, was tun Sie in New York? Ihr Name ist nicht aus der Sache herausgehalten worden. Warum sind Sie trotzdem hergekommen, um sich mit mir zu treffen?«

»Wieso sind Sie sich so sicher, daß ich Ihretwegen hier bin? Vielleicht habe ich ja geschäftlich zu tun.«

»Sie hatten die Nelke im Knopfloch. Für Spielchen bin ich nicht in Stimmung, Devlin. Was tun Sie hier in New York?«

»Ich fand, ich war es Ihnen schuldig. Nach dem, was die Leute von der Staatsanwaltschaft mit mir angestellt haben, obwohl ich doch ein Alibi habe, konnte ich mir denken, was Sie mitmachen mußten, nachdem Sie direkt neben dem Toten angetroffen wurden. Es war ja nicht Ihre Schuld, daß ich mit hineingezogen wurde.«

»Was haben die Bullen denn mit Ihnen angestellt?« Ich versuchte, nicht allzu skeptisch zu klingen, obwohl ich ihm nicht abkaufte, daß er sich meinetwegen Gedanken gemacht hätte.

»Na ja, sie haben mich nicht geschlagen oder so, aber mich immerhin fast den ganzen Vormittag in die Mangel genommen. Sie haben mich gleich abgefangen, als ich nach Hause kam. Dabei war ich hundemüde, ich hatte die halbe Nacht durchgearbeitet.«

»Selbst nachdem Sie vom Tod Ihres Freundes erfahren hatten?«

»Hören Sie, ARGUS wartet auf keinen. Vince war nicht da, also mußte ich das Ding für die Sommerphase einrichten. Wir führen im Sommer viele zusätzliche Erhebungen außer der Reihe durch.«

»Seit wann kannten Sie Carlson?« fragte ich.

»Seit rund fünf Jahren, seit ich beim CRI angefangen hatte. Er war mein Chef, aber wir sind nur eine kleine Abteilung. Wir waren ziemlich eng befreundet.«

»Wie eng?«

»So eng, daß wir … na ja, jedenfalls recht eng.«

»So eng, daß Sie vielleicht wissen, warum er umgebracht wurde?«

Er sah mich überrascht an. »Natürlich. Sie etwa nicht?«

»Ich für mein Teil«, sagte ich zu ihm, »weiß überhaupt nichts, darauf können Sie Gift nehmen.«

Er fand das zum Lachen. »Wissen Sie«, meinte er, »als ich am Dienstagabend mit Ihnen telefonierte, ging ich davon aus, daß Sie Vince umgebracht haben, um den hehren Namen des Fernsehens zu beschützen. Und wenn nicht Sie, dann jemand anders.« Er lachte wieder. »Sie wissen also überhaupt nichts, stimmt's? Dabei war ich mir sicher, daß es irgend jemand mittlerweile herausbekommen haben mußte.«

»Ich bin ein bißchen begriffsstutzig.«

»Dann helfe ich Ihnen auf die Sprünge. Vince brauchte Geld. Vince war in der einzigartig günstigen Situation, etwas zu kontrollieren, das jemand anders gern unter Kontrolle gehabt hätte. Vince bekam sein Geld, aber letztlich wurde er dafür umgebracht.«

Ich wußte es. Ich hatte es wahrscheinlich die ganze Zeit über gewußt, ohne die Idee an mich herankommen zu lassen, weil ich sie so widerlich fand.

Devlin sagte: »Jetzt kapieren Sie es, nicht wahr?«

»Sprechen Sie es mir zuliebe trotzdem aus.«

»Wie Sie wollen«, sagte er achselzuckend. »Vince hat die Einschaltquoten manipuliert.«

Kapitel 14

»... und erleben Sie die Wunder der Wissenschaft.«
– Don Herbert, »Watch Mr. Wizard« (NBC)

Damit war die Katze aus dem Sack. Ich fühlte mich elend. Wenn Devlin die Wahrheit sagte, hatte Carlson das Verbrechen des Jahrhunderts begangen. Oder zumindest gehörte es zur internationalen Top ten. Wie gesagt: Jedes Jahr richten sich Werbeausgaben in Milliardenhöhe nach den Einschaltquoten. Wer in der Lage war, hier ein Pünktchen zuzugeben und dort eines wegzunehmen, hielt den Schlüssel zu Pandoras Büchse in der Hand.

Allerdings mußte man natürlich genau auswählen. Kein Mensch würde vernünftigerweise versuchen, eine Fragestunde mit einem bekannten Politiker genauso gut dastehen zu lassen wie den Football-Superbowl, aber man könnte die Zahlen ja gerade so viel manipulieren, daß eine Menge Leute eine Menge Ärger bekamen.

Schlimmer war jedoch, daß die Glaubwürdigkeit der ganzen Branche den Bach hinunterging. Auf die Einschaltquoten verlassen sich alle. Auch wenn sie ihnen manchmal nicht passen, vertrauen sie ihnen immerhin. Aber wenn das erst einmal bekannt wurde ...

Devlin weidete sich grinsend an meiner Betroffenheit. »Nehmen Sie's nicht so schwer, Cobb! Was ist schon dabei? Meine Firma ermittelt die Einschaltquoten für Ihren Laden, damit Sie wissen, wie viel Sie den Werbefritzen dafür abknöpfen können, daß sie den Wichsern vor der Glotze was ins Hirn blasen können. Ist es denn da so schlimm, wenn ein Typ beschließt, zur Abwechslung mal ganz oben in der Kette was für sich abzuzweigen?«

»Halten Sie den Mund. Sie wußten also davon?«

»Ja«, sagte er mit einem Tonfall, der nur als »na und?« zu deuten war.

»Seit wann?«

Er legte den Kopf in den Nacken und dachte nach. »Hm, irgendwann letzten Herbst.«

»Wann genau?«

»Augenblick. Das muß in der Woche um Thanksgiving gewesen sein. ARGUS hatte einen Systemausfall, es war eine miese Woche, wir konnten keine Quoten ermitteln. Kann ich noch einen Schluck haben?«

Ich reichte ihm die Flasche. Sie war mit einem Aufsatz versehen, der exakt ein Schnapsglas voll ausschüttet und dann schließt. Er füllte sein Glas zweimal.

»Wie haben Sie es herausgefunden?« fragte ich.

»Wie ich schon sagte, der Computer war ausgefallen, und Vince und ich sollten eine Routineüberprüfung durchführen, aber er hatte am Abend vorher verdammt tief ins Glas geschaut und kam zu spät ins Büro.

Also machte ich die Überprüfung selbst, oder besser gesagt, ich fing damit an. Ich … wie viel wissen Sie über Computer?«

»Nicht viel«, sagte ich.

»O Mann«, sagte er. »Dann wird es nicht ganz einfach werden, Ihnen das zu erklären.«

»Versuchen Sie es trotzdem.«

»Na schön. Also. Probieren wir es so: Ein Computer ist elektronisch gesehen nichts als ein Ein-Aus-Schalter, ein riesiger, komplizierter, sehr komplexer Schalter.

Stellen Sie sich einen Lichtschalter vor. Er ist entweder an oder aus, Saft oder kein Saft, ja oder nein. Beim Computer ist alles genauso über eine Abfolge von offenen oder geschlossenen Passagen geregelt, entweder erfolgt ein Signal oder es erfolgt nicht. So weit alles klar?«

»So weit, ja.«

»Das ist eigentlich auch schon alles. Im Computerhirn ist Platz für viele Millionen solcher Ein-Aus-Schalter, die in unermeßlich vielen Kombinationen geschaltet sein können. Beim Programmieren stellen wir eine bestimmte Abfolge solcher Kombinationen ein, damit der Computer das macht, was wir von ihm erwarten. Natürlich stark vereinfacht ausgedrückt.«

Ich versicherte ihm, daß ich ihm folgen konnte. »Aber wie haben Sie herausbekommen, daß er die Quoten manipuliert?«

»Dazu komme ich noch. Um die Sache für uns Menschen bequemer zu machen (ARGUS ist das nämlich schnurz), unterteilen wir die Informationen, mit denen wir den Rechner füttern, in verschiedene Kategorien, damit wir etwas haben, wonach wir die Sachen sortieren und prüfen können. Für den Computer macht das überhaupt keinen Unterschied, der kennt sowieso nur Ein oder Aus.

Vince hatte ein Programm versteckt, das bestimmte Quoten nach oben begrenzte.«

»Was meinen Sie mit ›versteckt‹?«

»Genau, was ich sage. Er nahm bestimmte Anweisungen, also Befehle an den Rechner, aber er verkleidete sie als Daten. Das war zwar nicht alles, aber das übrige wäre jetzt zu kompliziert.«

»Wie konnte er die Quoten begrenzen? Das habe ich nicht verstanden.«

»Sie wissen doch, wie das mit den Einschaltquoten funktioniert? Die Signale für Programm und Uhrzeit werden verschlüsselt weitergegeben.«

Ich nickte.

Er griff erneut nach der Scotch-Flasche. »Vince schrieb ein Programm, das genauso wie dieser kleine Apparillo hier funktioniert. Ganz gleich, wie viel Schnaps in der Flasche ist, man bekommt immer nur eine festgelegte Menge ins Glas.

Vince richtete es so ein, daß die Endgeräte bestimmte Signale nur bis zu einer bestimmten Anzahl registrierten, darüber hinaus aber nicht mehr. Ganz gleich, wie viele Leute tatsächlich eine Sendung sehen, zeigt das Endergebnis immer nur die Zahl, die Vince dafür vorgegeben hat.«

»Wollte Carlson damit eine bestimmte Sendung sabotieren?«

»Genau. Nach einer Zahl x wurden alle weiteren Signale einfach herausgefiltert und verworfen.« Er grinste. »Dreimal dürfen Sie raten, um welche Sendung es sich handelte.«

Ich brauchte nicht zu raten. »Harbor Heights«, sagte ich.

»Ausgezeichnet.« Er tat so, als applaudiere er mir.

»Kein Wunder, daß die Quoten von Woche zu Woche mehr in den Keller gingen.«

»Das stimmt nicht«, wandte er ein. »Absolut nicht. Vince sagte, er habe das Programm nur zweimal aktiviert, nämlich in der zweiten und dritten Woche, in der ›Harbor Heights‹ lief. Er hielt die Einschaltquoten für sich selbst erfüllende Prophezeiungen, er redete nun mal so. Er sagte, seit der Inbetriebnahme von ARGUS seien viele Sendungen so schnell abgesetzt worden, daß die Zuschauer sich schließlich Serien, deren Quoten zwei Wochen hintereinander gesunken waren, einfach nicht mehr ansahen. Wie die Ratten das sinkende Schiff verlassen.« Er lächelte wieder. »Außerdem haben die anderen Quotenläden ähnliche Ergebnisse gebracht, und die waren schließlich nicht manipuliert. Auch da hat ›Harbor Heights‹ eine Bauchlandung gemacht.«

Ich bezähmte meine Wut. »Und Sie haben nichts dagegen unternommen?«

»Ach, kommen Sie, Vince war schließlich mein Freund. Ich habe ihn am nächsten Tag darauf angesprochen, und er hat mich sozusagen auf Knien angefleht, ihn nicht auffliegen zu lassen. Er sagte, er tue es nur sehr ungern, aber er sei in großen Schwierigkeiten und habe es getan, um von dem Geld seine Spielschulden begleichen zu können. Er war spielsüchtig, müssen Sie wissen.«

»Wie kommt denn ein zwanghafter Spieler in eine solche Position, verdammt noch mal? Überprüft das CRI denn seine Leute nicht vor der Einstellung?«

»Natürlich tun sie das«, sagte er. »Aber soweit ich weiß, war Vincent in der Beziehung ein Spätzünder. Er hat am Massachusetts Institute of Technology studiert und gehörte zu den Typen, die neben ihren Computern schliefen. Bevor er beim CRI anfing, wußte er wahrscheinlich gar nicht, wie man Freizeit schreibt. Außerdem sind viele Computerfreaks fasziniert von Glücksspielen, weil sie meinen, sie könnten die Gesetzmäßigkeiten in den Griff kriegen.«

»Sie selbst offenbar nicht.«

»Ich? Nein. Ab und zu einen Fünfer beim Trabrennen, das ist alles. Ich gehe gern auf Nummer Sicher.«

»Also schön«, sagte ich zu Devlin. »Jetzt kommt die Hunderttausenddollarfrage: Wer hat Carlson dafür bezahlt, ›Harbor Heights‹ in den Orkus zu befördern?«

»Ich weiß es nicht. Das wollte Vince mir nicht sagen.«

»Blödsinn«, sagte ich.

»Sie brauchen mir nicht zu glauben, wenn Sie nicht wollen«, sagte er achselzuckend.

»Tu ich auch nicht. Ich glaube nicht, daß Carlson auch nur ein einziges Mal in seinem Leben ein Geheimnis bei sich behalten konnte, denn ich weiß aus guter Quelle, daß er fast zwanghaft über seine Probleme geredet hat, vor allem, wenn er unter Druck stand. Und ich glaube nicht, daß Sie Ruhe gegeben haben, bevor Sie nicht alles bis ins Detail erfahren hatten.«

»Tut mir leid, Cobb, aber das ist nun mal die Wahrheit. Vince war ein netter Kerl. Zu meiner eigenen Sicherheit wollte er mir nichts darüber erzählen. Und ich mochte ihn, außerdem tat er mir leid. Seine Frau hatte sich zwar scheiden lassen, wurde aber trotzdem weiter bedroht, das machte ihm schwer zu schaffen. Er hat sie bis zum Schluß geliebt.

Im übrigen ging es mich ja überhaupt nichts an, wenn eine idiotische Fernsehserie eine Woche früher abgesetzt wurde. Im Grunde mag ich das Fernsehen gar nicht.«

Ich stand auf und zeigte mit dem Finger auf ihn. »Also schön«, sagte ich. »Vorläufig kaufe ich Ihnen das ab. Aber Carlsons schlechtes Gewissen meldete sich. Er wollte mir alles erzählen, aber dann mußte er sterben. Sehr wahrscheinlich weiß derjenige, der ihn bezahlte, auch etwas darüber, wer ihn umgebracht hat, wenn er es nicht ohnehin selbst gemacht hat. Und wenn ich herausbekomme, daß Sie mir etwas verheimlichen, dann können Sie sich schon mal warm anziehen.«

Er zog die Augenbrauen hoch, sagte aber nichts. Er nippte an seinem Scotch.

»Ich kann Sie gut verstehen, Mr. Cobb«, sagte er. »Wenn Sie herauskriegen, welches andere Sendernetz dahintersteckt, machen Sie denen bestimmt Dampf unterm Hintern. Die müssen ja mächtig Schiß vor ›Harbor Heights‹ gehabt haben.«

Das bezweifelte ich. »Harbor Heights« war alles andere als ein todsicherer Tip gewesen. Wenn ein konkurrierendes Sendernetz vorgehabt hätte, unsere Quoten zu drücken, hätte es sich mit Sicherheit einen Publikumsrenner wie »Die Jolleys« ausgesucht.

Nein, alles in allem stand Walter Schick nach wie vor als Verdächtiger an erster Stelle … für die Computermanipulation, nicht jedoch für den Mord. Cynthia Schick hatte natürlich das gleiche Motiv wie ihr Mann, aber für Dienstagabend konnte sie ein Alibi vorweisen. Ich ging davon aus, daß die bibelfeste Mrs. Locker mir nicht ins Gesicht lügen würde. Sie wäre der Frage vielleicht ausgewichen, aber frechweg gelogen hätte sie nicht. Roxanne hatte genügend Geld geerbt, um Carlson bezahlen zu können, aber wozu? Natürlich hätte sie das Geld ihrem alten Herrn zu diesem Zweck schenken oder leihen können, aber damit waren wir im Hinblick auf den Mord wieder bei dem Problem mit dem Krankenhausbett. Außerdem hatte Roxanne dasselbe Alibi wie ihre Mutter. Ich hätte heulen können.

Devlin betastete sich wieder.

»Hören Sie doch endlich damit auf«, fuhr ich ihn an. »Sie gehen mir auf die Nerven!«

Er grinste verlegen. »Entschuldigung.«

Das Telefon klingelte. Ich raste los, in der Hoffnung, es sei Monica.

»Hallo, Matt?« Es war Cynthia Schick. Ich fragte mich, was sie nun wieder wollte.

»Hallo«, sagte ich.

»Matt, ich wollte mich nur entschuldigen für … dafür, daß ich Sie gestern meinem Vater gegenüber in Verlegenheit gebracht habe. Ich habe mich kindisch benommen. Ich …«

»Ist schon gut, Mrs. Schick«, sagte ich. »Es tut mir leid, daß ich sagen mußte, was ich gesagt habe.«

»Sie hatten ja gar keine andere Wahl. Ich habe mich wirklich kindisch benommen. Ich … Ich möchte Ihnen sagen, daß ich mich bei einem Nervenarzt angemeldet habe. Ich darf einfach nicht die Kontrolle über mich verlieren, wie es gestern der Fall war.«

Ich hörte hinter meinem Rücken ein Geräusch und wirbelte herum. Devlin hatte lediglich seine Reisetasche geöffnet, vielleicht wollte er seine Socken nachzählen, was wußte ich. Du bist mit den Nerven am Ende, Cobb, dachte ich.

In den Telefonhörer sagte ich: »Ich bin sicher, er wird Ihnen helfen können. Übrigens, Roxanne war am Dienstagabend nicht zufällig in Bridgeport im Kino, oder doch?«

»Nein, Roxanne und ich waren am Dienstag beide zu Hause. Wir hatten … hm, etwas zu besprechen. Warum fragen Sie?«

»Ach, nur so. Ein Bekannter von mir behauptete, er hätte Roxanne dort gesehen, und ich sagte, er müsse sich irren. Wenn ich noch irgend etwas tun kann, um Ihnen zu helfen …«

»Bleiben Sie einfach weiter unser Freund, Matt.«

»Darauf können Sie sich verlassen.«

»Dessen war ich sicher. Roxanne läßt sie schön grüßen. Auf Wiedersehen.«

»Wiedersehen.«

Als ich mich zu Devlin umwandte, hatte er gerade den Mund zu einem Gähnen aufgerissen.

»War das Mrs. Schick?« fragte er. »Mrs. Walter Schick?«

Ich bejahte.

»Es ist eine Schande, wenn eine so schöne Frau wie sie so viel durchmachen muß, ehrlich.«

»Meinen Sie, es wäre weniger schlimm, wenn sie häßlich wäre?«

Er lächelte verschlagen. »Sie wissen doch, wie das ist. Ihr Mann brachte sie mit zu einer großangelegten Werbeveranstaltung des CRI für das ARGUS-System und zu einem Festessen.

Ich saß an ihrem Tisch, um den fachlichen Hokuspokus zu erklären. Ich war von ihr schwer beeindruckt, das ist ein Rasseweib.«

»Bei ihr haben Sie aber keinen bleibenden Eindruck hinterlassen«, sagte ich. »Sie kann sich nämlich nicht an Sie erinnern.«

»Das ist schade«, sagte er. »Aber sie hat eben viel am Hals. Ein Rasseweib ohne Mann. Schlimmer noch: Sie hat alle Nachteile der Ehe, aber keinen der Vorteile.«

»Und Sie könnten das ändern?«

»Ich nicht, Kumpel. Schon mein Vater hat mir beigebracht: ›Widersprich keinem Bullen, piß nicht gegen den Wind und laß dich nicht mit verheirateten Weibern ein.‹ Im übrigen bin ich selbst so gut wie in festen Händen.«

Das Telefon klingelte erneut.

Diesmal ging ich gemächlicher an den Apparat.

»Guten Tag. Spreche ich mit Matthew Cobb?«

»Am Apparat.«

»Nun, Mr. Cobb, ich rufe Sie im Auftrag von Miss Monica Teobaldi an.«

»Wie meinen Sie das, ›im Auftrag‹?!« Ich war wütend. »Holen Sie sie an den Apparat!«

»Das ist leider unmöglich, Mr. Cobb. Miss Teobaldi ist unpäßlich. Um die Wahrheit zu sagen, hat sie sich erst vor kurzem so weit erholt, daß sie uns bitten konnte, Kontakt mit Ihnen aufzunehmen.«

Devlin sagte: »Was ist los, Cobb? Sie sehen aus, als würde Ihnen schlecht.«

Mir war in der Tat schlecht. »Wer sind Sie?« fragte ich ins Telefon.

Die Stimme antwortete: »Mein Name ist Herschel Goldfarb.«

Kapitel 15

»Gleichfalls, Kumpel«
– Bob Newhart, »The Bob Newhart Show« (CBS)

Seine Stimme hatte einen amüsierten Unterton; er schmunzelte wie jemand, der sich am offenen Grab das Lachen verbeißt, wenn dem Herrn Pastor bei der Trauerrede das Toupet wegfliegt.

»Was wollen Sie?« fragte ich.

»Es geht nicht darum, was ich will, Mr. Cobb. Miss Teobaldi möchte Sie sehr gern sehen. Sie meint, Ihre Anwesenheit würde ihrer baldigen Genesung sehr förderlich sein. Offenbar üben Sie eine wohltuende Wirkung auf ihre Gesundheit aus.«

»Wo ist sie?«

»An einem vollkommen sicheren Ort, Mr. Cobb. Ich habe einen Mitarbeiter mit dem Wagen zu Ihnen geschickt, er wartet unten vor Ihrem Haus. Er wird Sie direkt zu Miss Teobaldi bringen.«

»Ist Ihnen klar, welche Strafe auf Kidnapping steht, Goldfarb?«

»Kidnapping? Reden Sie keinen Unsinn. Irgendein Witzbold lockte Miss Teobaldi zum Haus meiner Mutter. Dort wurde sie plötzlich krank, und meine Mutter, die gute Seele, hat sich rührend um sie gekümmert.«

So wollte er das Spielchen also aufziehen. Zu allem Überfluß würde das Schwein damit wahrscheinlich sogar durchkommen. Wenn ich die Bullen rief, würde er dafür sorgen, daß Monica nicht mehr dort war, und erzählen, in einem unbeobachteten Moment sei sie ›wie in Trance‹ weggegangen.

»Okay, Goldfarb«, sagte ich. »Angenommen, ich komme. Wird Monica bei meinem Anblick so weit wiederhergestellt sein, daß ich sie mitnehmen kann?«

Seine Stimme nahm wieder den widerlich schmunzelnden Unterton an. »Gut gesagt, Mr. Cobb. Ich möchte es einmal so ausdrücken: Ich bin sicher, daß es ihrer Gesundheit außerordentlich zuträglich sein wird. Sie möchte Sie wirklich sehr dringend sehen.«

»Das kann ich mir lebhaft vorstellen. Also bis nachher!«

Er sagte noch etwas, aber ich legte einfach auf.

Ich drehte mich zu Devlin um. »Ich muß eine Weile weg. Sie können gern hierbleiben, bis ich wiederkomme.«

»Danke, aber das ist wirklich nicht …«

»Ich will es einmal so ausdrücken: Ich erwarte verdammt noch mal, daß Sie noch hier sind, wenn ich zurückkomme. Sonst fallen mir nämlich Dinge ein, die die Polizei gern wissen würde, ganz zu schweigen von der Rundfunkaufsicht. Haben wir uns verstanden?«

»Wenn das so ist, dann nehme ich Ihr Angebot natürlich an. Wie lange werden Sie voraussichtlich fort sein?«

»Keine Ahnung. Im Kühlschrank steht etwas zu essen.« Dabei fiel mir ein, daß ich im Tresor noch die Pistole hatte. Ich überlegte einen Augenblick und entschied mich dann aber dagegen. Ich würde den Teufel tun und versuchen, mich mit einer Waffe in der Hand professionellen Gangstern in den Weg zu stellen.

Ich bat Devlin, keinen Scotch auf den Teppich zu kleckern, und ging.

Keine dreißig Meter vom Eingang entfernt parkte ein grauer Imperial. Der Fahrer hupte, und ich ging zu ihm hinüber und stieg ein. Im Wagen saßen zwei Männer.

»Wo haben Sie Ihren Dreckskōter?« fragte der Fahrer. Er war groß und blond und trug einen Verband an einer seiner riesigen Pranken. Wie man ihn nach einem Hundebiß angelegt bekommt.

In meinem Gehirn schrillte eine Alarmglocke. Reflexhaft wollte ich nach dem Türgriff langen und aus dem Auto springen, doch bevor ich überhaupt einen Muskel bewegen konnte, stornierte mein Verstand den Befehl angesichts einer fünfundvierziger Automatik.

Es war mein alter Freund Shorty, der die Pistole auf mich richtete. Sie war so groß wie sein ganzer Unterarm und erinnerte entfernt an eine Haubitze.

»Immer mit der Ruhe«, grummelte Shorty. »Mr. Goldfarb will bloß ein bißchen mit Ihnen reden.«

Also war er kein Bulle. Ich vergab Lieutenant Martin.

»Verzeihen Sie, wenn ich ein wenig skeptisch erscheine«, sagte ich, »aber mich deucht, Mighty Joe Young da auf dem Fahrersitz hat mir neulich nachts einen Besuch abgestattet, und zwar mit einer Pistole in der Hand.«

Mighty Joe begann zu stammeln: »Was? Ich wollte doch nur – dieser verfluchte Köter! Sie haben ihn auf mich gehetzt!« Er hielt den verbundenen Arm hoch.

»Sie Ärmster«, flötete ich.

Der Jockey-Typ lachte. »Das war ein Mißverständnis, Mr. Cobb. Tolly wollte Sie lediglich zu einer Unterredung mit unserem Chef einladen. Sein überwältigender Anblick hat Sie offenbar etwas aus der Fassung gebracht.«

»Das ist also Tolly?« Ich deutete auf den Fahrer.

»Genau«, bestätigte der Jockey.

»Haben Sie auch einen Namen?« fragte ich ihn.

»Ray.«

»Super, Ray. Sie dürfen Mr. Cobb zu mir sagen. Wedelt ihr eigentlich mit Pistolen rum, so wie andere Leute mit den Händen reden?« Ich deutete auf die Magnum, die von Sekunde zu Sekunde größer und häßlicher wurde.

Ray lachte wieder, diesmal aus ganzem Herzen. Er war einer dieser im Grunde ihrer Seele charmanten Gangstertypen, wie sie James Cagney in den alten Warner Brothers-Filmen spielte.

»Das gehört zu unserem Job, Mr. Cobb«, erklärte er höflich. »Wir geben uns viel Mühe, die Leute zu überzeugen. Aus Erfahrung weiß ich, daß sie einem besser zuhören, wenn man ihnen eine Pistole zeigt.« Er verstaute sein schweres Geschütz. »Im übrigen habe ich sowieso nur eine einzige Kugel darin. Wenn es etwas zu schießen gibt, macht Tolly das.«

»Das ist mir schon aufgefallen.«

»Genau«, sagte Tolly. »Ich will sie wiederhaben.«

»Ach wissen Sie, das Problem ist, Sie haben sie mir nicht gezeigt, sondern auf mich geschossen.«

Tolly war die verleumdete Unschuld in Person. »Ich hätte sie ja gar nicht rausgeholt, aber Sie haben mich angegriffen. Ich habe auf Sie gewartet, damit ich Sie unter vier Augen sprechen konnte, ganz höflich und freundlich, und was machen Sie? Sie reißen die Tür auf und hetzen mir Ihren Scheißköter auf den Hals, daß der mir den halben Arm abreißt!«

Er beäugte mich mißtrauisch. »Ist der Köter wenigstens gegen Tollwut geimpft?«

»Ist er. Und sagen Sie nicht Köter, sein Stammbaum ist länger und vornehmer als Ihrer.«

Zu meiner Verwunderung fiel mir auf, daß ich ganz automatisch in die Rolle des coolen Privatdetektivs gerutscht war, die diese beiden Figuren offenbar von mir erwarteten. Vielleicht hatten wir als Kinder allesamt dieselben Filme gesehen. Ich beschloß, die Rolle weiterzuspielen, zumindest war sie besser als tödliches Schweigen.

»Ich mache Ihnen einen Vorschlag«, sagte ich. »Meinetwegen können Sie ihn als ›Hundesohn‹ bezeichnen. Das ist immerhin korrekt.«

Tolly war perplex. »Wenn er so ein Hundesohn ist, warum geben Sie ihn dann nicht weg? Was gibt's denn da zu lachen, Ray?«

Ich stellte meine nächste Frage, bevor Ray sich so weit erholt hatte, daß er es ihm hätte erklären können.

»Wer hat gestern abend versucht, mich zu überfahren?«

Ray sagte: »Ja, hab ich gesehen. Wie geht's Ihrem Freund?«

»Wollen Sie mir weismachen, ihr beide wart es nicht?«

»Sind Sie verrückt? Mr. Goldfarb möchte mit Ihnen reden, das ist alles. Er ist Geschäftsmann. Er will mit Ihnen verhandeln. Sie hätten hören sollen, wie er Tolly abgekanzelt hat wegen des Schusses. Schließlich hätte er Sie verletzen können.«

»Genau«, warf Tolly ein. »Das hat mir alles nur Ihr gottverdammter Hund eingebrockt.«

»Trotzdem«, sagte Ray. »Ich hab gesehen, daß das gestern kein Unfall war. Da hat es jemand auf Sie abgesehen, Cobb. Um so mehr sollten Sie ein offenes Ohr für den Chef haben. Seine Freunde erfreuen sich in der Regel bester Gesundheit.«

Wir waren in dem Teil Manhattans, der Lower East Side genannt wird. Tolly hielt den Wagen am Straßenrand an. »Da sind wir«, sagte er. »Ich park eben den Wagen. Ich bin in ein paar Minuten wieder da.«

»Sie lernen dazu, Tolly. Man läßt den Wagen nicht am Straßenrand stehen.« Ray soufflierte von der Seite: »Die Scheißbullen verpassen dem Wagen vom Chef sonst dauernd Strafzettel. Also los, Mr. Cobb, rein mit Ihnen.«

Er meinte ein typisches New Yorker Braunstein-Haus, ein dreistöckiges Gebäude mit Souterrain. Es war gepflegt, vor allem im Vergleich zu den Bruchbuden rechts und links. Vor den Fenstern standen sogar Blumenkästen.

Ray ließ mich vor sich die neun Stufen bis zur Haustür hinaufgehen. Dort wartete ich, bis er ebenfalls oben war, und sah verblüfft, daß er nicht einfach reinmarschierte, sondern artig klingelte. Ich war davon ausgegangen, daß er bei seinem Boß ein- und ausging.

Die nächste Überraschung erwartete mich, als die Tür von einer reizenden alten Dame in lila Kittel und Hausschuhen geöffnet wurde.

»Oh, guten Tag, Ray«, sagte sie und gab ihm ein Küßchen auf die Wange. Er zierte sich wie ein Achtjähriger. »Herschel ist im Arbeitszimmer«, sagte sie.

Sie lächelte mich strahlend an. »Sie müssen Monicas Freund sein. Machen Sie sich keine Sorgen, ich kümmere mich schon um sie.«

»Ich, äh, … ich kann Ihnen gar nicht sagen, wie dankbar ich Ihnen bin«, sagte ich wahrheitsgemäß.

Sie zwinkerte mir zu. »Es ist nicht nett von mir, das zu sagen, aber ich bin ein klein wenig froh, daß es so gekommen ist. Als alte Frau hat man nicht oft Gelegenheit, junge Leute kennenzulernen. Und wenn mein Herschel sieht, wie glücklich Sie beide zusammen sind, vielleicht kommt er ja auch noch auf den Geschmack, wer weiß? Verstehen Sie mich nicht falsch, mein Herschel ist ein sehr lieber Junge, der beste Sohn, den ich mir wünschen könnte, aber in seinem Alter sollte er allmählich wirklich …«

»Hören Sie, Mrs. Goldfarb«, fiel ihr Ray ins Wort, »meinen Sie nicht, Mr. Cobb würde seine Herzensdame jetzt gern sehen?«

Sie machte mißbilligend ein paarmal »ts, ts« und sagte: »Wie dumm von mir, natürlich! Ich rede mal wieder viel zu viel. Also los, frisch voran. Ich muß noch Staub wischen. Sie bleiben bestimmt zum Abendessen, Matt, so heißen Sie doch, nicht wahr?«

»Das wird er mit Vergnügen tun«, antwortete Ray an meiner Stelle und schob mich rasch in Richtung Arbeitszimmer zu meiner ersten Begegnung mit Herschel Goldfarb.

Es wurde zur beängstigendsten Erfahrung meines ganzen Lebens. Nicht etwa, weil Goldfarb eine Inkarnation des Bösen gewesen wäre, sondern gerade, weil das Gegenteil der Fall war. Herschel Goldfarb hätte jederzeit als Ozzie Nelson durchgehen können.

Es war absurd. Man muß sich das mal vorstellen: Serienheld Ozzie Nelson mit seinem Bürstenschnitt, den Lachfältchen um die Augen und der sanften Tenorstimme, ein netter Kerl, wie er im Buche steht und dessen einzige Beschäftigung darin zu bestehen scheint, Pärchen für den nächsten Schülerball zu verkuppeln, stand hier plötzlich als gemeingefährlicher Krimineller leibhaftig vor mir.

Na ja, gemeingefährlich war vielleicht zu viel gesagt. Als Krönung trug Goldfarb nämlich genau wie Ozzie Nelson eine legere Freizeithose und Slipper, ein weißes Hemd mit Krawatte und darüber einen Pullover. Er saß auf dem Sofa und blätterte stillvergnügt in der New York Post.

»Es freut mich, daß Sie kommen konnten, Mr. Cobb«, sagte er. Es war merkwürdig, aus Ozzie Nelsons Mund eine so tiefe Stimme und so förmliche Worte zu hören. »Hatten Sie eine angenehme Fahrt?«

»Ganz bezaubernd«, sagte ich. »Tolly hat mir das große Einmaleins beigebracht.« Ich war entschlossen, es weiter auf die lockere Tour zu versuchen.

»Ach, Mr. Cobb, Sie sollten den Jungen nicht so negativ beurteilen. Intelligente Männer legen bei anderen oft zu viel Wert auf Intelligenz.«

»Na, ich weiß nicht. Wenn ich intelligent wäre, säße ich nicht so in der Patsche.«

Goldfarbs Schmunzeln war live noch schlimmer als am Telefon. »Der war gut«, sagte er. »Ich finde, Intelligenz ist nicht alles. Tolly ist loyal und stark und besitzt eine einzigartige Kombination von Sensibilität und Brutalität in seinem Wesen.«

»Wie ein Bernhardiner«, sagte ich.

»Exakt!« Er strahlte mich an. »Das ist exakt das, was ich sagen wollte. Ray, müssen Sie wissen, ist zwar auch nicht gerade genial, aber er ist verschlagen und weiß genau, wie man mit der Art von Leuten umgeht, mit denen ich in meinem Beruf zu tun habe.«

»Und wenn Sie sie bezahlen, damit sie Ihnen freitags den Ofen anzünden, ist mir das scheißegal. Ich will jetzt Monica sehen.«

In diesem Moment öffnete Tolly die zweiflügelige Tür (beide Flügel!) und spazierte herein.

»Ach, Tolly, Mr. Cobb und ich sprachen gerade darüber, wie überaus wertvoll mir Ihre Dienste sind.«

Tolly wurde rot.

»Tolly, gehen Sie nach oben und sagen Sie Miss Teobaldi Bescheid, daß ich sie hier im Arbeitszimmer sehen möchte. Sollte sie noch schlafen, bitten Sie unbedingt meine Mutter, sie zu wekken. Haben wir uns verstanden?«

Tolly nickte, ging rückwärts aus dem Raum und schloß die Tür hinter sich.

»Er neigt dazu, Frauen unsittlich zu berühren«, vertraute mir Goldfarb an. »Reine Neugier. In vieler Hinsicht ist Tolly wie ein Kind.«

Während wir warteten, sah ich mir den Raum genauer an. Das

Zimmer wirkte gemütlich, ein wenig altmodisch. An drei Wänden standen Bücherregale mit Büchern in vielen Sprachen. Alle Titel in den vier Sprachen, die ich beherrsche, hatten etwas mit Wirtschaft zu tun.

Das übrige Mobiliar war regelrecht viktorianisch: Armsessel (mit Polsterschonern) auf einem geblümten Teppich. Zierliche Lampen und noch zierlichere Lampentischchen, Nippes allüberall.

Eine Seite der zweiflügeligen Tür öffnete sich, und Monica trat herein. Sie trug Straßenkleidung: eine Seidenbluse und einen Cordrock. Sie hatte Strümpfe, aber keine Schuhe an. Ihre Frisur war völlig durcheinander. Sie hatte geweint.

Als sie mich sah, rief sie »Matt!« und rannte auf mich zu. Tolly und Ray wollten sie aufhalten, blieben jedoch auf ein Wort von Goldfarb hin wie angewurzelt stehen.

Monica und ich umarmten uns eng. »Ach, Matt, ich hatte solche Angst.«

»Ganz ruhig«, sagte ich, »ist ja fast vorbei.« Das war, wie ich dachte, nicht einmal gelogen, denn die Sache würde jetzt bald zu Ende sein. So oder so.

»Wie lange bin ich schon hier?« fragte sie. »Ich war bewußtlos.«

»Etwas über zwei Tage, Schatz.« Ich sah über ihren Kopf hinweg Goldfarb an. Der Dreckskerl lächelte. »Was haben Sie ihr gegeben? Sie haben Sie doch mit irgend etwas betäubt.«

»Regen Sie sich nicht auf, Mr. Cobb. Es geht Miss Teobaldi offenbar schon viel besser. Ich wußte, Ihr Anblick würde ihr guttun. Bitte seien Sie versichert, daß wir ihr nichts Stärkeres als Scopolamin gegeben haben. Es ist rezeptfrei in vielen freiverkäuflichen Erkältungspräparaten enthalten und wurde ihr von einem Arzt verabreicht.«

»Was ist eigentlich passiert?« fragte ich Monica.

»Ich weiß nicht. Ich … ich bekam heute morgen einen Anruf …«

»Mittwoch morgen«, verbesserte Goldfarb freundlich.

»... von jemandem, der sagte, du seist verletzt und man hätte dich ins Krankenhaus gebracht. Du bist nicht ans Telefon gegangen, du warst nicht bei deinen Eltern. Ich bin ins Krankenhaus gefahren, aber als ich durch die Eingangshalle ging, wurde mir schwindelig, und als ich aufwachte, war ich hier.«

»Dann hat dich jemand angerempelt und dir dabei eine Injektion gegeben.« erklärte ich ihr. »Wie fühlst du dich?«

»Immer noch ziemlich schläfrig«, sagte sie. »Ich will nach Hause, Matt.«

Das wollte ich auch. »Also gut, Goldfarb, kommen wir zum Geschäftlichen. Was wollen Sie von mir?«

»Setzen Sie sich doch bitte, Sie beide. So ist es besser. Ich bin sicher, wir können das ohne weiteres regeln.« Er lächelte genauso, wie Ozzie Nelson immer gelächelt hatte, wenn er jemandem Plätzchen und Milch anbot. »Bevor ich Ihnen sage, was ich mir von unserer ... hm ... Geschäftsverbindung erhoffe, möchte ich Ihnen von mir erzählen, damit Sie betreffend meiner Person wissen, mit wem Sie es zu tun haben.«

Ich konnte nicht widerstehen. »Betreffend meine Person. Nach betreffend steht der Akkusativ, nicht der Genitiv.«

»Sehr witzig«, sagte er todernst. »Vielleicht war es ein Fehler von Ihnen, nicht die Lehrerlaufbahn einzuschlagen.«

»Den Eindruck habe ich des öfteren«, räumte ich ein.

»Ich war selbst Dozent, wie Ihnen bereits bekannt sein dürfte. Bis vor zehn Jahren war ich Professor für Betriebswirtschaft. Ich gehöre nach wie vor weltweit zu den angesehensten Experten im Bereich Rechnungswesen. Meine Bücher gelten noch heute an vielen Hochschulen als Standardwerke.

Doch im gleichen Maße, wie meine Theorien immer größeren Anklang fanden, wurde ich immer unzufriedener. Ich sah, daß die gigantischen multinationalen Konzerne unerhörte Gewinne machten. Ich hatte wildfremden Menschen weltweit Gelegenheit gegeben, Milliarden einzustreichen. Sogar Araber wurden durch meine Ideen reich.

Aber für mich fiel nichts davon ab. Natürlich bekam ich mein

Gehalt, das nach landläufigen Vorstellungen sogar sehr gut war. Aber ich besaß keine Ressourcen. Kennen Sie den Unterschied zwischen Geld und Ressourcen, Mr. Cobb.«

»Geld wird mit Ressourcen erwirtschaftet«, sagte ich. »Eine ergiebige Ölquelle ist eine Ressource. Eine Fabrik. Ein Restaurant mit bekannt guter Küche.«

Er strahlte mich an. »Sie wären ein ausgezeichneter Lehrer geworden. Trotz all meiner akademischen Titel hätte ich es nicht besser ausdrücken können. Eine Fernsehserie mit hohen Einschaltquoten würde übrigens ebenfalls unter diese Rubrik fallen.

Eines Tages bin ich dann zur Vernunft gekommen. Meine Mutter war krank, todkrank. Sie mußte dieses Haus verkaufen, um die Behandlung bezahlen zu können, obwohl ich sie bereits mit allen Kräften unterstützte.

Welcher Sohn würde das tatenlos mit ansehen? Meine Mutter hat jedenfalls etwas Besseres verdient. Ich habe damals geschworen, sie für alles zu entschädigen.«

Goldfarb stand auf und begann, hin- und herzuwandern, die Hände auf dem Rücken verschränkt, wie er wahrscheinlich früher im Hörsaal auf- und abgeschritten war, wenn er über *Buchhaltung II* las.

»Ich bestreite natürlich keineswegs, daß man Ressourcen auch auf legale Weise erwerben kann«, fuhr er fort. »Selbst mit den beschränkten finanziellen Mitteln, die mir damals zur Verfügung standen. Aber es dauert zu lange, und ich hatte ja bereits genug Zeit verloren. Ich beschloß, Recht und Gesetz den Rücken zu kehren und solche Nebensächlichkeiten wie Einkommensteuer, Höchstzinssätze und Kartellgesetze zu ignorieren. Ich nahm mein Kapital und wendete meine Theorien zur Abwechslung zu meinem eigenen Vorteil an, unterstützt durch das, äh … gnadenlose Geschäftsgebaren, das in meinen neuen Kreisen gang und gäbe ist. Ich habe viel Geld erworben, aber auch viele Ressourcen. Ich habe dieses Haus für meine Mutter zurückgekauft. Und fünf weitere weltweit.«

»Ein richtiger Napoleon des Verbrechens«, sagte ich.

Er lachte. »Nicht einmal ein Dr. Moriarty, Mr. Cobb. Ich leite oder kontrolliere keineswegs eine Vielzahl von kriminellen Unternehmen, sondern arrangiere die Dinge so, daß sie mir eine Rendite einbringen.

Und damit komme ich zum Kern, Mr. Cobb. Ich habe mich über Sie geärgert. Ich habe mich höflich, sogar freundschaftlich gezeigt, aber Sie haben mich ausgesprochen verärgert.«

»Wie zum Teufel ist mir das denn gelungen?« fragte ich. »Bis gestern wußte ich nicht einmal, daß es Sie gibt.«

»Es war nicht nötig, von meiner Existenz zu wissen. Sie haben das einzige getan, das ich wirklich keinesfalls dulden kann. Sie haben mir eine Ressource genommen.«

Monica sah ihn an, dann mich, dann wieder ihn und zurück zu mir. »Wovon redet er?« wollte sie dann wissen.

»Ich habe nicht die blasseste Ahnung.«

»Spielen Sie nicht die Unschuld. Durch den Mord an Carlson haben Sie mir eine Ressource genommen, die mir potentiell mehrere Millionen Dollar eingebracht hätte.«

Ich schüttelte resigniert den Kopf. »Oh, Mann«, sagte ich, »wenn so ein Gerücht erst einmal in der Welt ist ... Sie wissen hoffentlich, daß Sie verrückt sind?«

»Ich erlaube mir, in diesem Punkt anderer Meinung zu sein. Ein Mann wird neben der Leiche eines Mannes angetroffen, den er nie zuvor gesehen hat, der aber rein zufällig der Ex-Mann seiner früheren Geliebten ist. Er wird von der Polizei verhört, dann wieder auf freien Fuß gesetzt und marschiert geradewegs zur Wohnung der besagten Frau. Welchen Schluß soll man sonst wohl daraus ziehen?«

»Man könnte den Schluß ziehen, daß Goldfarb einen Bullen auf seiner Gehaltsliste stehen hat«, sagte ich. »Und daß er mich hat verfolgen lassen.«

Er lachte. »Ray wartete vor dem Polizeirevier auf Sie. Er sollte Ihnen folgen und Sie herbringen, sobald Sie in Ihrer Wohnung eintrafen. Wie Sie wissen, hat er versagt. Tolly wartete in Ihrem Apartmenthaus, aber auch er hat versagt.

Allerdings wurden Sie mit Tolly so mühelos fertig …«

Das war zu viel für Tolly. »Das war er gar nicht. Das lag alles nur an diesem Hundesohn von einem Hund!«

»Du weißt doch, daß du mich nicht unterbrechen sollst, Tolly«, sagte Goldfarb völlig gelassen, aber Tolly wurde sofort sanft wie ein Lamm und sah verlegen drein. Er schien sogar regelrecht zu schrumpfen.

»Wie ich bereits sagte, waren Sie so geschickt, daß ich beschloß, Sie mir zunächst anzusehen, bevor ich mit Ihnen über geschäftliche Dinge spreche.«

»Ach ja?« sagte ich. »Was für geschäftliche Dinge meinten Sie denn, als Sie mich gestern Abend an der 86. Straße über den Haufen fahren lassen wollten? Was wollten Sie sich da ansehen? Vom Asphalt gekratzte Laborproben meiner sterblichen Überreste?«

»Unsinn. Es war jemand anders, der Sie überfahren wollte. Sie scheinen Talent zu haben, die Leute gegen sich einzunehmen.«

Ich sagte nichts, aber zum ersten Mal sah ich einen Hoffnungsschimmer. Wenn es jemand anders gewesen war und nicht Goldfarb, dann bedeutete das, Goldfarb legte es nicht darauf an, mich umzubringen, jedenfalls jetzt noch nicht. Und wenn doch Tolly oder Ray am Steuer gesessen hatten, jetzt aber logen, dann bedeutete das, es war ihnen nicht gleichgültig, was ich dachte, und das war ja auch ein gutes Zeichen.

Monica sah mich besorgt an. »Jemand hat versucht, dich umzubringen?«

Ich hatte vergessen, daß sie jetzt erst davon erfuhr. Ihr entsetzter Gesichtsausdruck überraschte mich.

»Nur versucht«, sagte ich. »Tony und Spot haben mir das Leben gerettet. Tony hat sich dabei beide Beine gebrochen.«

»O Gott«, sagte sie.

»Wer ist Tony?« wollte Goldfarb wissen.

»Ein Freund von uns«, erwiderte ich.

»Mein herzliches Mitgefühl«, sagte er aufrichtig. »Ich hoffe, Sie werden beide in der Lage sein, es ihm auszurichten. Doch zurück zu unserer Diskussion. Unter normalen Umständen, nachdem Sie also diese Tat begangen hatten …«

Ich unterbrach ihn. »Nur um Irrtümern vorzubeugen: Ich habe die Tat nicht begangen. Bei der Polizei sind inzwischen auch die meisten dieser Meinung.«

Das amüsierte ihn. »Das weiß ich. In diesem Punkt sind Detective Rivetz und ich ausnahmsweise einmal einer Meinung. Übrigens möchte ich noch Ihre Vermutung von eben korrigieren. Ich habe keinen Polizisten auf meiner Gehaltsliste, und das aus gutem Grund. Je mehr Leute man bezahlt, desto mehr Zeugen können gegen einen aussagen, merken Sie sich das, Cobb. Ich bekomme meine Informationen aus zweiter, vielleicht sogar dritter Hand, aber ich weiß immer, was ich wissen will. Ich kenne die geheimsten Gedanken der Polizei.

Aber die Polizei muß beweisen, was sie denkt. Im Gegensatz zu mir. Ich glaube, Sie sind intelligent genug, um die Indizien so zu manipulieren, daß es so aussieht, als könnten Sie Carlson gar nicht umgebracht haben. Es stand zu viel auf dem Spiel.«

Monica sah Goldfarb direkt in die von Fältchen eingerahmten Augen. »Matt hatte recht. Sie sind in der Tat verrückt.«

»Um so schlimmer für Sie beide«, sagte er. Er war wütend. Er sah jetzt überhaupt nicht mehr wie Ozzie Nelson aus, denn der war niemals wütend geworden. »Daß Sie nicht spurlos verschwunden sind, Mr. Cobb, liegt einzig und allein an meiner Vermutung, daß Sie Mr. Carlson als meine Ressource ablösen könnten.«

Ich sagte nichts. Das schien Goldfarb aus dem Konzept zu bringen, als erfolge die Unterhaltung nach Drehbuch und ich hätte ein Stichwort verpaßt.

Etwas lahm fuhr er fort: »Sie haben Carlson nämlich nicht ausschließlich wegen der Frau getötet, das sieht ihnen nicht ähnlich. Ich weiß das, weil ich Sie studiert habe. Rivetz' Erpressungstheorie ist absurd. Allerdings hatte Carlson, um seine Schulden an mich zurückzuzahlen, etwas getan, das mindestens ebenso viel Gewinn abzuwerfen versprach wie viele andere technische Neuerungen in diesem Jahrhundert. Und Sie haben ihn getötet, um sich die Kontrolle über diese Neuentwicklung anzueignen.«

»Vielleicht klären Sie mich darüber auf, was ich durch den Mord zu bekommen hoffte?«

»Als ob Sie das nicht wüßten!« Goldfarb war von mir enttäuscht. »Carlson war ein hochintelligenter Mann, aber er hatte ein allzu loses Mundwerk. Es war wirklich nicht viel Druck nötig, damit er mir erzählte, worum es ging. Mit Sicherheit hat er es auch seiner Frau erzählt. Und die hat es mit Sicherheit ihrem Liebhaber gesagt.«

Er war in der Tat verrückt. Je falscher er lag, desto sicherer war er sich seiner Sache.

»Tun Sie mir trotzdem den Gefallen«, sagte ich.

»Also gut. Carlson hatte eine Methode entwickelt, die Einschaltquoten jeder beliebigen Fernsehsendung zu manipulieren.«

Tja. Ich bedauerte, morgens mit Devlin gesprochen zu haben, denn ich bin glaubwürdiger, wenn ich die Wahrheit sage. Aber jetzt mußte eine Lüge herhalten.

»Und das haben Sie ihm geglaubt?« Ich lachte spöttisch. »Er hat Sie an der Nase herumgeführt.«

»Das bezweifle ich. Carlson hatte Angst vor mir. Er behauptete, er habe es einmal gemacht und werde es nie wieder tun, ohne im einzelnen zu erzählen, wer ihn dafür bezahlt hatte. Ich habe nicht weiter nachgehakt, denn solange es Pferde gab, das wußte ich, war Carlson in meiner Hand. Er hätte es immer wieder getan, wenn ich ihn dazu aufforderte.«

»Warum?« wollte ich wissen. »Was haben Sie davon?«

»Aber, Mr. Cobb, sehen Sie denn nicht das Potential? Natürlich tun Sie das. Warum Sie sich so verstockt geben, ist mir ein Rätsel. Aber ich will es Ihnen trotzdem sagen.

Erpressung, Mr. Cobb. Wenn ein Produzent in Schwierigkeiten steckt, können wir ihm garantieren, daß seine Sendung ein Hit wird. Bestechung. Viele legale und illegale Geschäftsleute haben ›Begleiterinnen‹, die sich einbilden, Schauspielerinnen oder Sängerinnen zu sein. Wir könnten diesen Männern zusichern, daß ihre Dämchen bei jedem Auftritt außerordentlich gute Einschaltquoten erzielen. Hellsehen. Wir könnten Werbeblöcke für Produkte, an denen wir beteiligt sind, in bestimmten Sendungen unterbringen oder Sendungen, in denen unsere Konkurrenz wirbt, in den Keller fallen lassen.

Natürlich sind das alles nur grob angerissene Ideen. Die Möglichkeiten sind unbegrenzt!« Er streckte die Arme aus, um den Spielraum anzudeuten. Sein Gesicht strahlte vor Begeisterung.

»Hmmmmmm«, machte ich. »Und was passiert, wenn die Leute merken, daß die CRI-Werte nicht mit denen der anderen Institute übereinstimmen?«

Goldfarb lächelte selbstgefällig. »Sehen Sie? Ihre Erfahrung macht sich bereits bezahlt. Daran hatte ich nicht gedacht. Wir müssen Schritte unternehmen, um diesen Moment so lange wie möglich hinauszuzögern.«

»Ich nehme an, Sie sprechen im Pluralis majestatis?«

»Keineswegs, Mr. Cobb, keineswegs. Ich spreche von uns beiden, Ihnen und mir. Sie werden natürlich angemessen belohnt. In einem ordentlichen Unternehmen werden die Mitarbeiter nach ihrer Leistung bezahlt.«

Monica stieß leise Krächzer aus. Sie wirkte, als falle sie gleich in Ohnmacht.

»Das klingt alles ausgesprochen verlockend, Mr. Goldfarb«, sagte ich. »Wie schade, daß ich Ihnen nicht behilflich sein kann.«

»Natürlich können Sie das!«

Ich schüttelte den Kopf. »Absolut nicht. Tut mir leid. Ich bin nun einmal ein ehrlicher Mensch. Ich kann nichts dafür, ist ein Erbfehler.« Ich stand auf. »Komm, Monica, wir gehen.«

Ein winziger Anteil meines wachen Geistes dachte, es könnte klappen, Goldfarb würde uns tatsächlich gehen lassen. Der Rest meines Hirns sah interessiert zu, wie weit wir wohl kommen würden.

Ich hatte die Hand am Türknauf, als Mr. Goldfarbs Stimme hinter uns erklang.

»Ich glaube, Sie haben etwas vergessen, Mr. Cobb.«

Das hatte ich durchaus nicht. Ich drehte mich um und sah in Goldfarbs lächelndes Gesicht. Und in die Mündungen der Pistolen, die Tolly und Ray auf uns richteten.

Kapitel 16

»Ein traumhaftes Gericht … nur für Sie!«
– Graham Kerr, »The Galloping Gourmet« (Syndicated)

Als wir uns wieder hingesetzt hatten, sagte Goldfarb: »Von Ihnen hätte ich ein besseres Benehmen erwartet, Cobb.« Mir fiel auf, daß er das »Mister« wegließ.

Ich zuckte die Achseln.

»Sicher ist Ihnen klar, daß wir die Thematik zu umfassend besprochen haben, als daß Sie diesen Raum verlassen können, ohne mein Partner zu sein.«

»Oder tot«, sagte Monica ruhig. Es klang wie eine Frage.

Goldfarb gestikulierte abwehrend. »Ich bin zuversichtlich, daß wir zu einer Einigung gelangen werden. Sie stecken jetzt schon zu tief in der Sache drin. Ich verstehe Ihre Enttäuschung darüber, daß Sie die Früchte Ihrer Arbeit mit mir teilen sollen, aber es sind schon viele Mörder vor Ihnen gezwungen worden … äh … Partner zu akzeptieren. Ich kann das sehr gut nachvollziehen. Aber bei der Verwertung von Carlsons System steht zu viel Geld auf dem Spiel, als daß ich hintanstehen möchte. Sie werden mir sagen, wie man die Einschaltquoten beim CRI kontrolliert.«

»Jetzt hören Sie mal gut zu«, sagte ich. »Ich habe Carlson nicht umgebracht. Ich weiß nicht, wie man die Einschaltquoten manipuliert. Haben Sie das endlich begriffen?«

Er schüttelte den Kopf. »Unsinn. Sie sind genau in derselben Situation wie ich selbst vor zehn Jahren. Ihre Arbeit macht Sie zum Gespött der Leute. Aufgrund Ihres Könnens in einem Bereich, der Ihnen Spaß macht, werden Sie gezwungen, Dinge zu tun, die Sie verabscheuen. Es war unvermeidlich, daß Sie irgendwann ausbrechen und sich selbst ein Stück vom Kuchen abschneiden würden.«

»Wissen Sie, ich kann mir nicht erklären, was ich an mir habe«, sagte ich. »Dauernd verspürt jemand ein unwiderstehliches Verlangen, mich zu durchleuchten, aber so gut wie immer liegen sie falsch. Nehmen wir Sie zum Beispiel, ich …«

Ich bekam den Satz nicht zu Ende, was auch egal war, weil ich eigentlich nur redete, um Goldfarb für eine Weile das Maul zu stopfen. Die Unterbrechung kam in Gestalt von Mrs. Goldfarbs reizendem Gesicht, das uns durch die halb geöffnete Tür anstrahlte und verkündete, das Essen stehe auf dem Tisch.

Schon bald begriff ich, daß Goldfarb nicht ausschließlich aus kindlicher Verbundenheit seine Hochschulkarriere an den Nagel gehängt hatte und wieder zu Hause wohnte. Seine Mutter war nämlich die beste Köchin der gesamten Ostküste. Wahrscheinlich war mir noch nie so wenig nach Essen zumute gewesen, aber ich haute trotzdem rein, was das Zeug hielt. Roastbeef mit einer wunderbar samtigen Sauce und Rindswürstchen mit Erbsen und Möhren, die (wie ich erfuhr) von Mrs. Goldfarb höchstpersönlich geerntet und eingekocht worden waren. Zum Dessert gab es einen Lokschenpudding, der so lecker war, daß ich mich fragte, wie sich jemand mit einer solchen Köchin als Mutter zu so einem Abschaum entwickeln konnte.

Monica aß sehr wenig und saß nur mit gesenktem Blick da, was Mrs. Goldfarb mißbilligend zur Kenntnis nahm.

Ich dachte, wenn seine Mutter dabei war, würde Goldfarb mich wenigstens ausreden lassen. Ich verputzte noch eine Gabel voll Lokschennudeln und sagte: »Also, Mr. Goldfarb, selbst wenn man annimmt, ich besäße die Grundvoraussetzungen für die Stelle, die Sie mir angeboten haben, wobei ich Ihnen nochmals versichere, daß dies nicht der Fall ist, bin ich doch durch gewisse neuere Entwicklungen in der Sache ins Visier geraten und hätte gar keine Gelegenheit mehr, zu tun, was Sie erwarten. Deshalb muß ich Ihr Angebot, wenn auch schweren Herzens, dankend ablehnen.« Ich sprach von der Unterstellung, ich sei ein Mörder.

Er verstand mich ausgezeichnet. Er betupfte sich den Mund mit seiner Serviette und sagte: »Mutter, ich bin sehr stolz auf dich. Wenn ich Gäste habe, übertriffst du dich jedesmal selbst.

Sie stellen Ihr Licht unter den Scheffel, Mr. Cobb, aber Sie unterschätzen auch mich. Ich habe viele Freunde. Ein Wort von mir genügt, und diese häßlichen Gerüchte würden sofort verstummen. Man kann jeden überzeugen, vorausgesetzt, man wählt die richtigen Mittel und Wege.«

Ich wollte protestieren, doch seine Mutter fiel mir ins Wort. »Machen Sie sich nicht die Mühe, mit ihm zu streiten, Matt – ich darf Sie doch Matt nennen?«

»Natürlich«, sagte ich. Warum auch nicht? Sie war mir sympathisch.

»Vielen Dank«, sagte sie förmlich. »Es hat keinen Zweck, mit meinem Herschel zu streiten. Wenn er sich erst einmal etwas in den Kopf gesetzt hat, dann könnten Sie genausogut mit den Vorhängen diskutieren. Er ist ein sehr eigenwilliger Junge.«

Ihr Herschel strahlte über alle Backen. Mir kam der Gedanke, daß das zu groß geratene Muttersöhnchen gar nicht so verrückt war, wie er tat, sondern einfach nur Nutzen und Risiken gegeneinander abwog. Aus seiner Warte waren die potentiellen Gewinne aus der Manipulation der Quoten so hoch, daß sie die Unannehmlichkeit, zwei meschuggene Trottel mehr oder weniger aus dem Weg zu räumen, allemal wettmachten.

Das machte alles noch schlimmer. Außerdem wurde ich das Gefühl nicht los, selbst wenn ich Goldfarb einweihte, würde Devlin irgendwie ins Spiel kommen, und ich wäre damit überflüssig. Wir konnten nicht einmal sicher sein, daß Goldfarb uns nicht aus generellen Erwägungen ausradierte, bevor er überhaupt Devlin gefunden hatte.

Egal, aus welcher Richtung der Wind wehte: Die Sache stank zum Himmel. Mir war klar, daß ich etwas unternehmen mußte, aber die Vorstellung, es mit zwei (womöglich sogar drei) bewaffneten Männern aufzunehmen, schien mir ein wenig zu gewagt. Ich stellte sie als letzten Ausweg für einen eventuellen Showdown zurück.

Goldfarb wollte weiter mit mir reden. Ich begriff, daß ich dadurch Zeit schinden konnte, und spielte mit. Doch als wir gerade wieder im Arbeitszimmer Platz genommen hatten, streckte Mrs.

Goldfarb erneut den Kopf durch die Tür. Offenbar war es gar nicht so einfach, als gestandener Krimineller bei Mama zu Hause seinem Beruf nachzugehen.

»Herschel, mein Schatz«, sagte sie. »Ich habe heute abend noch einen Termin beim Doktor. Ich hatte ganz vergessen, es dir zu sagen.«

Ihr Sohn war rührend besorgt um sie. »Leider muß ich gestehen, daß ich es ebenfalls vergessen hatte. Ich werde dir sofort ein Taxi rufen. Kommst du dann noch rechtzeitig?«

»Wenn ich sofort losfahre, ja. Aber … du wirst doch deine alte Mutter nicht allein gehen lassen? Du weißt ja, daß ich abends im Dunkeln nicht gern ausgehe. Ich möchte dich natürlich nicht von deinen Freunden fortreißen …«

»Uns macht das gar nichts aus«, sagte ich hilfsbereit.

Goldfarb war unentschlossen. Er warf Monica und mir einen prüfenden Blick zu und sah dann hilflos seine Mutter an. Schließlich sagte er: »Natürlich komme ich mit, Mutter. Ich wollte ohnehin mit deinem Arzt ein paar Worte wechseln.«

Er wandte sich an Ray. »Ray, ich glaube, wir haben für heute genug über Geschäfte gesprochen. Ich könnte mir vorstellen, daß Mr. Cobb und Miss Teobaldi ein Ausflug zum Strandhaus meiner Mutter gut täte.«

»O ja«, sagte Mrs. Goldfarb. »Mein Herschel hat es mir gekauft. Es ist wunderschön.«

»Vielleicht bleiben die beiden sogar über Nacht dort.«

»Aber Herschel!« sagte sie vorwurfsvoll, aber mit einem Augenzwinkern. Ich fragte mich erneut, wie eine so reizende Frau einen solchen Fiesling hatte in die Welt setzen können.

»Ach, und Ray«, sagte Goldfarb, »nimm bitte die Sachen aus dem Tresor mit. Vergiß es nicht.«

»Ja, Sir.«

»Geht aber äußerst vorsichtig damit um.«

»Ja, Sir.«

Nachdem wir alle fünf ungemütliche Minuten lang herumgestanden und Höflichkeiten ausgetauscht hatten, hupte draußen ein Taxi und fuhr Goldfarb samt Mutter zum Arzt. Als sie fort waren, brach Tolly in Lachen aus.

»Was gibt es zu lachen?« fragte Monica.

»Die alte Dame dachte, der Chef – haha – sie dachte, er richtet es so ein, daß ihr beide – hahaha.« Er ächzte. »Ist das nicht zum Schreien?« Er lachte wieder. Monica schauderte.

In der Zwischenzeit hatte Ray eine Schreibtischschublade aufgeschlossen und zwei Paar Handschellen herausgenommen. Sie glänzten mehr als diejenigen, die ich Dienstagabend bei den Polizisten gesehen hatte, aber das war der einzige Unterschied. Wahrscheinlich benutzen die Bullen ihre einfach öfter.

»Was haben Sie damit vor?« fragte ich.

»Wir stellen nur sicher, daß Sie im Wagen sitzen bleiben«, sagte Ray sachlich. »Auf der Herfahrt hatten Sie allen Grund, im Auto zu bleiben, aber jetzt könnten Sie ja auf die Idee kommen, rauszuspringen.«

»Was soll das jetzt wieder bedeuten?«

»Ich mag Sie, Cobb. Sie sind ein netter Kerl, wissen Sie das? Aber Sie sind dickköpfig, viel dickköpfiger, als Ihnen guttut. Jetzt haben Sie es geschafft, den Boß davon zu überzeugen, daß sein Plan nicht aufgeht.«

Ich verstand ihn nur zu gut. »Also bringen Sie uns jetzt zum Strandhaus …«

Tolly kicherte. »Hihi. Wir bringen euch beide ins Strandhaus zu einem Rendezvous. Das Strandhaus ist weit weg von allem anderen, da könnt ihr so viel Krach machen, wie ihr wollt, hihi.«

»Halt den Rand, Tolly«, sagte Ray. »Wir fangen mit ihm an.« Er reichte Tolly seine Pistole, in der sich ja nach seiner Aussage nur eine Kugel befand. Tolly riß Monica herum, stellte sich hinter sie, legte ihr den Arm um den Hals und hielt ihr die Mündung der Fünfundvierziger an den Kopf. Alles Routine. Die Nummer konnten sie im Schlaf.

»Sehen Sie, so funktioniert das«, erläuterte Ray. »Sie sind ja nun mal größer als ich und könnten so dumm sein, sich zu wehren. Wenn Sie auch nur eine Bewegung machen, dann wird die arme alte Mrs. Goldfarb leider das Hirn Ihrer Perle von der Tapete kratzen müssen.« Ich ließ mir widerstandslos die Handschellen auf dem Rücken anlegen.

Als Tolly sah, daß ich sicher verschnürt war, drückte er Monicas Kehle noch mehr zusammen und drängte seinen Körper dicht an sie. Monica schnappte nach Luft. Ihre Augen zeigten viel Weiß.

Tolly sagte: »Mensch, Ray, sie hat einen schönen Rücken, das muß man ihr lassen.« Er ließ den Arm von ihrem Hals fallen und griff mit seiner Pranke nach ihrer Brust. Sie verschwand darin. Mit seinem schwieligen Zeigefinger zeichnete er die Rundung nach. »Hihi, sie trägt keinen BH, hihi. Glaubt, sie hätte keinen nötig.«

Er schloß die Hand über der Brust zur Faust. Monicas Gesicht verzog sich vor Schmerz, die Tränen schossen ihr in die Augen.

Ich biß die Zähne zusammen. Goldfarb hatte solche Dinge sicher nicht erlaubt, zumindest jetzt noch nicht, aber der Vergleich mit einem Bernhardiner war ganz zutreffend gewesen. Wenn sein Herrchen fort war, geriet er außer Rand und Band. Ray war bestimmt keinen Deut besser, dachte ich.

»Mondschein am Strand«, sagte Tolly und lockerte seinen Griff etwas. »Ich hätte nichts dagegen. Was meinst du, Ray?«

»Mal sehen, was der Chef dazu sagt«, meinte Ray und legte Monica die Handschellen an. Ich fand ihn jetzt alles andere als charmant.

Monicas Gesicht war hochrot, aber sie stand aufrecht mit geschlossenen Augen da und bemühte sich, weder zu schreien noch zu weinen.

»Sie hätte bestimmt Spaß daran«, sagte Tolly. »Was meinst du, Cobb?« Ich wünschte mir, Spot hätte ihm die Eier abgebissen.

»Ich muß aufs Klo«, sagte ich.

»Versuch nicht, uns reinzulegen«, sagte Ray.

»Jetzt passen Sie mal auf«, fuhr ich ihn an. »Ich habe gut und viel gegessen. Mir ist es egal, aber entweder erledige ich das hier im Haus oder nachher im Imperial. Sie haben die Wahl.«

Ray sah es ein. Der Wagen war mit einem plüschigen Polster ausgestattet, auf dem jedes Mißgeschick katastrophale Folgen haben mußte.

»Na schön. Du gehst mit, Tolly.« Er ließ sich seine Pistole von dem Hünen zurückgeben.

»Die Treppe hoch«, sagte Tolly.

»Moment mal. Was glaubt ihr, wie ich das mit den Händen auf dem Rücken anstellen soll? Oder wollen Sie mir dabei helfen, Tolly? Sie scheinen ja gern hilflose Leute zu betatschen.«

Er verpaßte mir eine Rückhand ins Gesicht, auf die Rod Laver hätte stolz sein können. Ich spuckte ihm etwas Blut aufs Hemd.

Er wollte mir gerade noch eine verabreichen, als Ray sagte: »Spar dir das für später auf.«

»Mir soll es recht sein, wenn du dir in die Hose scheißt«, sagte Tolly zu mir.

Das Badezimmer war im oberen Stock, die erste Tür links. Tolly öffnete die Tür und winkte mich mit der Pistole hinein.

»Kommen Sie nicht mit rein und gucken zu?« fragte ich.

»Ich werd mich nicht über dich aufregen. Unnütz, sich über'n toten Mann aufzuregen. Klopf an die Tür, wenn du fertig bist.« Womit, verriet er mir nicht. »Und mach voran.«

Er schloß die Tür hinter mir. Ich sah mich um. Das Fenster wäre selbst ohne den eingebauten Ventilator zum Hinausklettern zu klein gewesen. Außerdem hätte ich Monica sowieso nicht zurückgelassen.

Ich schob die Tür des Wandschränkchens mit der Wange auf und fand genau das, was ich suchte. »Sprühreiniger für Becken, Bad und Wanne«, stand auf der Dose. Wunderbar.

Als erstes mußte ich meine Hände nach vorn bekommen. Ich lehnte mein linkes Knie auf den Badewannenrand und machte mich ganz klein, den Rücken wie einen Flitzebogen gespannt. Nach schier endlosem, qualvollem Reißen und Ziehen machte es schließlich plopp! und die Handschellen rutschten über die linke Schuhspitze hinweg. Ich stand vorsichtig auf.

Meine Handgelenke waren jetzt im Schritt aneinandergekettet. Verzweifelt verdrehte und verrenkte ich mich und verfluchte meine langen Beine, die mir zwar beim Basketball gut zupaß gekommen waren, jetzt aber ein schier unüberwindliches Hindernis darstellten. Schließlich gelang es mir, mit dem anderen Fuß über die Handschellen zu steigen, und hatte jetzt endlich die Hände wieder dort, wo ich sie gebrauchen konnte.

Ich reckte und streckte mich erst einmal, bis alle Muskeln wieder funktionstüchtig waren.

»He, warum dauert das so lange?« erscholl Tollys Stimme durch die Tür und erschreckte mich zu Tode.

»Es ist 'ne volle Ladung«, rief ich gereizt. »Nur keine Hetze.«

Ich nahm den Deckel von der Dose Sprühreiniger und legte ihn lautlos auf den Waschbeckenrand. Ich nahm die Dose in beide Hände und legte den rechten Zeigefinger auf den Sprühknopf. Ich war bereit. Jetzt hing alles davon ab, wie gut Tollys Reflexe waren.

»Okay, Godzilla«, rief ich. »Sie können mich jetzt rauslassen.«

»Wurd auch Zeit«, murrte er.

Die Tür öffnete sich. Sein Gesicht tauchte ziemlich genau in der Höhe auf, in der ich es erwartet hatte. Ich drückte auf den Knopf. Er quietschte wie eine Maus, als ihn eine volle Ladung der dickflüssigen weißen Masse genau in die Augen traf und dort mit bösartigem Zischeln aufschäumte.

Tollys Reflexe waren hervorragend. Wie jeder normale Mensch schlug er sich spontan die Hände vor das Gesicht. Ich ließ die Dose fallen und kauerte mich hin. Mit aller Kraft, die meine Beine hergaben, stieß ich ihm aus der Hocke beide Fäuste samt Handschellen in den Unterleib. Er gab ein ersticktes Jaulen von sich, das jeden Hund an der New Yorker East Side zum Mitheulen gebracht hätte.

Tolly führte nun einen weiteren menschlichen Reflex vor. Er riß beide Hände von den Augen zum Schritt und umklammerte seine Hoden. Dabei ließ er endlich auch die Pistole fallen.

Ich stand auf und verpaßte ihm mit meinen stahlverstärkten

Fäusten einen Kinnhaken, der ihn genau unter dem rechten Ohr traf. Er klappte zusammen und fiel die Treppe hinunter, daß es wie ein ganzes Bowlingcenter auf einmal polterte.

Von unten hörte ich Ray schreien: »Was zum Teufel ist da los!?« Die Tür zum Arbeitszimmer wurde aufgerissen. Ich hob Tollys Automatik auf und ließ mich flach auf den Treppenabsatz fallen.

Ray sah mich und feuerte seine große Kanone ab. Die Kugel zerschmetterte das Treppengeländer und übersäte mich mit Holzsplittern.

Ich wollte Tollys Pistole abfeuern, aber nichts geschah. Sie war gesichert. Ich hatte keinerlei Interesse herauszufinden, ob Ray mich mit der Behauptung, in seiner Kanone sei nur eine Kugel, hatte leimen wollen. Mit allen zehn Fingern betastete ich die kleine Waffe, bis ich endlich den Hebel fand und sie entsicherte. Ich feuerte sie ab.

Ray griff sich an den Oberschenkel und fiel um. Ich hechtete über das Geländer, landete auf dem Hintern, stand auf und trat mit dem Fuß auf Rays Handgelenk, als er seine Pistole wieder hochreißen wollte. Er ließ sie fallen, und ich beförderte sie mit einem Tritt außer Reichweite.

Als ich ihm noch ein paar verpassen wollte, stürzte Monica aus dem Arbeitszimmer und zog mich von ihm fort.

»Hör auf, Matt, laß ihn los. Hör doch auf!«

Ich hörte auf. Ich fühlte mich völlig ausgepumpt.

»Bist du in Ordnung?« fragte ich Monica.

Sie sah mich überrascht an. »Ich?«

»Ja. Hat er dir weh getan?«

»Ach, nein, ist nur ein blauer Fleck.«

Ray rieb sich die Wange am Teppich und weinte leise vor sich hin.

Monica schluckte schwer. »Den anderen hast du umgebracht«, sagte sie.

Ich ging zum Fuß der Treppe. Tolly lag in der Tat totenstill da. Ich mochte ihn nicht anfassen, aber ich mußte den Schlüssel für die Handschellen finden. Ray mochte ich noch viel weniger anfassen, und wenn Tolly wirklich tot war, konnte ich ihm keinen Schaden mehr zufügen.

Der Schlüssel steckte in seiner rechten Hosentasche. Ich schloß die Handschellen an meinen und Monicas Handgelenken auf und schleuderte sie quer durch die Diele.

»Was war los, während ich oben war?«

»Oh, Matt, ich hatte solche Angst, ich …«

»Laß das jetzt, wir müssen hier so schnell wie möglich raus. Hat Ray jemanden angerufen oder irgend etwas in der Art?«

»Nein, er hat lediglich eine Aktentasche aus dem Tresor genommen. Um sie nicht zu vergessen, sagte er.«

»Die will ich sehen«, sagte ich und ging ins Arbeitszimmer.

Die Aktentasche wirkte vielversprechend. Von außen handelte es sich lediglich um eine abgewetzte graue Ledertasche, aber sie enthielt ein Bündel Hauptbücher mit Leinenbindung. Ich blätterte in einem davon, verstand aber die Verschlüsselung nicht, die Goldfarb verwendet hatte. Ich frage mich, warum er die Bücher bei sich zu Hause aufbewahrte, bis mir einfiel, daß er vermutlich sein eigener Rechnungsprüfer war. Schließlich war Rechnungswesen sein angestammtes Metier. Ich fand es eigenartig, daß er seine Bücher zwar verschlüsselt, aber ganz konventionell mit roter und schwarzer Tinte führte.

Ich legte alles wieder so hin, wie ich es vorgefunden hatte. »Okay«, sagte ich zu Monica. »Laß uns gehen.«

Kapitel 17

> »Nirgendwo ist es so wie zu Haus … nirgendwo ist es so wie zu Haus … nirgendwo ist es so wie zu Haus …«
> – Judy Garland, Das zauberhafte Land (MGM, von mehreren Sendernetzen ausgestrahlt)

Einen Häuserblock von Goldfarbs Haus entfernt stand eine Telefonzelle. Ich durchwühlte meine Taschen, stellte aber fest, daß ich fast mein ganzes Kleingeld aufgebraucht hatte.

»Hast du mal zehn Cent?« fragte ich Monica.

»Nein. Mein Geld war in meiner Handtasche, und ich habe keine Ahnung, wo die ist. Ich habe sie wahrscheinlich im Krankenhaus verloren.«

»Verdammter Mist«, sagte ich. »Dann muß ich einen Vierteldollar opfern.« Ich warf die Münze in den Schlitz und wählte das Morddezernat Süd an. Ich ließ mich mit Lieutenant Martin verbinden.

»Mr. M.?« fragte ich, als er sich meldete.

»Matty? Wo zum Teufel steckst du? Wir würden dir gern noch ein paar Fragen stellen. Diese Teobaldi ist auch noch nicht wieder aufgetaucht.«

»Machen Sie sich deshalb keine Gedanken. Wie scharf seid ihr darauf, Herschel Goldfarb ins Kittchen zu bringen?«

Der Lieutenant stutzte. »Wovon redest du?«

»Herschel Goldfarb, Buchhalter des Bösen. Fahrt zu seinem Haus. Im Arbeitszimmer liegt eine Aktentasche mit einem Bündel Hauptbücher. Ich gehe davon aus, daß es sich dabei um seine echte Buchführung handelt. Damit dürfte er sich einen Freifahrschein nach Sing Sing einhandeln. Oder nach Danbury, wenn die Bundespolizei die Dinger zuerst in die Hände bekommt.«

»Du vergißt, daß ich beim Morddezernat bin, Matty«, sagte er scheinheilig. »Was hätte ich für ein Interesse an Herschel Goldfarb?«

»Haha«, machte ich. »Wer verarscht jetzt wen, Lieutenant?« fragte ich höflich. »Sie wissen genausogut wie ich, daß Carlson bei Goldfarb in der Kreide stand. Und Sie haben ständigen Umgang mit Detective Horace A. Rivetz und wissen, welcher Komplex auf seiner Seele lastet.«

»Gut und schön, aber woher weißt denn du davon?«

Ich wurde allmählich wütend. »Was zum Teufel macht das schon aus? Ich liefere euch das Schwein auf einem Silbertablett. Wenn er mit seiner Mama nach Hause kommt, bevor ihr dort seid, verbrennt er den ganzen Kram. In diesem Augenblick braucht ihr nicht mal einen Durchsuchungsbefehl, die Tür steht nämlich sperrangelweit offen.«

Er dachte einen Augenblick darüber nach. »Wenn das ein Scherz sein soll, dann ist er alles andere als komisch, Matty, das ist dir hoffentlich klar.«

»Es ist kein Scherz, das versichere ich Ihnen.«

»Okay. Bleib, wo du bist. Ich schicke einige Männer hin. Die sind in ein paar Minuten da.«

»Ich bin weg«, sagte ich.

Ein Taxi fuhr vorbei, und Monica hielt es an. Der Fahrer setzte den Taxameter in Gang und wartete.

»Also gut, wo bist du dann?«

»Ich bin in einer Stunde wieder in meiner Wohnung.« Ich schluckte und sah Tolly wieder totenstill am Fuß der Treppe liegen. »Lieutenant«, sagte ich, »schicken Sie auch einen Krankenwagen hin. Da liegen zwei Verletzte im Haus, einen davon hat es ziemlich schlimm erwischt.«

»Matty ...« setzte Lieutenant Martin an.

»Ich muß weg. Sagen Sie Rivetz einen schönen Gruß und Maseltov, daß er Goldfarb hat«, sagte ich und hängte ein.

Ich ging davon aus, daß meine Freunde von der Wache lange vor Ablauf einer Stunde bei mir aufkreuzen würden, und wies den Fahrer an, Gas zu geben. Ich wollte unbedingt Devlin aus meiner Wohnung bugsieren.

In vielen New Yorker Taxis sind kugelsichere transparente

Kunststoffplatten zwischen Vorder- und Rücksitz montiert. Auch in diesem Wagen war das der Fall. Der Fahrer versuchte, mir etwas zu sagen, vergaß aber, die Klappe zu öffnen, durch die er sich mit seinen Fahrgästen unterhalten konnte. Schließlich kam er drauf.

»Mister, Sie bluten aus dem Mund.«

Das stimmte. Die Wunde stammte von Tollys Rückhand. Ich hatte mich lediglich an den Blutgeschmack gewöhnt. Ich wischte mir den Mund am Ärmel ab.

Monica begann zu zittern. Ich legte meinen Arm um sie und wartete ab, bis sie sich an meiner Schulter ausgeweint hatte. Sie tat es ganz leise.

Ich versuchte sie zu trösten, aber als ich zu ihr hinunterschaute, mußte ich lachen.

Monica hörte abrupt auf zu weinen und fragte ungehalten, was es zu lachen gab. Schließlich war sie Schauspielerin und ich vermasselte ihr die große Szene.

»Wir haben deine Schuhe vergessen«, sagte ich und deutete auf ihre Füße in der zerrissenen Strumpfhose. Wir mußten beide lachen. Etwas Normalität kehrte zurück.

Als wir uns etwas beruhigt hatten, fragte mich Monica: »Wie fühlt sich das an, Matt?«

»Mein Gesicht? Es tut weh, was dachtest du denn?«

»Nein, das meine ich nicht. Ich wollte sagen …« Sie sah weg.

»Einen Menschen getötet zu haben, meinst du?«

Sie errötete und wandte sich wieder zu mir um. »Es tut mir leid, Matt, ich hätte nicht fragen sollen.«

Ich drückte sie an mich. »Macht nichts, das ist doch eine ganz natürliche Frage. Ich hätte dich nicht anranzen sollen.« Ich dachte darüber nach. »Es fühlt sich scheußlich an. Ich habe versucht, uns mit Reden aus der Affaire zu ziehen. Ich habe gewartet, bis es fast schon zu spät war.«

Ich spürte, wie sie schauderte. »Ich bedaure das nicht, Matt, es ist nur … so bestürzend.«

»Ich habe es aus Angst getan«, sagte ich.

»Du wirktest nicht so, als hättest du Angst.«

»Du hast es bloß nicht bemerkt. Das ist ein gängiges Vorurteil: Von Leuten über einsachtundsiebzig erwartet man, daß sie keine Angst haben. Oder daß Beleidigungen an ihnen abprallen. Als ob Körpergröße als Schutzschild diente.«

»Darüber habe ich mir noch nie Gedanken gemacht«, sagte sie. »Aber gerade deshalb bist du in meinen Augen erst recht tapfer gewesen.« Sie gab mir einen Kuß auf die Wange.

Wir waren am Ziel. Rings um das Gebäude war keine Polizei zu sehen, aber sie würde nicht lange auf sich warten lassen. Ich bezahlte das Taxi und lief mit Monica ins Haus. Ich mußte Devlin aus der Wohnung schaffen. Ich hatte auch ohne ihn schon genug zu erklären.

Ich hätte mir keine Sorgen zu machen brauchen. Devlin war spurlos verschwunden. Ich sah in den Schlafzimmern nach, ob er sich vielleicht hingelegt hatte. Ich sah im Bad nach, sogar in den Kleiderschränken, um zu sehen, ob er sich versteckte oder womöglich tot war (was ausgesprochen spaßig geworden wäre, wenn die Polizei eintraf). Er hatte nicht einmal eine Nachricht hinterlassen. Es war, als wäre er nie dagewesen. Selbst das Glas, aus dem er seinen Scotch getrunken hatte, war gespült und weggestellt worden.

Ich stimmte aus dem Stegreif eine rund einminütige Tirade an, in der jedes mir bekannte Schimpfwort mindestens einmal vorkam. Wie zum Teufel sollte ich den Kerl bloß wiederfinden?

»Na ja, wenigstens ist er ein ordnungsliebender Mensch«, sagte ich, als meine Wut allmählich verrauchte.

In der Wohnung gab es ein Damen- und ein Herrenbadezimmer. Ich zeigte Monica ihres und ging in meines, um mir das Blut abzuwaschen und mich etwas frisch zu machen. Dann ging ich in mein Zimmer, um mich umzuziehen.

Monica hatte sich ebenfalls frisch gemacht und wartete im Wohnzimmer auf mich. »Warte einen Moment«, sagte ich, als ich sie sah. Ich ging zum Doppelschlafzimmer der Sloans, das ich selten betrat. Rick und Jane bewahrten dort alles auf, was sie nicht mit nach Thailand nehmen konnten. Aus Janes Kleiderschrank klaubte ich ein Paar Pumps aus weichem braunem Leder und brachte sie Monica.

Ich kniete mich vor ihr hin und wollte ihr einen Schuh über den Fuß streifen. »Laut Emily Port schickt es sich nicht, Polizeibeamte barfuß zu empfangen«, sagte ich.

»Woher willst du wissen, ob sie passen?« fragte sie.

»Sie sind eine halbe Nummer zu groß«, erklärte ich, »aber sie werden reichen, bis du wieder in deiner Wohnung bist.«

Sie blieb skeptisch. »Du erinnerst dich wirklich an meine Schuhgröße?«

»Ich erinnere mich an alles«, sagte ich. Zum Beweis kitzelte ich sie an der Fußsohle. Sie kicherte und zog mir den Fuß weg. Gerade, als ich ihn wiedererobert hatte und ihr den Schuh anziehen wollte, ging die Wohnungstür auf und Lieutenant Martin stand mit zwei uniformierten Polizisten im Rahmen.

»Nein, wie romantisch. Du bist der Prinz, nehme ich an, und sie ist Aschenputtel. Stimmt's, Matty?«

In der Hoffnung, nicht rot zu werden, zog ich Monica auch den anderen Schuh an und sagte: »Hattest du die Tür nicht abgeschlossen, Liebling?«

»O weh«, spielte sie mit, »das hatte ich ganz vergessen.«

»Das macht nichts. Auf die Türklingel legt ohnehin nur Spot gesteigerten Wert. Aber der übernachtet heute bei Freunden.«

Ich wandte mich den Polizisten zu. »Also gut, Mr. M., stecken Sie mich ins Kittchen, wenn Sie unbedingt müssen. Ich werde von der Wache aus meinen Anwalt anrufen.«

»Nicht so hastig, Sohnemann. Wir werden uns erst einmal ein bißchen unterhalten. Von Mann zu Mann.« Er gab den Uniformierten ein Zeichen und sagte: »Ihr wartet in der Halle!«

»Aber Lieutenant«, protestierten sie.

»Los! Wenn er Mätzchen macht, knalle ich ihn ab. Und jetzt raus mit euch.«

Als seine Untergebenen fort waren, sagte er: »Mrs. Carls…, Verzeihung, Miss Teobaldi, wollte ich sagen. Matty und ich sind alte Freunde. Ich bin sogar der älteste Freund, den er hat. Sie können hierbleiben oder in ein anderes Zimmer gehen, ganz wie Sie möchten. Aber Matty und ich müssen inoffiziell über die Sache reden. Ich verbürge mich dafür, daß alles unter uns bleibt. Und Matty wird mir genauestens erzählen, was heute abend bei Goldfarb los war.«

»Ich koche Kaffee«, sagte Monica. »Drei Löffel Zucker, nicht wahr, Matt?«

»Ja«, sagte ich. »Wie ich sehe, hast du es auch nicht vergessen. Lieutenant?«

»Natürlich schwarz!« Er grinste.

Offensichtlich fühlte er sich etwas unbehaglich. Wahrscheinlich sah er in mir immer noch das Kind in Jeans und Polohemd und hatte Mühe, den Anfang zu finden.

Ich griff ihm unter die Arme. »Habt ihr Goldfarb erwischt?«

»Ja, wir haben ihn abgepaßt. Warum hast du mir nicht gesagt, daß er seine Mutter bei sich hatte?«

»Ich dachte, das hätte ich. War das denn ein Problem?«

»Allerdings, denn als die alte Dame beim Betreten des Hauses als erstes zwei Typen auf dem Fußboden mit einem Rudel Sanitäter drumherum und als zweites acht Uniformierte mit gezückten Pistolen sah, klappte sie zusammen und mußte mit den anderen beiden Typen ins Krankenhaus gekarrt werden.«

»O je, daran hatte ich nicht gedacht – geht es ihr wieder besser?«

»Ja, sie wird bald wieder auf dem Damm sein. Sie ist im Bellevue und bekommt Beruhigungsmittel. Die passen auf sie auf.«

Dabei kam mir ein erleichternder Gedanke. »Moment mal, haben Sie gesagt, die beiden Typen? Heißt das, der große Blonde ist noch am Leben?«

»Am Leben schon, aber wahrscheinlich wird er sich wünschen, tot zu sein. Du hast ihm das Genick gebrochen, Matty. Es hängt am seidenen Faden, ob du ihn zum Krüppel gemacht hast oder nicht.«

Mir war elend. Tolly war zwar ein mieser Patron, ein Kakerlak in Menschengestalt. Aber selbst richtige Kakerlaken tritt man höchstens tot, man reißt ihnen nicht die Beine aus.

»Und was ist mit Ray?« fragte ich.

»Dem Kleinen? Ebenfalls gerade noch gut gegangen. Er hat eine Schußwunde im Oberschenkel, die Kugel saß Millimeter neben irgendeiner großen Arterie, sagte mir der Arzt. Der Typ hat genausoviel Glück gehabt wie du. Ansonsten hat er ein gebrochenes Handgelenk, eine gebrochene Nase und Rippenbrüche. Nichts Weltbewegendes.«

»Kann er reden?«

»O ja, er hat uns schon eine Story aufgetischt, aber ich glaube ihm nicht so recht, Matty. Ich würde gern deine Version hören.«

»Wie meinen Sie das?«

»Paß mal auf. Diese beiden Typen, Ray Cali und Clarence Tolliver, haben Vorstrafenregister von hier bis Boston und zurück. Die Sache kann man so oder so auslegen. Die Staatsanwaltschaft kann dich wegen allem möglichen anklagen, von vorsätzlicher Sachbeschädigung über Körperverletzung bis hin zu versuchtem Mord, je nachdem, was ich denen sage. Und das hängt wiederum davon ab, was du mir erzählst.«

Monica kam mit dem Kaffee herein. Ich sah sie fragend an.

»Sag, was du meinst, Matt«, entschied sie.

Ich trank einen Schluck Kaffee und dachte nach. Die warme Flüssigkeit beruhigte die wunden Stellen in meinem Mund.

Ich stellte die Tasse ab. »Okay«, sagte ich. »Ich habe Ihr Wort, daß alles unter uns bleibt, und es gibt niemanden, auf dessen Wort ich mehr vertraue.«

Lieutenant Martin steckte ostentativ sein Notizbuch in die Tasche, als ich begann.

»Goldfarb hängte sich Dienstagnacht an mich dran. Er muß irgendwie an meinen Namen gekommen sein.«

»Man kann nie alle Löcher gleichzeitig stopfen«, sagte der Lieutenant. »Jemand erzählt jemandem etwas, der erzählt es weiter, du weißt ja, wie das ist.«

Dafür hatte ich Verständnis. »Jedenfalls hat sich mir ein Schatten an die Fersen geheftet, sobald ich den Fuß vor eure Tür gesetzt habe. Ich konnte ihn abschütteln und habe dann aufgepaßt, daß er mich nicht wiederfand. Ich dachte, es wäre einer von Ihren Leuten.

Goldfarb war überzeugt, ich hätte Carlson umgebracht, um bei Monica freie Bahn zu haben. Er dachte eine Weile darüber nach und schnappte sich dann Monica, um mich zu zwingen, mit ihm zu reden.«

Bis hierher entsprach alles der Wahrheit, und der Lieutenant kaufte es mir auch ab. Ab und zu grunzte er zustimmend.

»Goldfarb behielt uns eine Zeitlang dort«, fuhr ich fort, »aber als er beschloß, uns irgendwo weit weg von der Stadt hinbringen zu lassen, dachte ich, es wäre Zeit, etwas zu unternehmen.«

»Okay, du hast also etwas unternommen. Aber selbst wenn wir annehmen, du hättest Carlson umgebracht, was ging das Goldfarb an?«

Ich zuckte die Achseln. »Er hat etwas gesagt, es sei geschäftsschädigend, wenn die Leute ihre Schulden bezahlen und trotzdem umgenietet werden. Die anderen Kunden könnten das in den falschen Hals bekommen und abhauen, statt zu bezahlen.«

Lieutenant Martin warf Monica einen raschen Blick zu, aber sie hatte ihre Mimik unter Kontrolle.

»Was sagt Goldfarb denn selbst?« fragte ich.

»Nichts. Außer zu seinen Anwälten wird er bis zum Abschluß des Strafverfahrens kein Sterbenswörtchen sagen, darauf kannst du Gift nehmen.«

»Und was passiert jetzt?« fragte ich.

»Das hängt von dir ab. Wenn du Strafanzeige wegen Kidnapping stellen willst, dann tu das, aber dann steht im wesentlichen dein Wort gegen ihres. So wie Ray die Dinge darstellt, wart ihr schon weg, als das Theater losging.«

Der Lieutenant betastete seine Brusttaschen, dann seine Flanken, und zog schließlich eine zerknautschte Packung Camel aus seiner rechten Jackentasche. Er sah sich nach einem Aschenbecher um.

»Tut mir leid, Mr. M., hier gibt's keinen einzigen Ascher.« klärte ich ihn auf.

»Ach ja«, sagte er und steckte die Zigaretten wieder ein. »Hatte ich vergessen. Ist ja auch besser, wenn ich sie nicht rauche, dann lebe ich ein paar Minuten länger.«

»Erzählen Sie uns doch spaßeshalber, welche Story Ray euch aufgetischt hat.«

»Spaßeshalber ist das richtige Wort. Seiner Version nach saßen er und Tolly nur so herum, als fünf Puertoricaner reinstürmten und versuchten, die Aktentasche zu klauen. Seine Worte: ›klauen‹. Er wollte erst ›fünf Nigger‹ sagen, aber dann hat er mich gesehen und es sich überlegt. Die fünf hätten jedenfalls Tolly eingeseift, aber er konnte sie in die Flucht schlagen.«

»Toll«, sagte ich.

»Ganz toll. Schönen Dank für Goldfarb. Ich habe Rivetz die Verhaftung vornehmen lassen. Hinter Goldfarb war er schon verdammt lange her.«

»Und gegen mich liegt nichts vor?«

»Mann, du warst doch gar nicht da, oder?« Er blieb an der Tür stehen. »Ach, ich hätte es fast vergessen, Miss Teobaldi. Einer meiner Männer hat Ihre Schuhe in Goldfarbs Wagen gefunden. Ich lasse sie morgen in Ihre Wohnung bringen.« Sie bedankte sich.

Als sich die Tür hinter ihm schloß, sagte ich zu Monica: »Du mußt morgen gleich deine Kreditkarten sperren lassen.«

Sie saß mit untergeschlagenen Beinen auf der Couch und bearbeitete mit einer Bürste, die sie aus Janets Zimmer geliehen hatte, ihr Haar. Es ist eigentümlich erotisch, einer Frau beim Kämmen zuzusehen. Vielleicht ist es der zur Seite geneigte Kopf, das weiche Mitgehen des ganzen Körpers bei jedem Bürstenstrich. Ich wüßte zu gern, ob Frauen es genauso machen, wenn ihnen kein Mann dabei zusieht.

»Warum muß ich das?« fragte sie zurück.

»Du hast deine Handtasche verloren«, sagte ich. »Die hat jetzt längst irgendein Junkie.«

Mit der Bürste in der hoch erhobenen Hand hielt sie inne.

»Das stimmt«, sagte sie. Sie bürstete weiter, hielt wieder inne. »Ich muß auch meinen Produzenten anrufen. Ich habe einen Drehtag verpaßt. Zwei sogar.« Bürsten, Innehalten. »Matt, gehst du morgen mit mir zu Tony ins Krankenhaus?«

»Natürlich«, sagte ich. »Das bin ich ihm immerhin schuldig. Aber mußt du denn morgen nicht ins Studio?«

»Gott sei Dank nicht. Die dumme Gans, die ich spiele, steht erst am Freitag wieder auf dem Drehplan. Es wäre mir ehrlich gesagt auch schnurz, wenn nicht.«

»Vorsicht«, sagte ich. »Mit solchen Sprüchen setzt du deine Rolle in ›Tödliche Frist‹ aufs Spiel.«

»Wieso weißt du denn davon?« wollte sie wissen.

»Tony hat es mir erzählt. Warum sollte ich denn nichts darüber wissen?«

»Na ja … ich wollte es dir lieber selbst sagen. Es ist eine ungeheure Chance, ich meine, falls ich die Rolle überhaupt bekomme, denn dann …«

»Hattest du etwa wieder Angst, ich würde es dir ausreden?«

Sie schaute zu Boden. »Ich hatte wohl eher Angst, ich würde wollen, daß du es mir ausredest«, sagte sie ruhig.

»Jeder tut das, was er tun muß, Monica. Oder was er glaubt, tun zu müssen, wenn du verstehst, was ich meine. Der Unterschied besteht nur darin, wie man sich dazu stellt.«

»Ich verstehe kein Wort«, sagte sie mit betroffener Miene.

»Ich auch nicht«, sagte ich, mindestens ebenso betroffen.

Sie lachte. »Ist ja auch egal, es klingt jedenfalls tiefsinnig. Du solltest Dialoge für Seifenopern schreiben.«

»Dazu brauche ich nur noch ein Pseudonym. Was hältst du von Joy Fabwisk?«

»Nicht übel. Wie wäre es mit einem chinesischen Namen – Peng Futsch Eiweg oder so?« Wir lachten.

Nach einer Weile sagte Monica: »Matt, es gibt etwas, was ich tun muß. Oder was ich glaube, tun zu müssen.«

»Und das wäre?« fragte ich, obwohl ich sehr wohl ahnte, was sie meinte.

Sie antwortete nicht mit Worten, sondern entfaltete ihre endlos langen Beine, schleuderte die geliehenen Schuhe weg und stand barfuß auf dem Teppich. Ihre Hände machten sich emsig an den Knöpfen ihrer Seidenbluse zu schaffen.

Ich ging zu ihr hinüber, nahm sie in die Arme und küßte sie. Diesmal stieß ich sie nicht weg.

Kapitel 18

»Sie sitzen ganz schön in der Tinte, mein Junge.«
– Joe Higgins, Dodge-Werbespot

Na fein, dachte ich, wenigstens mein Arm ist eingeschlafen.

Monicas Kopf lag in meine Armbeuge geschmiegt und hatte die Blutzufuhr zu meinem rechten Unterarm und meiner Hand blockiert. In meinen Fingern prickelte es wie Limonade.

Ich betrachtete ihr schlafendes Gesicht. Sie war bildschön. Für einen solchen Anblick durfte mir ruhig der Arm ein wenig taub werden. Das Laken war heruntergerutscht und hatte ihren geschmeidigen Körper entblößt. Der blaue Fleck an ihrem Busen sah aus wie das äußere Stigma eines gebrochenen Herzens. Ich war ganz vorsichtig damit umgegangen.

Es war wunderschön gewesen, sogar schöner noch als früher, langsamer, süßer, weniger … verzweifelt ist wahrscheinlich das richtige Wort. Ich hätte erschöpft sein müssen.

Aber ich konnte nicht schlafen. In meinem Kopf blubberte wieder der Sumpf. Stückchen von Vern Devlin kamen an die Oberfläche und verschwanden wieder.

Es machte mich verrückt. Ich mochte Devlin nicht und wollte ihn nicht bei uns im Bett haben, vor allem nicht in diesem Augenblick. Es waren keine fertigen Gedanken, sondern lediglich vage Vorstellungen. Wenn ich das Schlüsselwort fand, würde mir etwas Wichtiges bewußt werden.

Was wußte ich eigentlich über Devlin? Ich mochte ihn nicht. Er trank Scotch. Er hatte gute Augen, denn er hatte mich am Bahnhof aus großer Entfernung erkannt. Ich hatte ihm gesagt, er solle dableiben, aber er war weggegangen. Zum Zeitpunkt des Mordes an Carlson war er Hunderte von Kilometern vom Tatort entfernt gewesen. Der Typ machte mich wahnsinnig.

Keine dieser Überlegungen enthielt den Schlüssel. Ich kannte ihn einfach nicht gut genug.

Dann blubberte eine weiche schwarze Luftblase an die Oberfläche und raunte beim Zerplatzen: »Vielleicht weiß es Monica«.

Vielleicht weiß sie es tatsächlich, dachte ich resigniert. Widerwillig beschloß ich, sie zu fragen.

Ich versuchte es auf die sanfte Tour. Ich zog den Bizeps ein paarmal rasch zusammen, so daß ihr Kopf auf meinem Arm auf und ab hüpfte.

»Mmmmmmmmmmmm«, machte sie. Sie lächelte, aber mit geschlossenen Augen.

»Monica?«

»Mmmmmmmmmm?«

»Monica«, sagte ich, »ich möchte ...«

»Ich weiß, was du möchtest«, sagte sie verträumt und legte los. Der Rest des Satzes ging in einem Kuß unter und entfiel mir anschließend so gründlich, daß Vern Devlin für eine Weile komplett aus meinen Gedanken entschwand. Die Lösung des Falls wurde damit um vierundzwanzig Stunden verschoben. Aber das war es eindeutig wert.

Das Gesicht, das ich am nächsten Morgen rasierte, grinste mir lausbubenhaft aus dem Spiegel entgegen, und als ich mit ihm schimpfte, lachte es mich aus. Ich rasierte mich zu Ende, zog mich an und ging in die Küche, um mich um das Frühstück zu kümmern.

Ich schnitt zwei Scheiben mageren Schinken ab, gab Aprikosenmarmelade, einen Spritzer Zitronensaft und eine Lage Maraschinokirschen darauf und legte die Dinger unter den Grill. Ich verschlug zwei Eier mit Milch, Zucker, Muskatnuß und Vanille (Eigenkreation!) und wendete Vollwert-Weißbrotscheiben darin (ebenfalls Eigenkreation). Meine vielgerühmten armen Ritter hatte ich Monica schon früher oft zum Frühstück serviert.

Ich wendete die Toastscheiben gerade in der Pfanne, als Monica gähnend in die Küche kam. Sie sah verschlafen und absolut hinreißend aus in meinem Frotteebademantel, den sie praktisch zweimal um sich gewickelt hatte.

Sie verschränkte die Finger über dem zerzausten Kopf, streckte sich und gähnte so inbrünstig, daß mühelos eine Grapefruit in ihren Mund gepaßt hätte.

»Bitte entschuldige«, sagte sie. »Frühmorgens bin ich noch nicht allzu präsentierfähig.«

»Präsentierfähig? Du solltest dich mit Falzet zusammentun. Man sollte doch meinen, wer im Kommunikationswesen tätig ist, müßte zartfühlender mit seiner Muttersprache umgehen.«

»Ach, halt doch die Klappe«, sagte sie und rieb sich die Augen. »Was gibt's zum Frühstück? Riecht lecker.« Als ich es ihr sagte, meinte sie: »Du bist abscheulich. Immer dieses süße Zeug. Ich wette, du hast nicht mal Gewichtsprobleme. Von Rechts wegen dürftest du keinen heilen Zahn mehr im Mund haben, ist dir das klar?«

Ich zuckte die Achseln.

»Ich decke den Tisch«, bot sich Monica an. Ich sagte ihr, wo Geschirr und Besteck waren, und sie trug alles in die Frühstücksecke.

Beim Auflegen des Bestecks meinte sie: »Sind deine Steakmesser nicht mehr komplett?«

»So hart sind meine armen Ritter nicht«, versicherte ich. »Und den Schinken kriegst du mit einem scharfen Blick durch.«

»Darum geht es nicht«, sagte sie. »Es sieht nur so aus, als ob eines fehlt, siehst du?«

Sie hielt mir den Rosenholzkasten mit dem Monogramm BSJ auf dem Deckel hin. In den mit blauem Samt ausgeschlagenen zwölf Einzelfächern lagen nur noch elf der lächerlich teuren Steakmesser. Noch vor wenigen Tagen war der Satz vollständig gewesen.

Der Schinken war fertig. Ich nahm den Teller mit einem Topfhandschuh aus dem Grill. »Es wird schon wieder auftauchen«, sagte ich zu Monica. »Ich verlege öfter irgendwelche Sachen. Das ist beginnende Senilität, weißt du.«

Sie lachte. »Wenn das letzte Nacht Senilität war, dann hätte ich dich gern als jungen Mann kennengelernt.«

»Das wäre über deine Kräfte gegangen«, feixte ich.

Nach dem Frühstück gingen wir Tony im Krankenhaus besuchen. Sein rechtes Bein war noch im Streckverband, das linke schon in Gips. Er freute sich wie ein Schneekönig, als wir das Zimmer betraten, das heißt: als Monica das Zimmer betrat. Mich beachtete er kaum. Auch ein Flußpferd mit geblümter Weste hätte er nicht wahrgenommen.

Er behauptete, es gehe ihm den Umständen entsprechend prima, und bedankte sich bei mir dafür, daß ich so rasch Hilfe geholt hatte.

»Bei mir bedanken?« sagte ich. »Machen Sie keine Witze. Sie haben mich vor dem Wagen weggestoßen und mir das Leben gerettet. Ich habe Ihnen zu danken!«

Er spielte die Rolle wie Gary Cooper, ganz der bescheidene Held, bis hin zum Ausspruch: »Och, das war doch nicht der Rede wert.«

»Ich habe gestern für dich beim Studio alles wieder glattgebügelt, Monica«, sagte er.

Zum Dank gab sie ihm einen Kuß auf die Stirn. Die beiden sprachen über die Dreharbeiten. Ich fühlte mich überflüssig wie selten in meinem Leben. Ich vertrieb mir die Zeit mit der Überlegung, warum Tony mir heute so vertraut vorkam, bis ich darauf kam, daß es an seinen Augen lag. Er himmelte Monica genauso an, wie Spot mich manchmal ansieht. Es hatte ihn voll erwischt. Ich machte mich so gut es ging unsichtbar.

Eine resolute Krankenschwester brachte das Essen für die Patienten und schickte Monica und mich weg. Ich lächelte und nickte genauso wie ich es in der davorliegenden halben Stunde ständig gemacht hatte.

Monica wollte sich für das Frühstück revanchieren und mich zum Lunch einladen, aber ich mußte zurück ins Büro.

»Halt deine Tür stets gut verschlossen«, bat ich sie, »und geh nicht ans Telefon, hörst du?«

Sie antwortete: »Keine Angst, ich habe meine Lektion gelernt. Sehen wir uns heute abend?«

»Ich hoffe es.« Wir gaben uns zum Abschied einen Kuß.

Auf dem Weg zur City versuchte ich, aus einem gewissen Abstand heraus zu betrachten, was ich da tat. Wußte ich, worauf ich mich einließ, wenn ich wieder mit Monica ging? Offenbar nicht, aber ich fühlte mich so wohl dabei, daß es mir egal war.

Das Network war während meiner Abwesenheit gut ohne mich ausgekommen. Die Flure waren genauso überfüllt, und das ganze Outfit genauso spektakulär wie immer.

Jasmyn Santiago gab gerade ihren Nägeln den letzten Schliff, als ich mein Vorzimmer betrat. Heute hatte sie einen silbernen Lack aufgelegt.

»Wie oft am Tag machen Sie das eigentlich, Jazz?« wollte ich wissen.

»Ach, hallo, Mr. Cobb«, sagte sie.

»Matt«, erinnerte ich sie.

»Matt«, sagte sie. »Also, Matt, Harris war hier. Er hat Ihnen eine Nachricht hinterlassen.«

Ich nahm und las sie. Sie besagte, daß der Halter des grünen Fords mit dem New Yorker Kennzeichen 297-VVJ ein Autoverleih namens Big Apple Rent-a-Car war und der Wagen nach deren Angaben auf einem Parkplatz am Kennedy-Airport stand. Es faszinierte mich immer wieder, was Brophy alles herausfand. Ich wüßte nicht, wie ich es anfangen müßte, um einen bestimmten Mietwagen in einem bestimmten Moment ausfindig zu machen. Ich hatte das Gefühl, ganz gleich, wie er es machte, es hatte immer irgend etwas mit irgendeiner Büroangestellten zu tun.

»Danke, Jazz«, sagte ich. Ich war guter Dinge, denn endlich hatte ich sie dazu gebracht, mir die wichtige Nachricht zuerst zu verabreichen. »Noch was?«

»Ja«, sagte sie. »Ein paar Polizisten sind dabei, Ihr Büro zu durchsuchen.«

Ich erwiderte etwas mit dem Grundtenor »Arrrgh!« und fragte: »Haben die einen Durchsuchungsbefehl?«

»Natürlich, sonst hätte ich sie bestimmt nicht reingelassen.«

Ich raste in mein Büro. Als erstes traf ich Spot, der seine übliche Show abspulte, sobald er mich sah. Ich begrüßte ihn und wandte mich dann an Rivetz, der, wie ich annahm, die Aktion leitete.

»Was zum Teufel geht hier vor?« fuhr ich ihn an.

Er grinste. »Sie wollten mir ein Zückerchen geben, stimmt's, Cobb?«

»Wie bitte?«

»Ich bin Ihnen wirklich dankbar, daß wir Goldfarb geschnappt haben, ehrlich«, sagte er. »Aber Sie müssen verrückt sein, wenn Sie glauben, Sie könnten damit einen Mord ungeschehen machen.«

»Jetzt halten Sie mal die Luft an, Rivetz! Was soll das alles?«

Er seufzte. »Okay, ich kann es auch jetzt gleich hinter mich bringen. Sind Sie Matt Cobb und haben Sie unter folgender Anschrift Ihren ständigen Wohnsitz?«

Er betete meine Adresse herunter. Ich bejahte beide Fragen.

»Matthew Cobb, ich verhafte Sie hiermit wegen Totschlags. Sie können die Aussage verweigern, aber alles, was Sie von jetzt ab sagen, kann und wird ...« Er redete weiter, aber ich hörte ihn gar nicht mehr. Sie waren allen Ernstes dabei, mich zu verhaften. Man macht sich keine Vorstellung, wie das ist, bis es einem selbst betrifft. Die Eingeweide flattern einem, der Kopf fühlt sich an, als wäre er voller Watte.

»Wieso?« fragte ich Rivetz. »Wieso jetzt? Warum hat der Staatsanwalt ...«

Er schüttelte den Kopf. »Der Lieutenant hat mich hergeschickt, um Sie zu holen. Er selbst konnte sich nicht dazu aufraffen.« Er schüttelte wieder den Kopf. »Sie haben ihn ganz schön an der Nase rumgeführt.«

»Aber wieso? Wie kommen Sie plötzlich auf die Idee, ich hätte Carlson doch umgebracht?«

»Carlson? Cobb, ich habe Sie verhaftet wegen des Mordes an Vernon Devlin.«

Kapitel 19

»Euer Ehren, ich bin bereit zu beweisen, daß mein Mandant unschuldig im Sinne der Anklage ist.«
– Raymond Burr, »Perry Mason« (CBS)

Lieutenant Martin spuckte mich fast an beim Sprechen. »Ich könnte dich umbringen«, tobte er. »Du wolltest mich verarschen, Freundchen.« Meinen Namen brachte er nicht mehr über die Lippen. Seit zehn Minuten schrie er mich schon an und hatte mich nicht einmal anders als »Freundchen« genannt.

Sie hatten mich zwar verhaftet, aber noch nicht in Gewahrsam genommen. Erst hatte Lieutenant Martin mich sehen wollen, und zwar allein mit ihm in seinem Büro, damit er mich noch einmal richtig zur Schnecke machen konnte.

»Ich war so blöd, in dir noch den kleinen Jungen zu sehen, ich Idiot! Jetzt werde ich wohl nie zum Captain befördert. Aber ist ja auch egal.«

Ich saß und er stand vor mir. Er beugte sich zu mir herunter, bis sein Gesicht fast meines berührte, und brüllte mich an: »Verdammt noch mal, was soll ich jetzt deinem Daddy erzählen? Was sagt deine Mama dazu?« Er spuckte wieder fast.

»Lassen Sie das sein«, sagte ich.

»Was soll ich? Du hältst die Schnauze, Freundchen.«

»Hören Sie auf, Lieutenant«, sagte ich. »Sie sehen sogar jetzt noch in mir den kleinen Jungen. Ich will keine Gardinenpredigt von Ihnen hören. Ich habe Devlin nicht getötet, ich weiß nicht einmal, wie er zu Tode gekommen ist. Sie sind offenbar anderer Meinung, gut und schön. Aber entweder verhören Sie mich und geben mir die Chance, mich zu entlasten, oder Sie stecken mich in Gottes Namen in den Knast, damit ich meinen Anwalt anrufen kann. Aber hören Sie auf mit diesem Gebrüll.«

Er war sprachlos vor Empörung. So hatte ich ihn noch nie gesehen. Sein Gesicht war eine mahagonifarbene, wutverzerrte Maske. Er kam wieder auf mich zu.

Er wollte mich schlagen. Ich las es in seinen Augen und sah es an seiner Körperhaltung. Ganz gleich, was geschah, schwor ich mir, ich würde mich nicht wehren.

Ich sah ihm in die Augen. Ich würde mich keinen Millimeter bewegen. Er hob die rechte Faust und hielt sie erhoben in der Luft, während er mich anstarrte. Dann ließ er sie langsam fallen.

Er ging wieder hinter seinen Schreibtisch und setzte sich hin.

»Ich habe einige Fragen an Sie, Mr. Cobb«, sagte er heiser. »Wollen Sie eine Aussage machen?«

»Ja, das will ich. Ich verzichte auch auf die Anwesenheit eines Anwalts. Fragen Sie.«

Er räusperte sich und fing an. Was passiert war, ergab sich im Laufe des Verhörs. Ein Autofahrer, der auf dem New England Thruway in östlicher Richtung unterwegs gewesen war, hatte gemeldet, oben in der nördlichen Bronx liege eine Leiche im Straßengraben, und zwar kurz vor der Grenze zwischen New York City und Westchester County. Der Tote war ein Mann von Ende Dreißig, Anfang Vierzig und hatte Papiere bei sich, die ihn als Vernon Devlin aus Fairfax, Virginia auswiesen. Er war mit einem Messerstich in den Hals getötet worden.

»Und zwar mit diesem Messer!« sagte der Lieutenant und schob mir ein Foto herüber. Es zeigte eine Edelstahlklinge mit Horngriff. Es war ein Steakmesser mit dem Monogramm BSJ auf dem Griff.

»Kannst du dir vorstellen, was ich empfunden habe, als ich dieses Messer sah?« Mr. M. wurde wieder persönlich, aber ich ließ es ihm durchgehen.

»Kann nicht schlimmer sein als das, was ich empfinde«, sagte ich.

»Um das Messer zu identifizieren, brauche ich weiß Gott keinen Sachverständigen«, sagte er. »Das kann ich selbst. Ich weiß, daß es aus deiner Wohnung stammt, oder besser gesagt, aus der Wohnung deiner Freunde, weil ich es nämlich wiedererkenne. Von dem Essen, das du Ostern für deine Eltern, meine Frau und mich und Cornelius und seine Frau gekocht hast.«

Ich nickte. Ich würde wohl oder übel die Katze aus dem Sack lassen müssen. Wenigstens teilweise.

»Devlin hat es gestern aus meiner Wohnung entwendet«, sagte ich.

»Was hat er? Willst du behaupten, Devlin war gestern in deinem Apartment?«

»Ja. Er wollte bestimmte Aspekte des Falls mit mir besprechen. Ich habe ihn morgens an der Penn Station abgeholt, bin anschließend erst ein paar Minuten ins NetHQ und dann zu mir nach Hause gefahren.«

»Ja. Daß du mit ihm beim Network warst, ist uns bekannt.«

»Dachten Sie, ich würde es abstreiten?«

Das war eine rhetorische Frage, und der Lieutenant machte keine Anstalten, sie zu beantworten. Statt dessen sagte er: »Bestimmte Aspekte des Falls wollte er mit dir besprechen?« Er kratzte sich am Kopf. »Klingt das nicht so ähnlich wie das, was Carlson seinerzeit gesagt hat?«

»So ist es.«

»Was für Aspekte sind das?«

Ich bereitete mich innerlich auf eine Explosion vor. »Das kann ich Ihnen nicht sagen.«

Die Explosion blieb aus. »Das kannst du mir nicht sagen?«

»Nein«, sagte ich. »Ich mache mein Recht geltend, in diesem Punkt die Aussage zu verweigern.«

»Das macht keinen guten Eindruck, weißt du«, sagte er. Ich erwiderte darauf nichts. »Okay, wie du willst. Wann hast du Devlin zurückgelassen?«

»Kurz vor Mittag«, sagte ich. »Wann ist er gestorben?«

»Zwischen vier und fünf.«

»Heute morgen?«

»Gestern nachmittag.«

»Was soll ich dann hier?« brauste ich auf. »Sie wissen doch ganz genau, wo ich gestern um die Zeit war.«

»Ich wußte, daß du das sagen würdest«, meinte er. »Wo also warst du gestern um die Zeit?«

»In Goldfarbs Haus!«

Er lehnte sich zurück und verschränkte die Hände im Nacken. »Schauen wir uns das Ganze doch noch einmal an. Du sagst, du warst bei Goldfarb. Goldfarb sagt überhaupt nichts. Ray Cali sagt, er hat dich hingebracht, aber du bist etwa mittags um eins wieder weggegangen. Tolliver ist noch außer Gefecht und nicht vernehmungsfähig. Woher soll ich wissen, ob du nicht Devlin umgebracht hast und hinterher wieder zu Goldfarbs Haus gefahren bis, wo du die beiden zusammengeschlagen vorgefunden hast? Im Grunde hast du überhaupt kein Alibi.«

»Und was ist mit Monica?« wandte ich ein.

»Wir haben hier so eine Redensart«, sagte er. »›Wenn sie für ihn die Beine breit macht, dann lügt sie auch für ihn.‹ Ihre Aussage wird dir bei den Geschworenen wenig nützen, vor allem, weil wir ein Foto von dir in Devlins Brieftasche gefunden haben.«

Er reichte mir ein weiteres Foto herüber. Es war ein Bild von mir, das Devlin in Folie eingeschweißt hatte. Ich erkannte es sofort. Es war das Foto, das am 2. April 1973 in der Medienfachzeitschrift Broadcasting in der Spalte »Persönliches« neben der Notiz über meine Beförderung in die Abteilung Sonderprojekte erschienen war.

»Und was ist dabei, wenn er mein Foto mit sich herumtrug?«

»Es zeigt, daß du mehr mit ihm zu schaffen hattest, als du bisher zugegeben hast. Es zeigt, daß du die ganze Zeit etwas vertuscht hast und es auch jetzt noch tust.«

»Was für ein Motiv hatte ich eigentlich?« wollte ich wissen.

»Das weiß ich nicht, aber du kannst dich darauf verlassen, daß wir dir eines nachweisen, ich meine, daß du etwas gegen Devlin hattest. Du hast immerhin versucht, ihm einen Mord anzuhängen.«

Der Lieutenant zog seine Zigaretten aus der Tasche, steckte sich eine in den Mund und zündete sie an. »Übrigens«, sagte er zwischen zwei Zügen. »Rivetz setzt alles daran, den Mord an Carlson mit deiner Verhaftung gleich mit zu erledigen.«

Ich sagte nichts. Mein Gehirn beschäftigte sich wie besessen mit dem Wort Zigaretten. Zigaretten, Zigaretten. Irgendwas wollte mir mein Unterbewußtsein mitteilen, aber was?

»Wie bitte?«

»Ich habe dich gefragt«, wiederholte Lieutenant Martin, »ob du noch etwas dazu zu sagen hast.«

»Nein«, erklärte ich. »Was soll ich dazu noch sagen?«

Traurig griff er zum Hörer. »Sagen Sie Rivetz, er kann rüberkommen und den Verdächtigen in Gewahrsam nehmen.«

Das war's, Cobb, dachte ich. Wieder stellte ich mir die beiden großen Fragen des Lebens.

Rivetz klopfte an und trat ein. »Na los, Cobb«, sagte er.

Ausnahmsweise fiel mir eine Antwort auf Frage Nummer zwei ein. »Warten Sie!« brüllte ich. »Die alte Dame! Mrs. Goldfarb! Ist sie vernommen worden? Hatte sie die Möglichkeit, eine Geschichte mit jemand anders abzustimmen? Sie ist mein Alibi. Lassen Sie es auf eine Gegenüberstellung ankommen. Sie war dort, fragen Sie sie doch!«

Rivetz grunzte nur und zog mich am Arm. »Los jetzt!« sagte er.

»Augenblick noch, Rivetz«, sagte der Lieutenant.

»Aber Lieutenant!« protestierte Rivetz. »Hören Sie doch nicht auf diesen Typ. Er nutzt Ihre Gefühle schon die ganze Zeit aus. Mit der alten Dame können wir immer noch reden. Aber jetzt nehme ich ihn erst einmal in Gewahrsam ...«

»Halten Sie die Klappe, Rivetz«, sagte der Lieutenant.

»Aber Sir!«

»Klappe. Meine Karriere ist jetzt sowieso im Eimer. Ich übernehme die volle Verantwortung.«

Rivetz hielt die Klappe, haßte mich aber mehr als je zuvor. Er ließ meinen Arm fallen, als wäre ich eine Marionette, und trat ein paar Schritte zurück, ohne jedoch das Büro zu verlassen.

Der Lieutenant griff nochmals zum Hörer. »Geben Sie mir das Bellevue«, sagte er. Nach einer Weile wurde er (endlich) mit der Oberschwester der Abteilung verbunden, in der Mrs. Goldfarb lag. Er fragte, ob die alte Dame ansprechbar sei.

»Sie ist also wach?« fragte er nach. »Gut. Hat sie schon irgendwelchen Besuch bekommen? Gut. Danke und auf Wiedersehen.« Er nahm Jackett und Hut und sagte: »Du kommst mit. Rivetz, Sie warten hier auf diese Telefonistin, wie heißt sie noch?«

»Gayle Spencer.«

»Richtig. Sobald sie aus Washington eintrifft, holen Sie sie ab und bringen sie rüber zum Leichenschauhaus, damit sie Devlin identifiziert. Quetschen Sie sie aus, aber bleiben Sie höflich!«

Im Wagen des Lieutenants löste ich bis zu unserer Ankunft am Bellevue Hospital den Mord an Vincent Carlson zum zweiten Mal. Diesmal ging ich jedoch keineswegs halbherzig an die Sache heran. Wenn die Rechnung nicht aufging, mußte ich diesmal nämlich mit weit schlimmeren Konsequenzen rechnen, als nur ausgelacht zu werden.

Die Wolken, die Cynthia Schick zwei Tage zuvor vom Krankenzimmer ihres Mannes aus gesehen hatte, entluden sich nun über der Stadt. Während ich meine Theorie Schritt für Schritt überdachte, sah ich zu, wie die Regentropfen auf die Windschutzscheibe prasselten und von den Wischerblättern fortgeschoben wurden.

Immer wieder ging ich die Ereignisse der letzten Tage im Geiste behutsam durch, wie ein Betrunkener, der eine sehr teure Flasche in Geschenkpapier einzuwickeln versucht.

»Wer ist Gayle Spencer, Lieutenant?« fragte ich.

»Devlins Verlobte. Er hat keine lebenden Verwandten, deshalb holt sie die Leiche ab.«

»Sagten Sie, sie ist Telefonistin?« Ich betete um die richtige Antwort, denn »Telefonistin« war das Wort gewesen, nach dem ich verzweifelt gesucht hatte, bis Monica mich so angenehm davon abgelenkt hatte.

»Richtig«, sagte der Lieutenant. »Sie sitzt an der Vermittlung beim CRI.«

Ich wandte den Blick zum Himmel. »Danke, lieber Gott.«

»Was?«

»Ach, schon gut. Noch eine Frage, wenn Sie nichts dagegen haben. Was ist aus Devlins Brille geworden?«

»Wovon redest du?«

»Ich will wissen, ob ihr Devlins Brille gefunden habt.«

»Nein, weil er keine trug. Laut Führerschein war er normalsichtig.«

Mrs. Goldfarb saß aufrecht in ihrem Bett, als der Lieutenant und ich ihr Einzelzimmer betraten, und löffelte Hühnersuppe.

Ihr Gesicht leuchtete auf, als sie mich sah. »Oh, Matt!« sagte sie. »Haben Sie etwas von meinem Herschel gehört? Geht es ihm gut?«

»Es ist alles in Ordnung«, sagte ich. »Aber er ist im Gefängnis.«

»Ich weiß, ich weiß. Es ist gut, daß Sie und Monica doch schon gegangen sind. Jemand ist gekommen und hat Tolly und Ray verprügelt, und die dumme Polizei hat meinen Herschel verhaftet. Ich darf nicht einmal mit ihm telefonieren, und sein Anwalt ist auf den Jungferninseln. Der Arzt sagt, ich soll mir keine Sorgen machen, aber das muß ich doch, ich bin schließlich seine Mutter.«

»Ich bin sicher, alles wird wieder gut«, sagte ich lahm. »Ich wollte nur mal nachschauen, ob es Ihnen gutgeht. Ich wollte mich auch für das wunderbare Essen neulich abend bedanken.«

»Wieso neulich? Das war doch erst gestern!« Sie verzog das Gesicht. »Aber diese Hühnersuppe ist scheußlich. Wie soll ich wieder auf die Beine kommen, wenn sie mir so scheußliches Essen servieren?«

»Um welche Uhrzeit haben Sie gestern zu Abend gegessen, Mrs. Goldfarb?« fragte der Lieutenant.

»Um halb sechs, vielleicht sechs.«

»Und vorher? War Mr. Cobb auch vorher bei Ihnen?«

»Ja, das war er, Mister, wer immer Sie auch sein mögen. Ich habe die ganze Zeit über im Flur Staub gewischt. Den ganzen Nachmittag über war Mr. Cobb bei uns im Haus, das kann ich beschwören.«

Die alte Dame verschränkte die Arme und machte ein entschlossenes Gesicht. Wie ein Sendemast strahlte sie Wellen unerschütterlicher Aufrichtigkeit aus. Es war unmöglich, ihr Wort in Zweifel zu ziehen. Ich hoffte es wenigstens.

Lieutenant Martin sagte: »Nun, ich würde sagen, daß ich das mit großer Erleichterung höre. Vielen Dank, Madam.« Er tippte sich an die Hutkrempe.

Die alte Dame im Krankenbett sagte: »Gern geschehen, Mister, wer immer Sie auch sein mögen.«

Der Lieutenant bedeutete mir, daß ich mitkommen sollte.

»Auf Wiedersehen, Mrs. Goldfarb. Ich hoffe, alles wird gut.«

»Hauptsache, sie lassen meinen Herschel frei.«

Parole: Freiheit für Herschel, dachte ich.

Beim Verlassen des Krankenhauses sagte der Lieutenant: »Es tut mir leid, Matt.«

»Das sollte es auch«, sagte ich. »Sie müßten mich eigentlich besser kennen.« Ich meinte es nicht ganz so ernst. Unter den gegebenen Umständen hätte ich mich selbst genauso eingebuchtet. Aber ich wollte freie Hand haben, und um die Augen und Ohren der Polizei von mir abzuwenden, mußte ich Lieutenant Martins schlechtes Gewissen ausnutzen. Für solche Sachen finde ich mich am nächsten Morgen immer selbst zum Kotzen.

»Aber es sprach zunächst wirklich vieles gegen dich«, sagte er. »Im Prinzip hat sich daran auch nichts geändert. Aber ich glaube dir und ich glaube der alten Dame – der würde wahrscheinlich sowieso jeder glauben. Und das bedeutet, jemand versucht, dich reinzulegen, Matty.«

»Ich weiß.«

»Wer? Und warum?«

»Ich weiß nicht wer. Ich nehme an, der Grund ist einfach nur, daß ich dieser Person gelegen komme. Oder vielleicht denkt jemand, ich wüßte, wer Carlson umgebracht hat.«

»Das hast du ja auch behauptet.«

»Das stimmt«, sagte ich vorsichtig. »Tja, da können Sie mal sehen.« Ich grinste ihn an.

Es folgte ein wortloser Austausch zwischen uns. Schließlich sagte der Lieutenant: »Du hast doch irgendwas vor.«

»Kann schon sein«, sagte ich. »Aber ich sitze ja fest.«

»Du willst, daß ich dich laufenlasse.« Das war keine Frage, sondern eine Feststellung.

»Die alte Dame hat gesagt, daß ich unschuldig bin«, erinnerte ich ihn.

»Du willst, daß ich dich laufenlasse.«

»Denken Sie an die Sache mit der Schutzgelderpressung am Broadway«, sagte ich.

»Du Schweinehund!« sagte er. »Du willst wirklich, daß ich dich laufenlasse!«

»Das würde doch Ihre Situation im Dezernat nicht schlimmer machen, als sie sowieso schon ist.«

»Und ob es das würde! Man könnte mich nämlich wegen Beihilfe drankriegen!«

»Dann vergessen Sie es«, sagte ich kategorisch.

»Du könntest ja fliehen«, überlegte er schlau.

»So sicher bin ich mir meiner Sache nicht.«

»Aber ziemlich sicher?«

Ich nickte.

»Also dann los«, sagte er. »Hau ab, bevor ich zur Besinnung komme.« Er wandte mir den Rücken zu, und ich war weg.

Kapitel 20

»… Kühn auf dem Wege dorthin, wo noch nie ein Mensch gewesen ist …«
– William Shatner, »Raumschiff Enterprise« (NBC)

Meiner Sekretärin kann man am Gesicht ablesen, was den Tag über geschehen ist. Ich sah, daß sie jemand angeschrien hatte.

»Matt«, sagte sie, »Mr. Falzet will Sie unverzüglich sehen. Er klang völlig durchgedreht!«

»Noch mehr als sonst?« fragte ich. »Keine Anrufe, Jazz. Schicken Sie Harris und Shirley zu mir ins Büro, vorausgesetzt sie sind da.«

»Sie sind da, aber Mr. Falzet …«

»Mr. Falzet kann von mir aus auf der Dachterrasse Purzelbäume schlagen«, erwiderte ich. Man hat mir erzählt, ich wirke viel entschlossener, wenn ich genau weiß, was ich will.

Spot wollte nichts mit mir zu tun haben. Ich hatte ihn zu lange vernachlässigt. Er knurrte zwar nicht, als ich mich hinsetzte, und ließ sich auch streicheln, blieb aber schmollend auf dem Teppichboden liegen, anstatt seine üblichen Freudentänze aufzuführen.

Um mich zu bestrafen, spielte er ausgiebig verrückt, als Shirley mein Büro betrat. Brophy kam direkt hinter ihr herein und wurde ebenfalls stürmisch begrüßt.

»Sie sind denen wieder einmal knapp entkommen, wie ich sehe«, sagte er.

»Sie haben ja keine Ahnung!« erwiderte ich. »Aber dazu haben wir jetzt keine Zeit. Ich gehe davon aus, daß ich gleich entlassen werde …«

»So lautet das eine Gerücht«, sagte Brophy. »Das andere besagt, Sie seien verhaftet worden.«

»Stimmt beides. Wie wir alle wissen, hat Falzet seine Spione, die ihm jetzt in diesem Moment melden werden, daß ich hier bin, deshalb müssen wir uns beeilen. Ich möchte Sie beide um folgendes bitten ...«

In einem Spielfilm hätte das Timing nicht präziser sein können. Gerade als ich abschließend sagte: »... und die brauche ich bis heute abend. Einer dieser Leute ist ein Mörder«, klingelte das Telefon. Es war wahrscheinlich reine Einbildung, aber ich meinte, das Klingeln klang irgendwie schriller als sonst.

»Cobb!« brüllte mir eine Stimme ins Ohr.

»Ja, Tom?« sagte ich herzlich.

Er war viel zu wütend, um die vertrauliche Anrede zu bemerken. »Ich will Sie hier oben sehen, und zwar in diesem Augenblick!«

»Das wird sich zwar nicht machen lassen, aber im nächsten bin ich da.«

Falzet fragte verdutzt: »Was?«, aber ich hängte ein.

»Harris, Shirley«, sagte ich. »Ich danke euch für alles. Ich melde mich heute abend bei euch. Ave Caesar, morituri und so weiter, ja?«

Sie wünschten mir viel Glück. Ich ging die Treppe hinauf zu Falzets Büro.

»Sie wollten mich sehen, Sir?« sagte ich.

»Sie sind fristlos entlassen, Cobb!«

Ich zuckte die Achseln, sagte »Gut!« und wollte wieder gehen.

Er wurde fuchsteufelswild. »Kommen Sie sofort wieder her!«

»Gut.« Ich zuckte wieder die Achseln. »Ich sehe beides mit Gelassenheit.«

»Sie mögen beides mit Gelassenheit sehen, aber das Network tut das mit beidem nicht!«

Es hat sein Gutes, wenn man gerade gefeuert wird, denn nun konnte ich Sachen sagen, die ich schon lange loswerden wollte: »Malen Sie davon mal ein Diagramm!«

»Was?!«

»Ich fordere Sie auf, mir ein Strukturdiagramm dieser linguistischen Ungeheuerlichkeit anzufertigen, die Sie gerade von sich gegeben haben. ›Sie mögen beides mit Gelassenheit sehen, aber das Network tut das mit beidem nicht!‹ Sie sind eine Schande für das Kommunikationswesen. Kein Wunder, daß Edwin Newman bei der Emmy-Verleihung schreiend rausgerannt ist.«

Falzet stammelte: »Ich soll …? Ich …? Wer ist hier eine Schande für das Kommunikationswesen?! Hier! Sehen Sie sich bloß mal die Schlagzeilen an!«

Er warf mir die New York Post zu. Ich hatte es auf die Titelseite geschafft. Die Schlagzeile lautete: »Vizepräsident eines TV-Senders wegen Mordverdachts verhaftet«.

»Wer ist denn jetzt eine Schande für das Kommunikationswesen?!« wiederholte er.

»Es könnte schlimmer sein«, sagte ich.

»Was könnte denn schlimmer sein als das hier!« Er schlug mit dem Handrücken auf die Schlagzeile.

»Warten Sie auf die Zeitung von morgen!« riet ich ihm.

Ich mußte mich jetzt beeilen, solange sein Wutanfall ihn noch daran hinderte, einen klaren Gedanken zu fassen. Ich fuhr durch den Turm hinunter zur Tiefgarage und ließ mir einen Wagen geben. Ich hoffte, ihn zurückbringen zu können, bevor entsprechende Anweisungen von oben kamen. Falls mir das nicht gelang und Falzet mich obendrein wegen heimtückischen Autodiebstahls anzeigte, würde ich mich darauf berufen, daß ich einen Arbeitsvertrag hätte und daß eine Kündigung erst nach erfolgter Auszahlung der Abfindung wirksam war.

Ich machte einen kurzen Abstecher zu den Sonderprojekten, unter dem Vorwand, meinen Schreibtisch leerzuräumen. In Wirklichkeit wollte ich Spot zur Versöhnung eine Spazierfahrt vorschlagen. Er fährt furchtbar gern Auto.

Ich verfrachtete ihn in den Firmensaurier und machte mich auf den Weg zum Kennedy-Airport. Während Harris und Shirley die Angelegenheiten gewisser Personen prüften, wollte ich in Erfahrung bringen, wer den Wagen gemietet hatte, mit dem Tony am Mittwochabend angefahren worden war.

Ich ging davon aus, daß es keiner von Goldfarbs Leuten gewesen war. Für Leute in dem Metier ist es viel leichter und unproblematischer, ein Auto zu stehlen und hinterher irgendwo stehenzulassen, als eines zu mieten. Für einen Amateur jedoch war die Überlegung, für einen solchen Anschlag mit Fahrerflucht einen Mietwagen zu verwenden, wahrscheinlich durchaus verlockend. Die Mietwagenfirma würde freundlicherweise die Spuren des Unfalls beseitigen, und solange sich niemand das Nummernschild merkte (das war ohnehin selten der Fall), hatte man keine Schwierigkeiten zu befürchten. Mit etwas Glück würde jemand anders den Wagen mieten und damit nach Idaho, Iowa oder sonstwohin fahren.

»Ich hätte auch nicht übel Lust, sonstwohin zu fahren, was meinst du, Spot?«

Er hörte mir nicht zu. Er benutzte den Wagen als Turnhalle, hüpfte über die Rückenlehne und stellte sich auf die Hinterbeine, um durch das Heckfenster hinauszusehen. Dann kam er mit der Pfote auf den Schalter für den elektrischen Fensterheber und sprang jaulend wieder nach vorn, als sich das Fenster summend absenkte. Nach ein bißchen Herumprobieren konnte er das Fenster wunderbar bedienen und streckte den Rest des Weges sein pelziges Grinsegesicht zufrieden in den Nieselregen hinaus. Aus irgendeinem Grund scheint das die bevorzugte Fahrweise aller Hunde zu sein.

Der Long Island Expressway wird im Volksmund auch der längste Parkplatz der Welt genannt, und der Name ist leider, leider ausgesprochen zutreffend, vor allem während der Stoßzeiten. Ich ließ mich davon nicht aus der Ruhe bringen. Ich summte die Radiomusik mit, während die Fahrzeugkolonne sich zentimeterweise nach Osten bewegte, klaubte gelegentlich ein weißes Haar von meinem Handrücken und betastete die Innenseite meiner Wange, wo Tollys Liebesgrüße allmählich verheilten.

Das erste Terminal, das man auf der verwirrenden Schleife durch den Kennedy Airport erreicht, beherbergt El Al, Air India und einige andere Fluggesellschaften. Ich fuhr dorthin, rannte zum Schalter von Big Apple Rent-a-Car und fragte das Mädchen, wo ihr Verein seine Buchungsunterlagen aufbewahrte. Sie schickte mich zum Hauptbüro in einer entfernten Ecke des Flughafens, gleich neben dem Parkplatz von Big Apple.

Spot knurrte den Flughafenpolizisten an, als ich zurückkam. Ich stieg strahlend lächelnd ein und fuhr los, bevor er mir den Strafzettel, den er gerade ausstellte, unter den Scheibenwischer klemmen konnte.

Es gelang mir, den Big Apple-Parkplatz zu finden, ohne über eine der Ausfallstraßen wieder aus dem Flughafengelände herauskatapultiert zu werden. Ich erklärte dem jungen Mann am Schalter, was ich brauchte.

»Ich bin nicht befugt, Ihnen diese Daten zu geben, Sir«, lächelte er mich an. Er hatte wunderschöne Zähne.

»Ach, kommen Sie schon«, drängte ich. »Ich habe das Kennzeichen des Wagens. Ich weiß, daß Sie Unterlagen darüber haben, wer den Wagen wann gemietet hat. Ich will lediglich wissen, wer ihn Mittwochabend in Besitz hatte.«

»Ich bedaure, aber dazu bin ich nicht befugt, Sir.« Die Angestellten von Big Apple Rent-a-Car trugen alle rote Blazer und je nach Geschlecht dazu grüne Hosen oder Röcke. Ich hätte wetten können, daß der Typ unter seinem Clownsgewand eine schwache Stelle hatte. Ich nahm einen Zehndollarschein aus meiner Brieftasche und spielte damit auf dem Schaltertresen herum. Er sah die Banknote sehnsüchtig an.

»Ich bedaure«, sagte er schließlich.

»Schade.« Ich steckte das Geld wieder ein.

Das war zu viel für ihn. »Nun ja, ich könnte allerdings Ms. Appleby fragen.«

»Wen?«

»Die Filialleiterin«, erklärte er. »Sie hat die Stelle nur wegen ihres Namens gekriegt«, setzte er im Flüsterton hinzu.

»Seien Sie nicht so gehässig«, sagte ich. »Ist in Ordnung, wenn ich sie sehen kann, dann gehört der Schein Ihnen.«

Er hob ein Stück Tresen hoch und marschierte durch eine Tür mit der Aufschrift »Kein Durchgang«. Durch die Tür hörte ich eine schrille Stimme: »Vom Network? Ehrlich, vom Fernsehen? Schicken Sie ihn unbedingt zu mir rein!«

Der Junge mit dem Strahlegebiß kam zurück, winkte mich ins Büro und streckte die Hand nach dem Geld aus. Ich gab es ihm, obwohl Ms. Appleby offensichtlich ihr ganzes Leben lang auf mein Erscheinen gewartet hatte.

»Guten Tag, Mr. Cobb war Ihr Name, nicht wahr? Larry hat mir gesagt, was Sie wollen, aber ich fürchte, das ist ausgeschlossen.« Auch sie war im Grunde ihrer Seele Lehrerin und völlig am falschen Platz, zumindest wirkte sie wie die sprichwörtliche verklemmte alte Jungfer. Sie trug eine randlose Brille und ihr dunkelblondes Haar zu einem straffen Knoten hochgesteckt. Ihre Lippen waren so fest zusammengepreßt, daß man sie kaum noch sah. Die modisch-bunte Uniform paßte überhaupt nicht zu ihr. Ich war allerdings sicher, daß sie innerhalb des Unternehmens so weit aufsteigen würde, daß sie sie irgendwann nicht mehr würde tragen müssen. In ihren Augen glitzerte es fanatisch.

Ich sollte bald eines der Dinge herausfinden, auf den sich ihr Fanatismus bezog.

»Dennoch«, fuhr sie fort, »dachte ich, wenn Sie doch Vizepräsident eines TV-Sendernetzes sind, da würde ich Sie gern etwas fragen.«

»Schießen Sie los«, sagte ich resigniert.

»Welcher hirnlose Vollidiot ist dafür verantwortlich, daß ›Raumschiff Enterprise‹ abgesetzt wurde?«

Solche Leute treffe ich dauernd. Ich vermute, daß Gene Roddenberry in den Soundtrack irgendeine Ultraschallvibration eingebaut hat, die auf eine bestimmte Sorte Menschen suchterzeugend wirkt.

»Ms. Appleby«, sagte ich, »erstens ist das fast zehn Jahre her und zweitens war es ein völlig anderes Sendernetz.«

»Das ist kein Argument. Man sollte doch meinen, daß Sie ein Interesse daran haben, Menschen mit einem gewissen Maß an Intelligenz vor den Bildschirm zu locken. Aber sobald einmal eine gute Serie läuft, wird sie sofort wieder abgesetzt. Aus diesem

Grund sehe ich nur sehr selten fern. Von ›Raumschiff Enterprise‹ einmal abgesehen, war die einzige vernünftige Sendung der letzten Monate ›Harbor Heights‹, und auch die wurde nach nur einem Monat aus dem Programm genommen.«

Das war mein Stichwort. »Nach acht Wochen«, verbesserte ich. »Ich mache Ihnen einen Vorschlag. Sie sagen mir, wer am Mittwoch den Wagen hatte, und ich sorge persönlich dafür, daß ›Raumschiff Enterprise‹ spätestens im Herbst wieder gesendet wird.«

Sie traute ihren Ohren nicht. »Können Sie das?«

»Natürlich. Ich bin doch Vizepräsident, haben Sie das vergessen? Die Serie wird wiederaufgenommen, und wenn ich höchstpersönlich die Ohren für Mr. Spock zurechtschnitzen muß.«

»Also gut«, sagte sie. »Es ist immerhin einen Versuch wert.«

Sie ging hinüber zu einem der mächtigen Aktenschränke. Big Apple war nicht groß genug, um alle Daten elektronisch zu erfassen. »Schauen wir mal«, murmelte sie, »287-VVJ. Hier ist es.«

Ich griff nach der Karteikarte, aber sie zog sie mir weg. »Ich lese Ihnen den Namen vor, den Sie haben wollen, Mr. Cobb. Es besteht keinerlei Anlaß, Ihnen die Namen aller Personen zu zeigen, die den Wagen in den letzten Monaten gemietet hatten.«

Ich entschuldigte mich und nahm Stift und Block zur Hand, um den Namen aufzuschreiben.

Doch das brauchte ich gar nicht. »Der Name des Kunden, der den grünen Ford LTD am Mittwochnachmittag gemietet hat, lautet …« – sie machte eine Kunstpause wie bei der Oscar-Verleihung – »Walter Schick.«

Einen Augenblick lang wurde ich wieder das rotznäsige Straßenkind, das ich ganz früher einmal war. »Her damit!« knurrte ich und riß ihr die Karteikarte aus der Hand.

Da stand es, gut lesbar. »Name: Walter Schick. Wohnhaft: Greenwich, Connecticut«. Ich ließ die Karte auf den Fußboden fallen.

Sie stürzte sich darauf wie ein Geier im Sturzflug. »Ihr Verhalten ist unerhört, Mr. Cobb!« zischte sie.

»Was?« fuhr ich sie an und bemerkte jetzt erst, was ich tat.

»Achten Sie nicht auf mich«, sagte ich leutselig. »Ich bin geisteskrank, müssen Sie wissen.«

»Oh!«

»Was muß man tun, um bei Ihnen einen Wagen zu mieten?«

»Fassen Sie das bitte nicht falsch auf, aber in Ihrem Fall wäre es sicher nicht klug, wenn wir …«

»Ich will doch keinen mieten«, unterbrach ich sie. »Sagen Sie mir nur, welche Voraussetzungen man erfüllen muß.«

»Ein gültiger Führerschein. Man muß mindestens einundzwanzig sein. Und man muß natürlich zahlen können.«

»Das ist immer so«, sagte ich. Ich überdachte diese neue Entwicklung einen Augenblick. Zunächst gefiel sie mir überhaupt nicht, doch allmählich fand ich den Gedanken grauenhaft.

»Miss Appleby, was würden Sie sagen, wenn ich Ihnen erzähle, daß der Mann, der diesen Wagen am Mittwoch gemietet hat, seit Januar nur noch mit Hilfe eines Beatmungsgerätes am Leben erhalten wird? Und daß er seit Januar im Koma liegt?«

»Das ist unmöglich!« sagte sie.

»Genau das meine ich auch«, stimmte ich ihr zu. »Deshalb muß jemand anders Schicks Führerschein vorgelegt haben. In Connecticut sind Führerscheine nicht mit einem Foto versehen. Zum Glück für den Mörder.«

»Mörder?«

»Ms. Appleby, ich sage Ihnen, was Sie tun sollten. Finden Sie heraus, wer von Ihren Angestellten an welchem Terminal den Wagen vermietet hat. Rufen Sie mich unter der Nummer auf dieser Visitenkarte an, dann besorge ich Ihnen eine Nebenrolle in ›Raumschiff Enterprise‹.«

Mit Sternchen in den Augen willigte sie ein.

»Lebe lang und in Frieden«, wünschte ich ihr und ging.

Kapitel 21

»Ach … noch etwas, Sir …«
– Peter Falk, »Columbo« (NBC)

Der Nieselregen hatte sich zu einem voll ausgewachsenen Sturm entfaltet. Die Sonne war bereits untergegangen. Die Willowdale-Klinik schimmerte durch die Dunkelheit wie das Titelbild eines Schauerromans. Ich hatte mir nicht die Mühe gemacht, vorher anzurufen. Außerdem hatte bisher jedes Verbrechen in diesem Fall irgendwie mit einem Telefonanruf zu tun gehabt.

Ich parkte den Wagen möglichst nahe am Eingang. Spot hüpfte aus dem Auto, bevor ich ihn daran hindern konnte, und folgte mir ins Krankenhaus.

»Benimm dich«, sagte ich warnend zu ihm.

Hinter dem Empfang saß eine andere ältliche Dame als am Mittwoch, aber der Unterschied war nicht allzu groß. Dieses Exemplar las Robert E. Howards *Conan der Barbar*. Ich hatte das Gefühl, jemand legte diese Bücher bewußt hin, um sich über die ehrenamtlichen Kräfte lustig zu machen.

»Ich suche Dr. Fred Barber«, erklärte ich ihr auf ihre Frage, ob sie mir behilflich sein könne.

»Hunde sind im Krankenhaus nicht erlaubt, Sir«, erwiderte sie.

»Das ist kein Hund.«

»Was ist es denn?«

»Ein Spielzeug. Es handelt sich um das erste lebensechte vollautomatische Plüschhündchen. Ist Dr. Barber im Haus?«

»Ja, er ist da. Soll ich ihn ausrufen?« Als ich nickte, griff sie zum Mikrophon, warf noch einen Blick auf Spot und meinte: »Die lassen sich immer wieder etwas Neues einfallen«, und rief dann den Assistenzarzt aus.

Er kam in die Eingangshalle. Ich gab ihm die Hand, stellte mich nochmals vor und sagte: »Ich bin froh, daß Sie da sind, ich wußte nicht genau, wie Ihr Dienstplan aussieht.«

Er mußte lachen. »Assistenzärzte haben keinen Dienstplan, sondern Aufstellungen fürs Marathon. Suchen Sie Mrs. Schick? Sie ist bei ihrem Mann, falls Sie sie sprechen wollen.«

»Nein, lassen Sie nur. Ich wollte lediglich Ihnen eine Frage stellen: Was haben Sie Mrs. Schick übergeben, als ich am Mittwoch hier war?«

»Wie bitte?«

»Als ich am Mittwoch herkam, kamen Sie gerade aus Mr. Schicks Krankenzimmer und erzählten mir, Sie hätten Mrs. Schick irgend etwas gebracht. Worum handelte es sich?«

»Ach, das war nichts Besonderes. Persönliche Sachen. Als Mr. Schick eingeliefert wurde, hatten wir hier einen Stromausfall, und in dem Durcheinander wurde seine persönliche Habe in einen Karton gelegt und weggeschlossen. Am Mittwoch fiel ihr ein, daß sie sie mitnehmen könnte, das ist alles.«

»Was waren das für Sachen?«

»Ach, Sie wissen schon, Schuhe, Schlüsselbund, Brieftasche ...«

»Kleidung nicht, oder?«

»Seine Kleidung war ganz blutverschmiert und wurde schon vor Monaten weggeworfen. Hören Sie, ich muß wieder an die Arbeit ...«

»Natürlich«, sagte ich. »Vielen Dank.«

Ich geleitete das vollautomatische Plüschhündchen hinaus zum Wagen und fuhr zum Haus hoch über dem Long Island Sound. Auf mein Klingeln öffnete Mrs. Locker die Tür.

»Guten Abend«, sagte ich höflich. »Darf ich eintreten?«

»Guten Abend, Mr. Cobb«, sagte sie lächelnd. »Kommen Sie nur. Ich sage Miss Roxanne Bescheid, daß Sie hier sind.«

»Ist sie denn zu Hause?« fragte ich überrascht.

»Sie wollen Sie doch besuchen, oder?« zog Agatha den völlig logischen Schluß.

»Selbstverständlich«, log ich. »Ich freue mich ja nur, daß sie da ist.«

Nach ein paar Minuten kam Roxanne die Treppe herunter. Sie

trug ein Sweatshirt mit Kapuze und eine verschossene Jeans. Ich fragte mich, wie sie wohl in einem Kleid aussah.

»Ich fühle mich geschmeichelt, Cobb«, sagte sie. »Daß du die lange Fahrt auf dich genommen hast, noch dazu bei diesem Wetter!«

»Ich dachte, du wolltest deine Mutter nicht mehr allein ins Krankenhaus fahren lassen«, erwiderte ich.

Sie sah mich entnervt an. »Ich kann sie schließlich nicht anketten, oder? Zufällig gehört ihr dieses Haus. Und wenn du es unbedingt wissen willst: Ich wollte ja mitfahren, aber sie ist einfach ausgekniffen, während ich unter der Dusche stand. Okay?«

»Schon gut«, sagte ich nur, denn jetzt hatte ich wichtigere Dinge zu bedenken. »Rox, ich möchte mich ein wenig im Haus umsehen.«

»In Ordnung«, sagte sie. »Wonach suchst du?«

»Ein Loch«, sagte ich. »Unter anderem. Weißt du zufällig, wo die Brieftasche deines Vaters ist?«

»Liegt die nicht im Krankenhaus?«

»Nein, deine Mutter hat sie am Mittwoch abgeholt. Ich glaube, ich fange oben an. Willst du mitkommen?«

»Ich denke, ja«, meinte sie. »Sonst klaust du womöglich noch etwas.«

Ich fing mit dem Schlafzimmer der Schicks an. In den Schubladen lagen nur Kleidungsstücke. Ich öffnete Walter Schicks Kleiderschrank, aber dort verstaubten nur seine Anzüge. In diesem Raum war keine Brieftasche. Ich gab auf, danach zu suchen.

»Das Arbeitszimmer kommt als nächstes dran«, sagte ich zu Roxanne.

»Worauf willst du hinaus, Cobb?« fragte sie.

»Das geht dich im Moment noch nichts an, Hohlköpfchen. Früher oder später wirst du es zwangsläufig erfahren.«

»Es hat etwas mit Dad zu tun, stimmt's?«

»Ja«, sagte ich.

»Er hat irgend etwas Schreckliches getan, nicht wahr?«

»Ich fürchte, ja.«

»Warum kannst du ihn nicht in Ruhe lassen? Ist er nicht schon genug gestraft? Was kannst du ihm jetzt noch antun?«

»Es geht nicht nur um ihn«, sagte ich. »Schau mal, Roxanne, neulich hast du mir eine Gardinenpredigt gehalten, jetzt bekommst du eine von mir. Du mußt tapfer sein, vielleicht sogar so tapfer wie damals, als du clean geworden und geblieben bist. Aber es muß sein, sonst wird alles noch viel schlimmer. Selbst wenn du mich dafür verabscheust, muß es trotzdem sein.«

»Ich werde dich nicht verabscheuen«, sagte sie.

Die Luft im Arbeitszimmer war abgestanden wie in einem geschlossenen Museumsflügel. Ohne Walter Schicks raumfüllende Präsenz wirkte es viel größer als damals, als ich zu Besprechungen dorthin gerufen wurde. Ich kannte den Raum recht gut und ging geradewegs auf das zu, was ich suchte. Es waren die gebundenen Ausgaben der Zeitschrift *Broadcasting*, die Bibel der Medienwelt, die hier im Bücherregal stand. Man munkelte, Walter Schick habe seinen Aufstieg an die Unternehmensspitze dadurch beschleunigt, daß er wichtige Artikel aus *Broadcasting* auswendig gelernt hatte, um die Fakten stets parat zu haben.

Ich zog den grün eingebundenen Band JAN–APR 1973 heraus und schlug die Ausgabe vom 2. April auf. In der Rubrik »Persönliches« fehlte eine Seite, nämlich die, auf der mein Bild gewesen war.

»Verflucht«, sagte ich.

»Was ist los?«

»Ich habe das Loch gefunden und würde mich jetzt am liebsten darin verkriechen.« Ich knallte den Band zu und stellte ihn wieder ins Regal. »Rox«, sagte ich, »ich werde die Sache heute abend zu Ende bringen, ob im Guten oder im Schlechten. Wahrscheinlich eher im Schlechten. Willst du mit mir kommen? Vielleicht kannst du es dann besser verkraften.«

Sie schluckte, aber als sie dann sprach, war ihre Stimme samtweich. »In Gottes Namen, ja. Bringen wir es hinter uns.«

Ich saß an Walter Schicks Schreibtisch und erledigte einige Anrufe. Der erste ging zur Telefonzentrale des NetHQ, nur um sicherzustellen, daß Mr. Hewlen und Mr. Falzet wie geplant Überstunden machten. Das taten sie.

Als zweites rief ich Lieutenant Martin vom Morddezernat Süd an.

»Ich bin bereit«, sagte ich zu ihm.

»Bereit wofür?« fragte er zurück.

»Ruhm und Ehre über Sie und Ihre Abteilung kommen zu lassen. Ich bin bereit, den verfluchten Fall zu lösen und dabei ganz nebenbei meine gesamte Existenz im Klo runterzuspülen.«

Die Stille dauerte etwa sieben Sekunden. »Herr Jesus Christus, Matty, du willst doch nicht etwa gestehen?«

»Nicht doch! Also am besten bringen Sie diese Gayle Spencer mit – sie ist doch eingetroffen, oder?«

»Ja, sie ist hier in der Stadt.«

»Gut. Sie ist wichtig, was sage ich, sie ist ausschlaggebend für den Fall. Holen Sie sie und kommen Sie mit ihr in einer halben Stunde ins Network-Gebäude.«

»Selbstverständlich, Mr. Bond, Sir, kann ich sonst noch etwas für Sie tun, Sir? Sollen wir vielleicht Mr. Goldfarb auch gleich mitbringen?« Seine Stimme troff vor Sarkasmus.

Der Gedanke war mir noch gar nicht gekommen. Je länger ich darüber nachdachte, desto verlockender wurde er. »Ja«, sagte ich schließlich, »genau. Bringen Sie den guten alten Herschel mit.«

»Wenn ich das tue«, sagte der Lieutenant, »bin ich genauso verrückt wie du, das ist dir doch wohl klar?«

»Wenn wir verrückt sind, können sie uns nicht in den Knast stecken«, sagte ich.

»Das ist allerdings ein echter Trost«, erwiderte er. »Na gut, was sagst du, wann wir uns treffen?«

»In einer halben Stunde in unserer Zentrale. Es muß und wird klappen«, versicherte ich ihm.

Der nächste Anruf ging an das Krankenhaus, um Mrs. Schick mitzuteilen, daß ich Mr. Hewlen etwas Wichtiges zu sagen hatte und sie gern dabei haben wollte. Ich ließ ausrichten, daß ich sie abholen würde.

Dann versuchte ich, Monica anzurufen. Wenn wir schon eine dramatische Auflösung à la William Powell in einem seiner Van-Dine-Filme inszenierten, dann konnten wir genausogut alle unsere Figuren auf die Bühne holen. Leider war Monica weder in ihrer noch in meiner Wohnung zu erreichen. In Tonys Krankenhauszimmer versuchte ich es erst gar nicht. Ich würde halt ohne sie zurechtkommen müssen.

Kapitel 22

»Sie sind Möldel!«
– J. Carroll Naish, »The New Adventures of Charlie Chan« (Syndicated)

Auf der Rückfahrt in die Stadt wurden nur ein einziges Mal Worte von irgendwelcher Relevanz gewechselt, und zwar kurz bevor wir Mrs. Schick abholten.

Cobb: Was ist aus dem Geld geworden, das du im letzten Sommer geerbt hast?

Roxanne: Mein Vater hat es für mich in Staatsanleihen angelegt.

Cobb: Bist du sicher?

Roxanne: Natürlich. Mir sind erst letzten Monat die Zinsen gutgeschrieben worden.

Das war alles. Nachdem Cynthia Schick eingestiegen war, wurden meines Wissens keine zehn Wörter mehr gesprochen, zuletzt: »Da wären wir.« Ich sagte es. Ach ja, Spot bellte, als ich ihn im Wagen einschloß.

Mehrere Polizeiautos standen widerrechtlich geparkt vor dem Turm, und ich stellte den Firmenwagen direkt dahinter ab. Wir waren früh dran. Ich eilte mit Mutter und Tochter Schick quer über den Vorplatz. Der Springbrunnen spie Wasser in den Himmel, als versuche er, gegen den Regen anzukommen. Ich hatte Mitleid mit ihm.

In der Eingangshalle des Turms zu Brabbel stand eine zusammengewürfelte Gesellschaft am Schalter des Sicherheitsdienstes. Die meisten davon kannte ich. Neben dem Wachmann Wilkie standen Lieutenant Cornelius U. Martin Jr., Detective Horace A. Rivetz, der mit Handschellen an Herschel Goldfarb gekettet war, mehrere untergeordnete Polizeibeamte in Zivil und einige wenige in Uniform. Die zierliche Rothaarige im grünen Kleid mußte Devlins Verlobte Gayle Spencer sein.

»Ihr kommt zu spät«, sagte der Lieutenant.

»Nein, tun wir nicht«, erwiderte ich. »Miss Spencer?« sagte ich zu der jungen Frau. »Ich bin Matt Cobb. Erfreut, Sie kennenzulernen.« Sie machte keine Anstalten, mir die Hand zu geben, und das war mir ehrlich gesagt auch lieber so.

»Ich wüßte gern, was das alles soll«, sagte Miss Spencer mit einem Stirnrunzeln, das ihr sommersprossiges Gesicht in Plisseefalten legte. »Ich habe noch eine Menge zu erledigen.«

Ich hatte keine Gelegenheit, ihr zu antworten. »Mr. Cobb wird den Mord an Ihrem Verlobten aufklären, Miss Spencer«, sagte Lieutenant Martin. In seiner Stimme lag ein interessanter Unterton irgendwo zwischen »bitte, bitte« und »wenn nicht, dann zieh dich warm an!«

Cynthia Schick sagte: »Ach, wirklich? Weiß mein Vater darüber Bescheid?«

Wachmann Wilkie, der so lange beim Network arbeitete wie ich auf der Welt war, sagte an meiner Stelle: »Ja, Madam. Ich habe ihn über das Haustelefon angerufen, als die ersten Beamten hier eintrafen.«

Nun meldete sich Goldfarb zu Wort: »Was soll ich hier? Ich will sofort mit meinem Anwalt sprechen.«

»Schnauze, Ozzie«, sagte Rivetz aus alter Gewohnheit.

»Immer mit der Ruhe, Goldfarb«, sagte ich, als man mich endlich einmal eine an mich gerichtete Frage beantworten ließ. »Aus meiner Sicht sind Sie als interessierter Zuschauer dabei. Ich habe nicht eine einzige Frage an Sie. Ich hatte eigentlich nur gedacht, Sie würden gern einmal einen Abend lang keine gesiebte Luft atmen. Das müssen Sie selbst entscheiden.«

Er gab wieder sein herablassendes Schmunzeln zum besten. »In diesem Fall bleibe ich.«

»Na super. Lieutenant, ich muß kurz in mein Büro. Ich wäre Ihnen dankbar, wenn Sie alle Beteiligten in Mr. Hewlens Büro im obersten Stock bringen würden. Ich bin in etwa fünf Minuten bei Ihnen.«

»Warum?« fragte er. »Du willst einen großen Auftritt haben, gib es ruhig zu.«

Ich grinste ihn an. »Was erwarten Sie von einem Fernsehmenschen?«

Er schüttelte nur den Kopf und murmelte beim Weggehen, ich nähme das alles viel zu Ernst. Ich fragte mich, was er wohl sagen würde, wenn er wüßte, daß ich in mein Büro ging, um die nötigen Beweise zu holen, damit das Kartenhaus meiner Lösung nicht in sich zusammenfiel.

Harris und Shirley warteten in meinem Büro auf mich.

»Was habt ihr kriegen können?« fragte ich.

»Alles«, sagte Brophy. »Und ich hatte neulich geglaubt, ich mache einen Scherz!« Er lachte.

»Es ist genauso, wie Sie gesagt haben, Matt«, sagte Shirley. »Und was machen wir jetzt?«

»Wie lieb ist euch beiden euer Arbeitsplatz? Wenn ich da oben allein das Reden besorge, fällt vielleicht jemandem auf, daß vieles davon noch nicht bewiesen ist. Seid ihr bereit, mir die Bälle zuzuspielen?«

»Wie bitte?« sagte Shirley.

»Mir die richtige Information im richtigen Moment zu geben?«

»Aber sicher«, sagte Harris. »Das möchte ich um nichts auf der Welt versäumen. Im übrigen hat uns Jimmy Carter ohnehin allen neue Jobs versprochen.«

Ich sah Shirley an. Sie nickte. »Klasse«, sagte ich. Ich schaute kurz durch, was sie für mich gesammelt hatten, und marschierte dann vor den beiden her die Treppe hinauf.

Im Vorzimmer von Mr. Hewlens Büro standen Trauben aufgescheuchter Leute herum. Ich hatte zwar mitbekommen, daß Hewlen und Falzet sich heute abend Pilotfilme ansehen wollten, aber ich hatte nicht daran gedacht, daß buchstäblich jeder, der beim Network mit Programmgestaltung zu tun hatte, ebenfalls dabeisein würde. Man kann eben nicht alles im Kopf haben.

Wir drei liefen Spießruten zwischen den neugierig glotzenden Kollegen. Ich öffnete die Tür zu Mr. Hewlens Büro, und wir traten ein. Alles war still, während wir zu dem bühnenartigen Podest pilgerten, auf dem Mr. Hewlens Schreibtisch stand.

Als ich in Hörweite gekommen war, sagte der Vorstandsvorsitzende: »Was hat das alles zu bedeuten, Cobb?«

»Sie sind übergeschnappt, Cobb«, fügte Falzet hinzu. »Ich habe Ihnen doch gesagt, Sie sind gefeuert.«

»Stimmt«, räumte ich ein. »Aber ich muß vorher noch eine Pflicht erfüllen. Mr. Hewlen hat mich angewiesen herauszufinden, wer für die Manipulation der CRI-Quoten verantwortlich ist, so daß seinerzeit ›Harbor Heights‹ abgesetzt wurde.«

Ich stellte mich vor eines der deckenhohen Fenster, so daß ich das regenverhangene Manhattan als Hintergrundbild hatte. Mein Publikum bildete einen unordentlichen Halbkreis: Mr. Hewlen saß ganz rechts von mir hinter seinem riesigen Schreibtisch, Falzet in einem Ledersessel, daneben stand Roxanne, neben ihr Harris Brophy. Dann kam Goldfarb in einem Sessel, Rivetz stehend neben ihm, Lieutenant Martin stehend neben dem Sessel, in dem Cynthia Schick saß. Shirley Arnstein setzte sich neben Gayle Spencer auf ein zu den Sesseln passendes Zweiersofa.

»Kennen sich alle?« fragte ich. Lieutenant Martin übernahm das Vorstellen. Wenn er schon auf einem sinkenden Schiff stand, dann wollte er wenigstens mit Anstand untergehen.

»Nun machen Sie schon, Cobb«, sagte Mr. Hewlen.

»Ja, Sir.« Ich räusperte mich dramatisch. »Nun, das große Problem bei der Aufklärung dieses Falls war, daß er so viele Verbrechen einschließt. Dadurch war schwer zu unterscheiden, welches davon das entscheidende war.

Mir sind fünf miteinander verknüpfte Delikte bekannt: Betrug (also die Manipulation der Quoten), Erpressung, zwei Morde und ein Anschlag auf mein Leben.

Durch all das Gestrüpp habe ich mich zum Kern der Sache vorgekämpft und bin jetzt felsenfest davon überzeugt, daß Walter Schicks Unfall in der Tat ein Unfall war. Und ich weiß, warum Devlin umgebracht wurde.«

Lieutenant Martin fiel mir ins Wort: »Und warum wurde Devlin nun umgebracht?«

»Weil er wußte, wer Carlson umgebracht hat, und vor allem, warum!«

»Nun?«

»Dazu komme ich noch.«

Der Lieutenant zuckte die Achseln und wandte den Blick zum Himmel. Ich ignorierte ihn.

»Wann die ganze Misere begann«, setzte ich an, »das ist schwer zu sagen. Entweder, als Vincent Carlson so dringend Geld benötigte, daß er es sich von der Fernsehbranche holen mußte, oder als Walter Schick und seine Frau es leid waren, noch länger auf eine Entscheidung zu warten, wer Mr. Hewlens Nachfolger als Präsident des Networks werden ...«

»Nehmen Sie das sofort zurück!« Cynthia Schick war leichenblaß.

»Cobb! Wie können Sie es wagen ...«

»Sparen Sie es sich für später auf, Sir«, sagte ich, nicht einmal unhöflich. »Es kommt noch schlimmer.

Als nämlich diese beiden Dinge zusammentrafen, wurde etwas vereinbart. Wenn ›Harbor Heights‹ durchfiel, würde Walter Schick zweifellos Präsident des Networks werden. Und so kam es ja auch, wie wir wissen.

Ich bin nicht ganz sicher, wer wen ansprach ...«

»Schick sprach Carlson an«, sagte Rivetz. Zu seiner eigenen Überraschung lenkte er damit alle Blicke auf sich. »Ich habe im Network ein wenig recherchiert«, sagte er. »Wenn Carlson den Deal vorgeschlagen hätte, wäre er damit logischerweise zu Falzet gegangen, denn der war für die Programmgestaltung zuständig. Das sind natürlich nur Vermutungen«, fügte er verlegen hinzu.

Ich lächelte. Ich war hocherfreut, einen Verbündeten zu haben, wo ich ihn am wenigsten erwartet hätte. »Das stimmt. Aber Sie wissen wahrscheinlich nicht, daß Carlson (ebenso wie übrigens auch Devlin) Walter Schick persönlich kennengelernt hatte, als das ARGUS-System beim CRI in Betrieb genommen wurde. In diesem Punkt hat mich Mrs. Schick übrigens belogen. Sie behauptete, sie habe niemals von Carlson und Devlin gehört und ›bezweifle‹, daß ihr Mann die beiden gekannt hätte. Zwei Zeugen haben mir unabhängig voneinander gesagt, daß Mr. und Mrs. Schick sie alle beide kannten.« Ich verschwieg, daß einer dieser Zeugen Monica war (die im übrigen gar nichts über Cynthia Schick gesagt hatte). Der andere war Devlin. Ich schlug Lieutenant Martin vor, Miss Spencer danach zu fragen.

Ich ließ ihm keine Zeit dafür. Meine Absicht war, alle Anwesenden mit möglichst vielen Details in den Bann zu schlagen, bis ich fertig war, in der Hoffnung, daß Lieutenant Martin bis dahin genügend Mosaiksteinchen beisammen hatte, um ein Verfahren einleiten zu können. Hieb- und stichfeste Beweise sind nun einmal nicht leicht zu finden.

»Es besteht keinerlei Zweifel, daß die Einschaltquoten manipuliert wurden«, fuhr ich fort. »Ich erkläre Ihnen, wie das vor sich ging.« Devlin hatte mir die Sache gut erläutert, das mußte ich ihm lassen, und ich gab nun praktisch wortwörtlich das weiter, was er mir am Dienstagmorgen erzählt hatte.

Lieutenant Martin flüsterte mit einem der Kriminalbeamten, der nickte und den Raum verließ. »Ich lasse das überprüfen«, sagte er. »Matty, du fängst das Ganze vom falschen Ende aus an. Ich möchte ein paar Worte unter vier Augen mit dir sprechen.«

Dann kam etwas, das ich den Rest meines Lebens in meinem Herzen bewahren werde: Falzet war dermaßen fasziniert (schließlich war er derjenige, der aufs Kreuz gelegt worden war), daß er den Lieutenant anranzte, er solle den Mund halten, er wolle die Story weiter hören. Und der Lieutenant war so verblüfft, daß er tatsächlich nichts mehr sagte.

Bevor Verwunderung in Wut umschlagen konnte, sprang ich in die Bresche.

»Wir alle wissen, was im Januar geschehen ist. Walter Schick kam von der vereisten Straße ab und führt seitdem ein Leben wie das einer Pflanze.«

Roxanne starrte mich an. So hatte sie Matt Cobb noch nie zuvor erlebt. Es war so, als hätte eine der Topfpflanzen in ihrem

Wohnzimmer ihr Widerworte gegeben. »Ich dachte ...« Sie schluckte und fing dann noch einmal an. »Ich dachte du hast gesagt, es war ein Unfall.«

»Das ist richtig, Roxanne. Was geschah aber, bevor dein Vater das Haus verließ? Was hast du noch gesagt, was geschehen sein muß?«

»Roxanne!« Der Aufschrei kam synchron, befehlend von ihrer Mutter, bittend von ihrem Großvater.

Sie schaute von einem zum anderen und wandte sich dann wieder zu mir.

»Du brauchst nichts zu sagen, Rox«, beruhigte ich sie. »Mrs. Locker kann es der Polizei aus eigener Anschauung sagen.«

»Sie hatten Krach!« sagte Roxanne. »Nichts Besonderes. Ich habe gesagt, daß mein Vater so aufgeregt gewesen sein muß, daß es zu dem Unfall kam, das ist alles.«

»Das ist alles«, wiederholte ich. »Aber im Januar begann noch etwas anderes. Shirley?«

»Was?« sagte sie. »Ach so, genau. Am fünfzehnten Januar hob Mrs. Schick bei der State National Bank von Connecticut zehntausend Dollar ab. Am fünfzehnten Februar hob sie bei der Fairfield County Trust Company zehntausend Dollar ab. Am ...«

»Wieviel insgesamt, Shirley?«

Sie sah ihre Unterlagen durch. »Seit Januar hat Mrs. Schick jeden Monat irgendwo zehntausend Dollar aufgetrieben. Was sie mit dem Geld gemacht hat, habe ich nicht herausbekommen. Insgesamt sind es bisher fünfzigtausend Dollar.«

Cynthia Schick richtete sich auf und wartete darauf, daß ich das schreckliche Wort aussprach, aber ich tat es nicht. Ich blieb still, bis alle im Raum verstummt waren. Auch die Polizeibeamten verstanden nur zu gut, worum es ging, warteten aber ab, bis jemand darauf kam.

Es war Mr. Hewlen. Völlig verwundert flüsterte er: »Erpressung.«

»Am elften Januar erhielten Sie einen Erpresserbrief, nicht wahr, Mrs. Schick?« fragte ich freundlich.

Zuerst sah es so aus, als wollte sie es leugnen, doch dazu hatte sie nicht die Kraft. Schließlich nickte sie.

»War es das, worüber Sie und Walter sich gestritten haben? Bevor Roxanne anrief und er wegfuhr?«

Ihr Gesicht war völlig leer. Sie fixierte einen Punkt gut einen Meter über meinem Kopf und sagte: »Walter war wütend, sehr wütend. Er sagte, er wolle das am nächsten Morgen mit Vater ausdiskutieren. Er wollte nicht bezahlen, er wollte hart bleiben und …«

»Cynthia …« sagte ihr Vater warnend. »Lieutenant, ich verlange, daß diese Farce ein Ende hat. Das sind böswillige und gefährliche Unterstellungen!«

Mr. M. ließ den alten Mann warten, während er sich eine Camel anzündete. »Nun, ich meine, Sie könnten ihn jetzt auch ausreden lassen, Mr. Hewlen. Wenn er unrecht hat, wird er sowieso wegen Verleumdung im Kittchen sitzen, bis Fire Island sein eigenes Profi-Footballteam hat.«

»Aber er beschuldigt meine Tochter doch, Carlson ermordet zu haben, weil er sie erpreßte!«

»Verzeihen Sie, Sir«, sagte ich. »Aber darauf wollte ich gar nicht hinaus.«

»Nicht?« sagte Rivetz verblüfft.

»Keineswegs. Carlson war nicht der Erpresser, und Mrs. Schick hat ihn auch nicht umgebracht.«

»Wer hat denn dann …« Dem Lieutenant fiel die Zigarette herunter. Sie rollte Goldfarb vor die Füße, der die ganze Vorstellung mit einem glückseligen Lächeln auf den Lippen verfolgt hatte. Mit seiner freien Hand hob der frühere Professor die Zigarette auf und reichte sie dem Lieutenant. Der bedankte sich nicht einmal.

»Also, wer hat denn nun …« hob er nochmals an.

»Devlin«, sagte ich. »Harris?«

»Vernon Devlin hat seit Anfang des Jahres Konten bei sechs verschiedenen Banken und Sparkassen in und um Washington, D.C. eröffnet, und zwar mit Einlagen in Höhe von insgesamt rund siebenundzwanzigtausend Dollar. Darüber hinaus ist er in eine neue Wohnung umgezogen und seine Verlobte fährt mit einem nagelneuen BMW zum Dienst.« Es war typisch für Harris, daß er seine trockenen Fakten durch ein solches Bonbon aufwertete.

»Vielen Dank«, sagte ich zu ihm und wandte mich dann wieder an die ganze Korona. »Wenn Sie wissen wollen, wie Devlin es in Erfahrung gebracht hat, dann ist das ganz einfach. Devlin hat eine Ahnung, spricht Carlson an, und Carlson erzählt es ihm. Carlson war so ein Typ, das sagt jeder, der ihn gekannt hat. Ja, Miss Spencer, habe ich etwas Unrichtiges gesagt?«

Die CRI-Telefonistin schnappte nach Luft wie ein Teenager im Popkonzert kurz vor einem Ohnmachtsanfall. »Damit kommen Sie nicht durch!«

»O doch, das werde ich.« Es ist immer klug, etwas ganz anderes zu sagen, als die Leute von einem erwarten.

Es brachte sie zur Besinnung. »Sie geben es auch noch zu, daß Sie versuchen, es Vern anzuhängen, weil er tot ist?«

»Natürlich hänge ich es ihm an. Er hat es doch auch getan.«

»Sie haben keine Beweise. Die Bankkonten besagen überhaupt nichts.«

In diesem Punkt mußte ich ihr recht geben. »Nein, ich kann nicht beweisen, daß er Mrs. Schick erpreßt hat.«

»Aha!«

»Ich kann lediglich beweisen, daß er mit Ihrer Hilfe Carlson umgebracht hat.«

Nach diesen Worten brach die Hölle los. Ich war stolz auf mich. Cynthia Schick war entsetzt. Lieutenant Martin schlug sich mit der flachen Hand an den Kopf. Roxanne sah überrascht drein. Falzet sah sich im Raum um und sagte »grotesk!« zu jedem, der es hören wollte oder auch nicht. Goldfarb warf den Kopf in den Nacken und lachte. Rivetz packte ihn am Kragen und schüttelte ihn. Er war der Meinung, Goldfarb habe kein Recht, sich über irgend etwas zu amüsieren, ganz egal, über was.

Gayle Spencer zuckte zurück, als hätte sie einen elektrischen

Schlag bekommen. Mr. Hewlen brüllte: »Martin, wenn Sie diesen Verrückten nicht sofort hier rausschaffen, sorge ich persöhnlich für Ihre Entlassung!«

Doch der Lieutenant sagte: »Tja, Matty, jetzt hast du es vermasselt. Bislang war ja alles gut und schön, aber wie willst du Devlins Alibi wegdiskutieren? Wie hätte er dich, Rivetz und den Computer der Telefongesellschaft reinlegen können?«

»Ach, kommen Sie schon«, sagte ich. »Der ganze Schlamassel ist doch überhaupt erst passiert, weil Carlson am CRI-Computer herumgebastelt hat. Der Trick mit dem Telefon war doch noch viel einfacher.

Devlin war mir von Anfang an irgendwie suspekt. Lieutenant Martin und ich haben darüber bereits gesprochen. Sein Auftreten paßte nicht zu seiner Handlungsweise. Er flehte mich an, seinen Namen aus der Sache herauszuhalten, blieb dann aber in der Leitung, bis er mit der Polizei sprechen konnte.

Ich entwickelte eine wirklich tolle Theorie, derzufolge Devlin irgendeine Frau angeheuert hatte, so zu tun, als sei sie die Vermittlung, und in Wirklichkeit von einer Telefonzelle in der Nähe des Hotel Cameron anrief. Diese Version wurde natürlich von der Telefongesellschaft und ihrem oberschlauen Computer entkräftet.

Miss Spencer, war Devlin Zigarettenraucher?«

Die Rothaarige sah mich verblüfft an. »Was hat denn das damit zu tun? Also schön: Ja, er hat geraucht.«

»Das läßt sich natürlich überprüfen, Lieutenant, aber ich glaube es ihr.«

»Natürlich«, sagte er. »Es paßt in deine Theorie.« Ein paar aus der Runde schmunzelten.

»Habt ihr irgendwelche Zigaretten bei dem Toten gefunden? Ich würde wetten, es waren keine da.«

Rivetz gab mir recht.

»Das ist genau der Punkt, der mich auf Devlin als Mörder gebracht hat. Ich war am Donnerstag kurze Zeit mit ihm zusammen, alles in allem etwa anderthalb Stunden. In dieser Zeit hat er sieben- oder achtmal so gemacht« – ich führte das suchende Abtasten der Taschen vor. »Er behauptete, er vermisse seine Brille, aber hinterher habe ich herausbekommen, daß das eine Lüge war. Nach Angaben der Polizei war Devlin laut Führerschein normalsichtig. Er suchte seine Zigarettenschachtel. Das fiel mir auf, als ich Lieutenant Martin dabei beobachtet habe, daß er ganz genau dasselbe machte. Rauchen ist eine eklige, dumme, abstoßende Angewohnheit, aber eben eine Angewohnheit und läuft deshalb meist unbewußt ab. Lieutenant Martin hatte vergessen, in welche Tasche er die Packung gesteckt hatte, aber Devlin hatte vergessen, daß er gar keine Zigaretten bei sich hatte.«

Bevor jemand anders den logischen Kommentar hierzu abgeben konnte, tat ich es selbst: »Keine große Sache, nicht wahr?

Das Interessante daran war allerdings, daß er log, als ich ihn darauf ansprach. Warum um alles in der Welt sollte er mich anlügen? Ich bin zwar persönlich der Meinung, daß Tabak die Rache des roten Mannes ist, aber das konnte Devlin ja nicht wissen. Und selbst wenn er es gewußt hätte, wäre es ihm egal gewesen. Was ich darüber dachte, konnte ihm doch völlig gleichgültig sein.

Die einzige Erklärung, die ich mit meinen beschränkten Möglichkeiten anbieten kann, lautet, daß Devlin verheimlichen wollte, daß er rauchte, zumindest gegenüber allen, die mit dem Fall zu tun hatten. Weil das Polizeilabor inzwischen festgestellt hatte, daß zwei Personen in Carlsons Hotelzimmer geraucht hatten, nämlich Carlson und aller Wahrscheinlichkeit nach sein Mörder.

Vielleicht wollte Devlin auch keinen Zigarettenstummel hinterlassen, den man hätte untersuchen können. Ich weiß, daß man anhand von Speichelproben die Blutgruppe bestimmen kann. Ich weiß zwar nicht, ob man damit jemanden eindeutig identifizieren kann, aber das wußte Devlin bestimmt auch nicht genau. Meiner Meinung nach war ihm aber klar, wie süchtig er war, deshalb sorgte er von vornherein dafür, daß er nichts zu rauchen bei sich hatte.

Tatsache ist also, wenn er so viel Tamtam um das Rauchen gemacht hat, muß er derjenige gewesen sein, der mit Carlson zusammen die Zigaretten im Hotelzimmer geraucht hat.«

»Sehr clever, Mr. Cobb«, ließ sich Herschel Goldfarb vernehmen. »Ganz brillant. Allerdings ruht dieses Indiz einzig und allein auf Ihrer Angabe, daß er überhaupt in der beschriebenen Weise seine Taschen abtastete.«

»Schnauze«, sagte Rivetz.

»Nein, das ist schon in Ordnung«, sagte ich. »Das ist sehr richtig bemerkt, Mr. Goldfarb, aber ich präsentiere Ihnen hier keine juristischen Beweismittel, sondern lediglich die Ereignisse und meine Gedankengänge, die mich zu diesem Indiz geführt haben.«

»Ich verstehe. Verzeihen Sie die Unterbrechung. Bitte fahren Sie doch fort.« Goldfarb lächelte gnädig und lehnte sich wieder bequem zurück.

»Es ist sogar so«, fuhr ich fort, »daß mir vieles davon erst später klar wurde. Die Lösung des Falls fiel mir heute nachmittag ein, als Lieutenant Martin erwähnte, daß Devlins Verlobte, Miss Spencer, als Telefonistin beim CRI arbeitet. Daraufhin war die Antwort so deutlich sichtbar wie ein Pickel auf Telly Savalas Glatze. Würden Sie wohl der Runde erklären, wie das vor sich ging, Miss Spencer?«

»Sagen Sie nichts«, warnte sie der Lieutenant und verlas ihr ihre Rechte. »Okay, Matty«, sagte er anschließend. »Ich glaube, sogar ich könnte es jetzt weiter ausspinnen. Du brauchst sie gar nicht mehr.«

»Gut«, sagte ich, »aber ich glaube nicht, daß sie mit ihm unter einer Decke steckte. Ich glaube, Devlin tötete Carlson, weil der Gewissensbisse hatte. Er wollte auspacken. Deshalb wollte er zu mir, und das war sein Pech.

Nach dem, was wir über Carlson wissen, können wir davon ausgehen, daß er seinem Kumpel Devlin brühwarm erzählt hat, er wolle sich stellen und Devlin solle zu seinem eigenen Besten vergessen, je von dem Geheimnis gewußt zu haben. So ein anständiger Kerl war Carlson.

Er wußte nämlich nichts von Devlins Hobby, das ihm hundertzwanzigtausend Dollar im Jahr einbringen sollte. Er durfte gar nicht zulassen, daß Carlson auspackte, denn dann war nicht nur all das schöne Geld zum Teufel, sondern Mrs. Schick hätte außerdem keinen Anlaß mehr gehabt zu schweigen. Devlin mußte davon ausgehen, daß er mit dran sein würde.«

Jetzt hatte ich sie alle in der Hand. Man spürt es ganz deutlich, wenn sich die Aufmerksamkeit aller im Raum ausschließlich auf einen selbst richtet. Allesamt saßen sie da mit angehaltenem Atem und warteten, was ich als nächstes sagen würde. Ich als alter Schmierenkomödiant genoß die Situation natürlich.

»Als Carlson nach New York fuhr – um mich aufzusuchen – wurde Devlin aktiv. Er bereitete etwas vor, das er Miss Spencer sehr wahrscheinlich als Streich verkaufte, und folgte Carlson.

Am Dienstagabend schlich sich Devlin ins Hotel Cameron, ging zu Carlson aufs Zimmer und versuchte, ihn davon abzubringen, sich zu stellen. Als er damit keinen Erfolg hatte, mußte er zu seinem Bedauern – ich bin sicher, es hat es bedauert – seinen Freund von hinten mit einem Schnappmesser erstechen. Anschließend beseitigte er seine Fingerabdrücke.

Dabei habe ich ihn offenbar gestört. Er schlug mich mit einem Aschenbecher k. o., wischte ihn nochmals ab und verschwand, um sich sein Alibi zu besorgen.

Im wesentlichen ging es dabei darum, die Polizei glauben zu machen, er habe sich zum Zeitpunkt des Mordes Hunderte von Kilometern entfernt in Washington aufgehalten. Was natürlich nicht stimmt. Aber seine Stimme kam tatsächlich aus Washington.«

Rivetz unterbrach mich. »Wollen Sie damit sagen, es war ein Tonband? Das war es mit Sicherheit nicht, und das wissen Sie auch. Ich habe Fragen gestellt und er hat geantwortet, verdammt noch mal.«

»Nein, ein Tonband war das natürlich nicht. Vielleicht war es nicht ganz korrekt zu sagen, seine Stimme, denn es waren ja nur elektromagnetische Schwingungen, die von seiner Stimme hervorgerufen, komprimiert und wieder expandiert wurden, bis sie wieder wie seine Stimme klangen.«

Rivetz schaute noch immer verwirrt drein. Lieutenant Martin sagte: »Das ist doch ganz einfach. Devlin gibt Cobb eins auf die Zwölf und geht draußen in eine Telefonzelle. Erst ruft er bei der Wache an und gibt uns den anonymen Tip, daß da eine Leiche liegt. Dann ruft er seine Perle beim CRI an …«

»Und zwar als R-Gespräch«, sagte ich.

»Genau, damit er nicht dauernd Münzen nachwerfen muß«, fuhr der Lieutenant fort. »Die kleine Spencer nimmt den Anruf direkt am … Dings … entgegen – wie nennt man das Teil mit den Löchern und Steckern noch mal?«

»Schaltpult«, sagte ich, »bei Telefonanlagen wahrscheinlich Hauszentrale. Ist ja auch egal. Mit einem neueren Modell mit Knöpfen, wie wir es hier im Network haben, würde es genauso funktionieren. Sie nahm also die Leitung, auf der Devlins Anruf aus New York hereinkam, und steckte sie in die Buchse einer abgehenden Leitung. Dann wählte sie die Nummer des Hotel Cameron, und im Handumdrehen behauptet der Computer der Telefongesellschaft, Devlins Anruf sei direkt aus dem CRI in Washington gekommen, was ja auch stimmt, allerdings unterschlägt er dabei, daß der erste Teil der Leitung zeitgleich aus New York kam. Aber danach hatten wir ja auch gar nicht gefragt. Da haben Sie Ihren Beweis. Der Anruf ist mit Sicherheit noch im Computer gespeichert, und wenn er wirklich ein R-Gespräch angemeldet hat, erinnert sich vielleicht sogar jemand bei der Fernsprechvermittlung, es angenommen zu haben.

Möchten Sie dazu noch etwas sagen, Miss Spencer?« fragte ich.

»Ja«, sagte sie. »Vern sagte, es handle sich nur um einen Streich und … außerdem brauche ich, glaube ich, einen Anwalt.«

Lieutenant Martin wies einen seiner Männer an, Miss Spencer auf die Wache zu bringen und ihr einen Anwalt zu besorgen.

»Natürlich ist davon auszugehen«, fuhr ich fort, als sie gegangen waren, »daß Devlin, sobald er den Anruf hinter sich gebracht hatte, zum Flughafen sauste und gerade rechtzeitig nach Washington zurückflog, bevor die dortige Polizei ihn am nächsten Morgen aufsuchte. Wie lange fliegt man, eine Stunde? Ganz so fix wie mit einhundertsechsundachtzigtausend Meilen pro Sekunde über die Telefonleitung geht es nicht, aber immer noch ziemlich schnell.

Das Ganze wäre wahrscheinlich nie aufgeflogen, wenn ich nicht in den Fall verwickelt gewesen wäre. Das soll beileibe keine Prahlerei sein, denn ich bin selbst lange Zeit im dunkeln getappt. Letztlich machte sich jedoch bei uns beiden Paranoia breit, beim Mörder und bei mir. Er wollte mich ausschalten, weil er Angst bekam, ich könnte alles herausfinden. Und ich mußte immer weiter suchen, weil ich Angst hatte, der Mörder würde mir etwas antun.

Deshalb versuchte er, mich zu überfahren. Lieutenant, Sie wissen nicht zufällig aus dem Kopf, wo Devlin Mittwochabend war, oder?«

»Nein, wieso auch?« fragte er zurück. »Zu der Zeit hielten wir ihn ja noch für sauber.«

»Ich kann Ihnen ziemlich genau sagen, was er gemacht hat. Im Laufe des Tages flog er nach New York und mietete bei Big Apple ein Auto. Dann lauerte er mir auf, entweder vor meiner Wohnung oder der von Monica Teobaldi, eher vor meiner. Er folgte meinem Bekannten und mir über mehrere Häuserblocks und suchte nach einer geeigneten Stelle. Als er sie fand, hat er die Sache vermasselt. An meiner Statt fuhr er Tony Groat über den Haufen.

Anschließend blieb ihm nichts anderes übrig, als den Wagen wieder am Flughafen abzugeben und nach Hause zu fliegen. Am folgenden Tag fuhr er mit dem Zug nach New York. Hier in der Stadt übernachten konnte er nicht, denn er mußte ja damit rechnen, daß die Polizei nochmals bei ihm zu Hause auftauchte. Ich nahm in mit in meine Wohnung, und kurz nachdem ich weggegangen war, hat ihn jemand ermordet.«

»Das behaupten Sie«, sagte Mr. Hewlen. »Dieser ganze … Zirkus … klingt für mich eher so, als wollten Sie vertuschen, daß Sie selbst beide umgebracht haben. Martin …« setzte er drohend an.

»Hören Sie auf damit, Mr. Hewlen«, sagte ich. »Das ist eine sehr ernste Sache. Sie wissen genau, daß Ihre Tochter Devlin umgebracht hat.«

Das überraschte alle im Raum mit Ausnahme der Polizisten. Roxanne Schick starrte mich an. »Das soll doch wohl ein Scherz sein, Cobb, ja? Du willst doch wohl nicht behaupten, meine … sie … soll zu einem Mord fähig sein?!«

Cynthia Schick sah heiter und gelassen aus, als lausche sie der Abendandacht. Ich hatte sie schon zweimal in dieser Verfassung gesehen, einmal im Krankenhaus und das zweite Mal am vergangenen Mittwoch hier in diesem Büro.

Ich sprach mit Roxanne, beobachtete dabei aber ihre Mutter. »Natürlich steckt eine Killerin in ihr«, sagte ich. »Sei nicht kindisch, Roxanne. Sie hat ›Harbor Heights‹ gekillt. Sie hat versucht, Tom Falzets Karriere zu killen. Gemeinsam mit deinem Vater hat sie das Network gekillt, vielleicht sogar die ganze Branche. Sie wird sich nie ganz davon erholen. Und alles nur, weil Walter und Cynthia Schick aus übertriebenem Ehrgeiz und Gier …«

»Das ist eine Lüge!«

Es war passiert. Cynthia Schicks Maske war gefallen. Sie sprang auf und bewegte sich vorsichtig rückwärts zum Fenster, als gehe sie vor einem Raubtier in Deckung.

Auf eine andere Art als ihr Mann, aber ebenso deutlich sichtbar, wurde sie zu einer Karikatur ihrer selbst. Während er sich zu einem Säugling zurückentwickelt hatte, nahm sie das Aussehen eines Kaninchens an, mit geblähten, zuckenden Nüstern, weit aufgerissenen, tränenden Augen und zitterndem Körper, an dem jede Faser angsterfüllt zum Zerreißen angespannt war.

»Das ist eine Lüge!« wiederholte sie. »Sag es ihnen, Vater. Sie sollen es alle wissen. Ich lasse nicht zu, daß sie so über Walter sprechen. Bitte, Vater, sorg dafür, daß sie damit aufhören. Bitte!«

»Cynthia, ich …« setzte er hilflos an. Er hatte selbst Angst.

»Ich will ja gestehen, was ich getan habe. Ich habe Devlin getötet, und es ist mir egal, ob jemand davon weiß. Er war eine

Ratte. Aber Walter dürfen sie solche schrecklichen Dinge nicht anhängen, Vater, sag es ihnen doch, sag ihnen, was Walter für das Network alles geleistet hat!«

Mr. Hewlen litt wie eine arme Seele im Fegefeuer, und das war ungewohnt für ihn. Es ist nicht leicht, wenn ein Vater mit eigenen Augen zusehen muß, wie seine Tochter den Verstand verliert.

»Was … was soll ich ihnen denn sagen?«

Cynthia Schicks Aufmerksamkeit konzentrierte sich völlig auf den alten Mann. Lieutenant Martin näherte sich ihr zentimeterweise. Niemand konnte voraussagen, wozu sie in diesem Zustand fähig war.

»Du sollst ihnen sagen … Gehen Sie weg!« Sie sah, daß der Lieutenant ihr näher rückte, und machte einen Satz nach hinten. Sie prallte gegen die braun getönte Scheibe. Blitzschnell griff sie in ihre Handtasche und zog etwas heraus.

Man hörte ein Klicken und sah einen silbrigen Lichtbogen aufleuchten.

Ich hatte das Gefühl, die Abläufe im Zeitraffer zu sehen. Erst als das Tempo wieder etwas nachließ, sah ich Lieutenant Martin mit blutüberströmter Hand und Cynthia Schick, die sich ein Schnappmesser mit Perlmuttgriff an die Kehle drückte.

Kapitel 23

»Sie stehen an der Schwelle zu einer anderen Dimension … nicht allein des Sehens und Hörens, sondern des Geistes …«
– Rod Serling, »Unheimliche Geschichten« (CBS)

»Alles in Ordnung, Lieutenant?« fragte ich.

»Ja, ja«, sagte er. »Mein Stolz hat am meisten abgekriegt. Noch nie hat mich jemand so mit einem Messer überrascht.«

Falzet bot ihm sein Taschentuch an. Während Martin es nahm und um seine Hand wickelte, sagte er: »Hören Sie auf, Mrs. Schick, legen Sie das Messer weg, ja? Sie werden sich noch verletzen.«

Sie lachte. Ein mädchenhaftes Kichern. »Wie könnte ich mich jetzt noch verletzen, Lieutenant? Was kann mir noch Schlimmeres passieren?«

Er machte erneut einen Schritt auf sie zu, aber sie drückte die Klinge fester an ihre Kehle, so daß sie eine merkwürdig obszöne Kuhle hineindrückte.

»Ich habe Ihnen gesagt, Sie sollen weggehen«, fuhr sie ihn an. »Glauben Sie mir, ich weiß genau, wo ich ansetzen muß. Ich habe Übung darin.«

»Mrs. Schick«, sagte ich respektvoll.

»Ja?«

»Dieses Messer haben Sie Devlin abgenommen, nicht wahr?«

»Ja. Dieser Feigling! Er sollte Sie damit töten, der Idiot. Nachdem er Mittwochabend versagt hatte, rief er mich an und sagte, er würde es am nächsten Tag wieder versuchen. Er ging davon aus, daß Sie ihn mit in Ihre Wohnung nehmen. Ich sollte Sie anrufen, um Sie abzulenken, damit Sie ihm den Rücken zuwenden. Warum er es dann nicht getan hat, weiß ich nicht. Schließlich hat er seinen Freund von hinten erstochen.«

»Wieso? Wieso wollten Sie mich umbringen?«

»Wieso? Tun Sie doch nicht so unschuldig, Mr. Cobb. Sie haben mich zerstört, da brauchen Sie nicht auch noch über mich zu höhnen. Sie haben mit meiner Tochter, dieser Schlampe, etwas gegen mich ausgeheckt. Sie wußten Bescheid, das habe ich wohl gemerkt. Sie mußten Bescheid wissen, Carlson hatte Ihnen alles gesagt. Ich wußte, daß Sie im Bilde waren, als Sie an dem Tag nach dem Mord in Willowdale auftauchten.«

»Wußten Sie, daß Devlin Carlson umbringen würde?«

»Hören Sie auf. Sie wissen selbst, daß es so war!« Ihr Gesicht war zu einer bösen Maske verzerrt. Das Gesicht ist der Spiegel der Seele, dachte ich. »Devlin sagte, ich solle den Mund halten«, fuhr sie fort. »Aber als Sie ins Krankenhaus kamen, sagten Sie nichts über den Mord. Da wußte ich Bescheid. Sie hatten sich mit der da gegen mich verbündet. Sie wollten mich zerstören, damit sie zusätzlich zu ihren eigenen Anteilen auch noch Walters und meine Aktien in die Finger bekommt und das Network beherrschen kann.«

Cynthia Schick bedachte ihre Tochter mit einem haßerfüllten Blick. Roxanne sah sie an und brach in Tränen aus.

»Mrs. Schick«, sagte ich leise. »Ich weiß, daß Sie mir nicht glauben werden, aber ich schwöre Ihnen, ich war nicht sicher, ob Sie etwas damit zu tun hatten, bis Fred Barber mir sagte, daß er Ihnen am Mittwoch die Brieftasche Ihres Mannes ausgehändigt hat. Erst als ich sah, daß der Führerschein Ihres Mannes vorgelegt worden war, ahnte ich es, und die Bestätigung hatte ich erst, als ich sah, woher die Seite mit meinem Foto stammte, die man in Devlins Brieftasche gefunden hat.

Ich wollte Sie niemals zerstören, Mrs. Schick. Aber nur so paßte alles zusammen. Devlin tötete Carlson und wurde dann selbst umgebracht. Ein Erpresser und sein Opfer haben dasselbe Interesse daran, daß kein Dritter ihr Geheimnis erfährt. Das war der Grund für Carlsons Ermordung und den Anschlag gegen mich.

Doch dann wurde offenbar die Versuchung allzu groß, auch den Erpresser loszuwerden, ist es so?«

»Nein«, sagte sie scharf. »Bis Donnerstagnachmittag habe ich niemals daran gedacht, ihn zu töten. Er rief mich an und sagte mir, ich solle zu Ihrem Apartment kommen. Ich fuhr in die Stadt.

Er war ein Idiot. Er wollte zu Goldfarb gehen – Carlson hatte ihm von ihm erzählt – und ihn über ARGUS ins Bild setzen. Er sagte, mit Goldfarbs Rückendeckung könne er Millionen machen, oder besser gesagt: wir könnten das. Er wollte mich zu seiner Mätresse machen. Als ob ich Walter so etwas antun würde!«

Natürlich. Devlin hätte es wissen müssen. Nur weil eine Frau betrügt und einen Mord begünstigt, heißt das noch lange nicht, daß sie auch zum Ehebruch bereit ist. Es war so eine Ironie des Schicksals, daß ich lachen mußte.

»Lachen Sie nur! Lachen Sie mich aus. Das hat er auch getan. Da wußte ich, daß ich ihn mir vom Hals schaffen mußte. Ich nahm das Steakmesser aus Ihrer Küche. Es war teuer, ich wußte, es würde auffallen, daß es aus Ihrer Wohnung stammte. Ich sagte Devlin, ich würde ihn mit zu mir nehmen und … er sollte glauben, was er wollte. Ich ließ ihn fahren. Als wir an eine geeignete Stelle kamen, sagte ich, mir sei schlecht, und ließ ihn anhalten. Dann habe ich ihm das Messer in den Hals gerammt.«

»Haben Sie ihm dann das zweite Schnappmesser abgenommen?«

»Ja, ich … ich weiß auch nicht, warum. Ich nahm ihm auch Walters Führerschein wieder ab.«

»Sie hätten ihn verbrennen sollen.«

»So schlau bin ich jetzt auch. Aber das wollte ich nicht.« Sie begann zu schluchzen. »Ich habe ihn im Stich gelassen. Aber damit ist jetzt Schluß. Walter ist frei. Nach Ihrem Anruf heute abend habe ich ihn von der Maschine da befreit. Ich habe den Stecker herausgezogen …«

Roxanne schrie auf und rannte aus dem Büro.

Lieutenant Martin deutete mit seiner blutverschmierten Hand und Falzets Taschentuch auf einen seiner Leute und bellte: »Überprüfen Sie das!«

Während dieses Chaos hatte ich einen Bogen geschlagen und

stand jetzt nur wenige Schritte von Mr. Hewlens Schreibtisch entfernt. Ich beugte mich vor und griff nach dem Telefon.

»Was tun Sie da?« fuhr mich Cynthia Schick an.

»Achten Sie nicht auf mich«, sagte ich. »Was Sie tun, spielt jetzt für mich keine Rolle mehr.«

Ich wählte Apparat 223. Falls niemand abnahm, würde ich so tun, als ob.

»Jack Hansen.«

»Jack? Matt Cobb hier.« Ich sah zu Cynthia Schick hinüber. Sie war jetzt vollkommen außer Reichweite, ihr Gesicht nur noch eine starre Totenmaske. Trotzdem würde sie sich nicht umbringen, wenn ihr nicht alle rückhaltlos ihre Aufmerksamkeit schenkten.

»Jack, Cynthia Schick ist dabei, Selbstmord zu begehen, weil sie nicht die Konsequenzen dafür tragen will, daß sie in zwei, möglicherweise drei Morde verwickelt ist. Ganz zu schweigen von dem irreparablen Schaden, den sie dem amerikanischen Fernsehen zugefügt hat.

Komm doch bitte gleich rauf und bring eine Handkamera, einen Toningenieur und ein paar Scheinwerfer mit. Vielleicht könnt ihr das Ganze sogar gleich live übertragen, dann kann das ganze Publikum zur Hauptsendezeit zusehen, wie sie es macht. Ich bitte sie, noch zu warten, bis ihr hier seid.«

Ein Geräusch ließ mich aufblicken. Cynthia Schick stieß einen animalischen Schrei aus, als sie mit hoch erhobenem Messer auf mich zurannte.

Ich ließ den Hörer fallen und wendete einen Judogriff an, den ich beim Militär gelernt habe. Hätte sie das Messer richtigherum gehalten und von unten geführt, wäre es schwieriger gewesen, aber so ging es ganz einfach. Augenblicke später lag sie bäuchlings auf dem Teppich, mein Knie in ihren Rücken gestemmt.

Rivetz hob das Messer auf und beugte sich dann zusammen mit Lieutenant Martin über sie, beide mit gezückten Pistolen.

Ich stand vorsichtig auf, aber Cynthia Schick rührte sich nicht.

Ich hob den Telefonhörer auf.

»Matt?« fragte Jack Hansens Stimme. »Matt? Was zum Teufel geht da vor? Bist du übergeschnappt?«

»Ja«, sagte ich müde. »Ich bin jetzt endgültig durchgedreht. Ich schicke dir Harris Brophy und Shirley Arnstein mit einer Story runter. Mach's gut.«

Lieutenant Martin drehte Cynthia Schicks bebenden Körper mit einem Ruck um. Ihre Lippen waren schlaff und zuckten im selben Rhythmus wie ihr Körper. Ihre Augen waren weit aufgerissen und starrten in weiter Ferne auf etwas, das mir verborgen blieb.

Kapitel 24

»Gute Nacht und alles Gute!«
– Edward R. Murrow, »See It Now« (CBS)

Es dauerte über zwei Stunden, bis alle Polizisten aus dem Gebäude verschwunden waren. Von diesem Zeitraum sind mir lediglich Gesprächsfetzen in Erinnerung geblieben.

Etwa, als von den drei Psychiatern (ein offizieller und zwei inoffizielle), die Mrs. Schicks Schädel untersuchten, einer diagnostizierte: »katatoner Stupor mit völligem Rückzug in sich selbst«, während die anderen beiden feierlich nickten.

Oder das Gespräch, das ich mit Harris Brophy nach seiner Rückkehr aus der Nachrichtenredaktion führte:

»Letzten Endes hatte sie recht, Matt.«

»Was wollen Sie denn damit sagen?«

»Sie haben Sie in der Tat zerstört. Sie haben ihre große Todesszene zur Farce gemacht. Das war die krönende Beleidigung, die sie endgültig überschnappen ließ.«

Und mein Gespräch mit Horace A. Rivetz:

»Cobb, das war unglaublich. Ich entschuldige mich in aller Form.«

Ich war überwältigt. »Danke«, sagte ich nur. Wir gaben uns die Hand.

Mr. Hewlen ließ immer dieselbe Platte ablaufen. »Ich habe sie doch geliebt. Ich habe doch immer versucht, ihr ein guter Vater zu sein. Ich habe doch versucht, alles wiedergutzumachen. Ich …« Er kam nicht zum Ende.

Irgendwann sagte Goldfarb: »Ein außerordentlich unterhaltsamer Abend, Mr. Cobb. Das Angebot, für meine Organisation zu arbeiten, gilt nach wie vor. Überlegen Sie es sich!«

»Wie kommen Sie darauf, Sie hätten noch eine Organisation?«

Er lächelte mich nur in seiner Ozzie Nelson-Manier an und ging weg.

Lieutenant Martin war sauer auf mich. »Du hast mir etwas verheimlicht, Matty, das gefällt mir nicht.«

»Mir auch nicht. Ich habe nur versucht, das Network zu schützen. Das ist mein Job. Aber es hat leider nicht geklappt.«

»Leider, genau. Ist dir schon mal in den Sinn gekommen, daß Devlin noch leben könnte und diese Frau da jetzt nicht in einer Gummizelle wäre, wenn du mir von Anfang an reinen Wein eingeschenkt hättest?«

»Es ist mir in den Sinn gekommen«, räumte ich ein. »Aber Sie haben ja gehört, was sie gesagt hat. Ich war hinter ihr her und alle anderen ebenfalls. Sie war eine wandelnde Zeitbombe. Ich bin froh, daß Devlin bei ihr war, als sie ausrastete, und nicht etwa ihre Tochter. Darüber bin ich wirklich heilfroh.

Apropos Roxanne, haben Sie etwas von Willowdale gehört?«

»Ja, mein Mitarbeiter hat Roxanne draußen eingeholt und ist mit ihr hingefahren. Offensichtlich hat Walter Schick seiner Frau eine lange Nase gemacht, denn zur Überraschung aller Ärzte da lebt er auch ohne Beatmungsgerät weiter. Das gleiche, was bei Karen Quinlan drüben in New Jersey passiert ist. Vielleicht sind wir Menschen doch aus härterem Holz geschnitzt, als wir meinen, Matty.«

»Kann schon sein«, sagte ich.

Schließlich wurde es still im Raum. Die Ärzte und Polizisten waren fertig mit ihren diversen Untersuchungen, und die Patientin – oder auch Gefangene – hatte man fortgebracht. Das einzige Geräusch, das man noch hörte, war Mr. Hewlens Jammern: »Ich habe es doch versucht, ich habe es wirklich versucht, ich ...« Falzet versuchte, ihn zu trösten.

Ich setzte mich auf das Zweiersofa, schloß die Augen und versuchte, mich zu entspannen. Ohne Erfolg. Mein Gedächtnis ließ sich nicht davon abbringen, mir die letzten vier Tage noch einmal im Zeitraffer vorzuführen. Ich war viel zu müde, um mich zu wehren.

Und dann regten sich wieder die Luftblasen im Morast.

Der Fall war noch nicht restlos aufgeklärt.

Ich wartete, bis der letzte Polizist gegangen war und ich mit Falzet und Mr. Hewlen hoch oben im Turm zu Brabbel allein war.

»Mr. Hewlen«, sagte ich, »Mr. Falzet, ich muß kurz etwas mit Ihnen besprechen.«

Die Besprechung dauerte nicht so lange, wie ich gedacht hatte, aus dem einfachen Grund, weil ich als einziger redete. Als ich alles gesagt hatte, ging ich und ließ meine Worte einfach im Raum stehen.

Ich fuhr mit dem Aufzug nach unten, winkte Wachmann Wilkie zum Abschied zu und holte Spot aus dem Firmenwagen (ich hatte das Gefühl, jetzt keinen Anspruch mehr darauf zu haben). Dann ging ich zu Fuß durch den Regen zu meiner Wohnung.

»Ich glaube, wir werden in Zukunft viel mehr Zeit miteinander verbringen, alter Junge«, sagte ich zu Spot. Er leckte mir die Hand.

Ich schloß die Wohnungstür auf, trat ein, füllte Spots Napf mit frischem Wasser, zog mir das Jackett aus und nahm die Krawatte ab, holte mir eine große Handvoll Studentenfutter und ließ mich auf die Couch fallen.

Ich zwang mich, etwas davon zu essen, bevor ich zum Hörer griff und versuchte, Monica zu erreichen. In ihrer Wohnung nahm niemand ab. Um diese Zeit konnte sie nicht im Krankenhaus bei Tony sein.

Vielleicht hatte sie ja versucht, mich anzurufen. Rick und Jane hatten einen Anrufbeantworter an ihrem Telefon, aber ich beachtete ihn nur selten, weil ich ohnehin kaum Anrufe bekam.

Aber diesmal war eine Nachricht darauf.

»Matt Cobb«, schalt mich Monicas Stimme. »Wo steckst du nur die ganze Zeit? Ich versuche, dich anzurufen, seit das Flugzeug gelandet ist, und dauernd geht nur dieser dämliche Anrufbeantworter dran. Ich habe tolle Neuigkeiten. Ich habe die Rolle gekriegt, ist das nicht klasse? Am Montag soll es bei einer Pressekonferenz bekanntgegeben werden, aber ich bin so aufgeregt, daß ich beschlossen habe, sofort herzufliegen. Ich gebe dir meine neue Adresse, sobald ich sie weiß. Mach's gut. Schöne Grüße an Spot.«

Klick. Das war alles.

»Nicht schon wieder!« brüllte ich, vermutlich zu Spot. »Und ich Kamel erfahre es wieder als letzter!«

Genau wie damals hatte sie mich erst angerufen, als der Kuchen längst gegessen war. Das hatte mir noch zu meinem Glück gefehlt. Ich schüttelte den Kopf. Nie und nimmer würde ich begreifen, was in dieser Frau vorging. Sie liebte mich wirklich mit ganzem Herzen, aber nur, wenn ich ihr zufällig gelegen kam. Ich versuchte, sie zu hassen, aber es gelang mir nicht recht.

Ich war noch immer damit beschäftigt, als es klingelte. Ich öffnete. Vor der Tür stand Roxanne Schick. Ihr dunkles Haar hing tropfnaß herab, ihre Sachen waren völlig durchweicht.

»Kann ich reinkommen, Cobb?« fragte sie sanft. »Bitte?«

Ich machte ihr Platz, und sie trat ein. Sie wollte sich nirgendwo hinsetzen, wo das Polster hätte naß werden können, deshalb holte ich ihr einen Küchenstuhl aus Chrom und Kunststoff. Sie setzte sich rittlings darauf, legte die Arme überkreuzt auf die Rückenlehne und stützte das Kinn auf die Handrücken.

Ich war froh, daß sie gekommen war, und sagtc es ihr.

Sie sah überrascht hoch. »Ehrlich? Ich laufe schon seit Stunden herum, seit die Polizei mich hat gehen lassen, und habe mit mir gekämpft, ob ich überhaupt herkommen soll.«

»Warum mußtest du deshalb kämpfen?«

»Ich bin ein Ungeheuer, Cobb, das habe ich dir immer gesagt. Ich bin Gift für andere Leute. Ich bin das nichtsnutzige Produkt nichtsnutziger Eltern. Warum solltest du oder sonst irgend jemand …«

»Hör auf!« sagte ich. Sie verstummte. »Was du da sagst, ist doch alles Unsinn. Deine Mutter ist krank und verzweifelt. Und dein Vater …«

»O ja«, sagte sie voller Sarkasmus. »Mein geliebter Vater. Er war nicht krank, er war nur geldgierig. Bei dem Streit, den sie in der bewußten Nacht hatten, ging es überhaupt nicht um mich. Es ging um die Frage, ob sie dem Erpresser Geld geben sollten, weil der von ihrem schmutzigen Komplott wußte.«

»Es war nicht ihr Komplott, Rox.« sagte ich.

»Wie bitte?«

»Dein Vater hatte nichts damit zu tun. Das ist das Problem. In dem Punkt habe ich mich geirrt.«

»Was willst du damit sagen? Willst du behaupten, meine Eltern hätten all diese schrecklichen Dinge gar nicht getan?«

»Nein. Deine Mutter hat sehr wohl Devlin umgebracht, und sie steckte auch hinter der Quotenmanipulation, aber dein Vater hatte nichts damit zu tun.«

Roxannes Gesicht nahm einen seltsamen Ausdruck an, als bettle sie darum, daß ich sie nur nicht anlog.

»Schau mal, Rox, von allem, was ich heute abend sagte, war ich in dem Moment felsenfest überzeugt. Die Wahrheit habe ich erst im nachhinein erkannt.

Erinnerst du dich, was deine Mutter über den Streit erzählt hat? Sie sagte: ›Walter war wütend, sehr wütend‹ und ›er wollte das am nächsten Morgen mit Vater ausdiskutieren‹, also mit Mr. Hewlen.

Es ergibt einfach keinen Sinn, Rox. Wenn du etwas Schlimmes getan hast, und ein Erpresser findet es heraus und setzt dich unter Druck, dann wirst du nicht wütend, sondern du machst dir vor Angst fast in die Hose.

Und was hätte er mit Mr. Hewlen denn ausdiskutieren sollen? Meinst du, er wäre zum Vorstandsvorsitzenden ins Büro marschiert und hätte mit ihm ausdiskutiert, daß er erpreßt wurde, weil er die Einschaltquoten für eine Sendung des Networks hatte manipulieren lassen? Was hätte ihm das überhaupt eingebracht? Nein. Das wäre glatter Selbstmord gewesen. Weißt du, Rox, meiner Meinung nach zeigt das allein schon, daß dein Vater unschuldig war.

Er war wütend, weil er durch den Erpresserbrief, den er von Devlin bekam, erstmals überhaupt von dem Komplott erfuhr. Der Kontakt zu Carlson war über deine Mutter gelaufen, aber er mußte davon ausgehen, dein Vater stecke hinter allem. Und das hat er auch Devlin erzählt.«

»Dann hat meine Mutter das also alles allein gemacht, meinst du?«

»Nein, Rox. Aber auch das hat deine Mutter indirekt verraten. Weißt du noch, was sie immer wieder sagte, als sie die Unschuld deines Vaters beteuerte?«

»›Sag es ihnen, Vater‹«, zitierte Roxanne. »›Sag es ihnen doch.‹ Sie hat meinen Großvater angefleht zu gestehen!«

»Er wußte genau, daß Walter Schick der beste Mann für den Posten war«, sagte ich, »aber er wollte ihn erst dann zum Präsidenten machen, wenn auch die Aktionäre ein klares Zeichen bekamen, daß dies für das Network das Beste war.

Und deine Mutter wollte es unbedingt. Dein Großvater hatte deine Mutter im Stich gelassen, zumindest empfanden es beide so. Er wollte das auf diese Weise wiedergutmachen.«

Roxanne lachte, aber es klang bitter. »Das hat er allerdings. Er hat sie zerstört, meinen Vater zerstört, alles, sogar sein eigenes Network!«

»Da bin ich mir nicht so sicher«, sagte ich. »Was ich heute abend gesagt habe, war teilweise etwas übertrieben, um der Sache Nachdruck zu geben. Ich glaube schon, daß das Network wieder auf die Füße kommt. Du kannst sicher sein, daß so etwas nicht wieder passiert. Es war ohnehin ein Wunder im negativen Sinn, daß es überhaupt dazu kommen konnte.«

»Und was willst du jetzt tun? Du wirst ihn doch nicht ungeschoren davonkommen lassen?«

»Natürlich nicht. Aber ich habe bereits getan, was in meiner Macht steht. Alles andere liegt in deiner Hand.«

Sie sah mich überrascht an. »In meiner?«

»Ja. Ich habe deinem Großvater und Falzet gesagt, was ich herausgefunden habe. Damit sie sich darüber Gedanken machen. Aber ich habe keine Beweise. Die kann es auch nicht geben, es sei denn, deine Mutter sagt aus, und das ist unwahrscheinlich.

Ich habe deinem Großvater gedroht. Zufällig besitze ich siebenundzwanzig Anteile vom Network-Aktienkapital. Ich habe ihm versprochen, wenn die Sache bis zur nächsten Hauptversammlung nicht zu meiner Zufriedenheit geregelt ist, würde ich mein Recht als Aktionär wahrnehmen und vor versammelter Mannschaft äußerst unbequeme Fragen stellen. Falzet hat genau verstanden, worauf ich hinauswollte.«

»Du willst, daß er zurücktritt«, sagte sie.

»Genau, ich will ihm sein Network wegnehmen. Das ist die einzige Strafe, die ihm weh tun würde.«

»Und wenn er sich weigert?«

»Dann geht das Theater richtig los, allerdings mußt du dich dann darum kümmern. Du besitzt ein großes Aktienpaket, ich glaube lediglich der Vorstandsvorsitzende selbst hat mehr als du, und wenn man hinzurechnet, daß deine Eltern beide nicht in der Lage sind, ihre Rechte als Aktionäre wahrzunehmen – ich kenne mich mit dem Aktiengesetz nicht gut genug aus.

Falzet gehört ebenfalls ein ziemlicher Batzen, und wenn ihm erst einmal dämmert, wie übel ihm mitgespielt worden ist, wird er nach Rache schreien. Du tust dich mit ihm zusammen und zwingst den alten Herrn abzutreten. Wenn es überhaupt so weit kommt.«

»Aber wenn Falzet nicht gewesen wäre, hätte mein Vater längst Präsident werden können, und meine Mutter hätte niemals …«

Ich fiel ihr ins Wort. »Falzet hat sich an die Spielregeln gehalten, Rox. Ich mag ihn auch nicht, aber er ist ein guter Geschäftsmann und vor allem im wesentlichen aufrichtig.«

Roxanne nahm es widerwillig hin. »Also gut, Hauptsache, mein Großvater bekommt seine Strafe für das, was er meinem Vater angetan hat. Dieser Heuchler! Er ist von allen der Schlimmste!«

»Das glaube ich nicht«, sagte ich. »Ich halte Devlin für schlimmer. Sein Antrieb war einzig und allein die Geldgier. Er hat seinen Freund Carlson ausgenutzt und schließlich sogar umgebracht. Er hat die arme Gayle Spencer für seine Zwecke mißbraucht, wer weiß, was ihr noch alles bevorsteht. Und er war derjenige, der deine Mutter in den Wahnsinn getrieben hat. Und alles nur aus Geldgier.

Aber es ist schon merkwürdig. Mit Ausnahme von Devlin hatten alle, die in den Fall verwickelt sind, dasselbe Motiv …«

Spot bellte, als das Telefon klingelte. Bevor ich den Hörer abhob, sagte ich: »Das ist bestimmt Falzet.«

Und so war es auch. Nach der Begrüßung sagte er: »Cobb, ich möchte Ihnen sagen, daß es etwas voreilig von mir war, Sie zu entlassen …«

»Kommen Sie zur Sache«, sagte ich. »Es ist schon spät.«

Er räusperte sich geräuschvoll. »Gern. Wie Sie sich denken können, habe ich mit Mr. Hewlen über die Angelegenheit beraten, nachdem Sie gegangen waren, und … nun, er hat eine Entscheidung getroffen.«

»Würden Sie mir freundlicherweise verraten, wie sie lautet?«

»Selbstverständlich, deshalb rufe ich ja an. Mr. Hewlen hat schriftlich seinen Rücktritt erklärt und mich gebeten, gleich morgen eine außerordentliche Vorstandssitzung einzuberufen und diese … Entscheidung bekanntzugeben.«

»Warum tut er das nicht persönlich?«

»Mr. Hewlen bricht morgen zu einer Kreuzfahrt auf seiner Jacht auf. Er hat vor, bis zum Jahresende fortzubleiben, vielleicht auch länger.«

»Kennen Sie zufällig den Namen der Jacht, Falzet?«

»Sie heißt Cynthia, glaube ich.« Was für ein kaltblütiger Hund! Genausogut hätte er mir erzählen können, welche Sendung bei ABC uns bei den Einschaltquoten Konkurrenz macht.

»Er wird sich umbringen«, sagte ich. »Er segelt mit dem Boot aufs offene Meer und springt ins Wasser.«

Falzet überhörte es. »Eine der letzten Amtshandlungen, die Mr. Hewlen vorgenommen hat«, fuhr er fort, »bestand darin, Ihnen den Status eines vollwertigen Vizepräsidenten für den Bereich Sonderprojekte zu verleihen. McFeeley hat uns geschrieben, daß er nun doch nicht mehr zum Network zurückkehren wird.«

»Haben Sie den alten Mann zum Selbstmord gedrängt, Falzet?«

»Selbstverständlich nicht! Diese Unterstellung bedarf doch wohl keinen Kommentar!«

»Die korrekte Deklination«, sagte ich, »lautet: keines Kommentars.«

»Nehmen Sie das Angebot nun an, Cobb?«

»Ich sage Ihnen Bescheid.« Ich legte einfach auf.

Roxanne sagte: »Glaubst du wirklich, daß er sich umbringt, Cobb?«

»Ja«, sagte ich.

»War das deine Absicht, als du ihm gesagt hast, was du wußtest?«

»Ich hatte die Möglichkeit in Betracht gezogen. Macht dir das zu schaffen?«

Mir machte es jedenfalls höllisch zu schaffen. Und das, obwohl Hewlen mich noch seelenruhig angewiesen hatte, Stillschweigen über den Fall zu halten, damit seine übergeschnappte Tochter Gelegenheit fand, einen weiteren Mordversuch gegen mich zu unternehmen. Trotzdem machte es mir zu schaffen.

Roxanne war offenbar aus härterem Holz geschnitzt als ich. Anstatt die Frage zu beantworten, sagte sie: »Du hast vorhin gesagt, alle außer Devlin hätten aus demselben Motiv heraus gehandelt. Was meinst du damit?«

»Ach, das«, sagte ich. »Liebe. Liebe. Deine Mutter hat betrogen und gemordet, weil sie deinen Vater liebte. Mr. Hewlen hat sein Network, das er mit eigenen Händen aufgebaut hatte, verraten und verkauft, um zu beweisen, daß er deine Mutter liebt. Carlson hat am Computer herumgepfuscht, weil er Monica noch immer liebte.« – dabei fühlte ich einen leisen Stich – »Herrgott, sogar Goldfarb hat die Verbrecherlaufbahn ursprünglich aus Liebe zu seiner Mutter eingeschlagen!«

»Und du, Cobb?« fragte Roxanne.

»Ich?« Ich lachte. »Ich habe das alles getan, weil ich verdammt noch mal das Network liebe!«

Wir schwiegen eine ganze Weile. Dann, als ob es gar keine Pause gegeben hätte, sagte Roxanne: »Und wer liebt mich, Cobb? Wann finde ich endlich jemanden, der mich liebhat?«

»Rox«, sagte ich, »ich mache dir einen Vorschlag. Du gehst jetzt ins Bad, fönst dir die Haare und machst dich ein bißchen frisch. Spot und ich kochen inzwischen eine große Kanne Kakao, und wenn du zurückkommst, dann schauen wir mal, ob wir nicht eine Antwort auf deine Frage finden. Abgemacht?«

»Abgemacht, Cobb«, sagte sie mit einem Lächeln.

Nachwort

Als William L. DeAndrea 1996 vierundvierzigjährig an Krebs starb, verloren alle Liebhaber des klassischen Detektivromans und seiner legitimen Nachfolger am Ende des zwanzigsten Jahrhunderts eine ihrer größten Hoffnungen. Als lebenslanger süchtiger Anhänger des Genres hatte DeAndrea mit fünfundzwanzig Jahren selbst zu schreiben begonnen, als die Gesellschaft seine Dienste als frischgebackener diplomierter Kommunikationswirt nicht zu benötigen schien. 1978 erschien sein Erstling »Killed in the Ratings«, den wir hier vorlegen, als Hardcover im renommierten Verlag Harcourt, Brace, Jovanovich, der unter anderem auch der amerikanische Verleger von Günter Grass ist. Bereits sein erster Roman zeigt all die Qualitäten, die ihn in der kurzen Schaffensfrist, die ihm vergönnt war, berühmt machten: Er übernahm die besten Traditionen und Konventionen des Genres und verband sie mit einer zeitgemäßen Variante der Detektivgestalt und einem brandaktuellen Setting: Wie jeder Blick in den Wirtschaftsteil einer Zeitung uns lehrt, ist offensichtlich jede Erscheinungsform der elektronischen Medien per se zukunftsträchtig; und der Schauplatz der 1978 von DeAndrea gestarteten Matt-Cobb-Serie ist der – natürlich fiktive – viertgrößte Fernseh- und Radiokonzern der USA, im Rang gleich nach den großen – realen – Networks NBC, CBS und ABC anzusiedeln. Matt Cobb ist dort bei Beginn der Serie stellvertretender Chef der Abteilung für besondere Aufgaben, aber wegen der Krankheit seines Vorgesetzten derzeit alleine verantwortlich. Die Abteilung nimmt sich aller Probleme an, die für die PR-Abteilung zu heikel und für die Rechtsabteilung zu kompromittierend sind. Sie wird tätig, wenn der strahlend saubere jugendliche Held einer Familienserie, den sich jede Amerikanerin mittleren Alters zum Schwiegersohn wünscht, in einen Drogenskandal verwickelt ist oder wenn es gilt, die von einer kleptomanen Serienheldin angerichteten Schäden diskret zu begleichen. Der legendäre Gründervater des Senders wurde einst selbst auf Cobbs spezifische Qualitäten aufmerksam: Aus kleinsten Verhältnissen kommend und mit der Straße vertraut, hat er gleichwohl dank seiner Leistungen im Basketball das richtige College besucht und dort einen Abschluß in englischer Sprache und Literatur erworben. Während seiner Dienstzeit bei der Armee hat er bei der Militärpolizei investigative Erfahrungen gesammelt und verfügt über Kontakte zur Presse und zur Polizei. Da es nach DeAndreas frühem Tod Schwierigkeiten mit dem Erwerb der Rechte gab, erschien in DuMonts Kriminal-Bibliothek zunächst mit »Schneeblind« (Bd. 1083) der sechste Band der Serie, dem jetzt Cobbs Debutroman folgt. Setting und Detektiv fanden sogleich den ungeteilten Beifall der Fachwelt, und DeAndrea wurde mit dem begehrten »Edgar«, dem »Edgar Allan Poe Award« ausgezeichnet, dem zwei Jahre später der »Edgar« für die beste Taschenbuch-Erstveröffentlichung folgte. Daß DeAndrea für sein hervorragendes Nachschlagewerk »Encyclopedia Mysteriosa« später auch noch einen»Edgar« für Kritiker erhielt, macht ihn zum höchstdekorierten Autor der Genre-Geschichte. Wie häufig beim Debut später erfolgreicher Amateurdetektive ist Cobb in seinen ersten Fall selbst verwickelt – nur so kann ein Nicht-Profi die Legitimation zur Aufklärung eines Mordfalls bekommen; denn selbst in den USA gehören rätselhafte Morde nicht zu den Routineaufgaben des stellvertretenden Abteilungsleiters für besondere Aufgaben. Matt erhält einen mysteriösen Anruf, bei dem ihm im Falle eines diskreten Treffens in einer schäbigen Absteige für das Top-Management seines Senders äußerst wichtige Informationen versprochen werden. Der geübte Krimi-Leser weiß natürlich, was geschehen wird und auch prompt geschieht – das Genre lebt von Variationen weniger Grundmuster und zeigt seine Kraft in eben dieser Variation, wie der genrekundige Bertolt Brecht schon in den dreißiger Jahren befand: Matt findet seinen Informanten ermordet vor, wird selbst niedergeschlagen und von der Polizei neben der Leiche gefunden. Und zu allem Überfluß hat er auch noch ein Motiv, das er selbst nicht kennt und erst von der Polizei erfährt: Der geheimnisvolle Anrufer und spätere Tote ist der geschiedene Ehemann seiner Ex-Freundin, um dessentwillen sie ihn einst verlassen hat. Allein die Tatsache, daß der zuständige Detective, der afroamerikanische Lieutenant Martin, ein Nachbar aus Kindertagen ist, hilft Matt Cobb zwar nicht aus der Klemme, aber aus der sonst fälligen Untersuchungshaft. Denn da Cobbs Loyalität auf jeden Fall seinem Job und damit seiner Firma gilt, muß er den Sender auf jeden Fall und um jeden Preis aus der Sache heraushalten. Also kann er den wahren Grund für seine Anwesenheit in dem schäbigen Hotel nicht preisgeben, und die Geschichte, die er der Polizei auftischt, hat mehr Löcher als der sprichwörtliche Schweizer Käse. Schon bald hat er jedoch nicht nur die Polizei auf den Fersen, sondern auch veritable Gangster, die nichts dabei finden, Pistolenmänner vorbeizuschicken, die ihm vor seiner Wohnung auflauern oder versuchen, ihn auf dem Fußgängerüberweg zu überfahren. Nur eins hilft ihm gegen seine offiziellen wie geheimnisvollen Verfolger: Er muß den Mord aufklären und die Wahrheit auf den Tisch legen, dabei aber stets die Balance zwischen notwendigem Eigeninteresse und dem Schutz des Senders wahren – das erweist sich als mehr als heikle Aufgabe. Inmitten all dieser Versatzstücke aus dem Action-Roman weiß unser Held, daß er Held eines Action-Romans ist und wundert sich nur, warum ihm nicht alles so reibungslos gelingt wie seinem Vorbild, Mickey Spillanes Mike Hammer. Wenn er sich mit zwei Untergangstern unterhält, erweist es sich als hilfreich, daß alle drei in ihrer Jugend dieselben Bücher gelesen haben – so gelingen ihnen mühelos die flotten Sprüche, wie wir sie alle von Chandlers Phil Marlowe alias Humphrey Bogart und seinen Gesprächspartnern kennen. Natürlich fehlt auch die nächste Standard-Situation dieser Romane nicht. Da er sich als zu smart für einen Überfall in der eigenen Wohnung erweist und Hund und Begleiter ihn vor dem Überfahren-Werden retten, wird als nächstes seine Ex-Freundin gekidnappt und als Geisel für sein Wohlverhalten benutzt. So wird er in die Höhle des Löwen gelockt – eines veritablen Löwen, eines wirklichen ›Napoleons des Verbrechens‹. Wie der unsterbliche Sherlock Holmes einst den ebenso unsterblichen Professor Moriarty bezeichnete, so nennt Cobb jetzt Herschel Goldfarb, der ebenfalls Professor ist, zwar nicht der Mathematik wie sein Urbild, sondern der Betriebswirtschaft, der aber seine betriebswissenschaftlichen Kenntnisse jetzt höchst professionell für sein Verbrecher-Syndikat nutzt. Natürlich weiß unser Held, wie man samt der mehr oder weniger ehemaligen Geliebten aus solch auswegloser Lage entkommt – wenn man DeAndreas Helden einen Vorwurf machen kann, dann den, daß er gerade in der Tradition des hartgesottenen Helden der amerikanischen Schule ein wenig zu ungebrochen, zu perfekt geraten ist. Vielleicht hätte er in seiner Jugend mehr Raymond Chandler und Ross Macdonald lesen sollen als Mickey Spillane. Jedenfalls hilft ihm im Kampf ›Einer gegen Alle‹, d.h. gegen die Polizei, die eigene Firma- die ihn natürlich längst gefeuert hat – und gegen mindestens zwei illegale Verfolger nur die schnelle Präsentation einer Lösung aller aufgetretenen Rätsel und Morde, denn natürlich ist es nicht beim Anfangsmord geblieben. Nach allem Aktionismus der Handlung ist die Lösung dann wieder den orthodoxen Klassikern des Genres verpflichtet, was im Roman natürlich explizit angesprochen wird: Matt Cobb nennt den von ihm sorgfältig inszenierten Schluß selbst »eine dramatische Auflösung à la William Powell«, dem beliebtesten Darsteller von Van Dines klassischem Detektiv Philo Vance (»Mordfall Benson«, DuMonts Kriminal-Bibliothek Bd. 1089), der einst den orthodoxen Detektivroman in die USA brachte. Wie es auch Christies Hercule Poirot liebt, werden alle auch nur entfernt Verdächtigen oder Beteiligten zusammengerufen und vor ihnen die – natürlich überraschende – Lösung entwickelt. Selbstverständlich dürfen dabei vom Detektiv nur Clues verwendet werden, die dem Leser vorher bekannt gemacht wurden. Natürlich befolgen auch DeAndrea und sein Matt Cobb diese Regel, und es zeigt sich, daß in der Tat jeder Clue nicht nur erwähnt, sondern meist gleich mehrfach vor dem Leser in die Höhe gehalten wurde. Klassische Motive, klassische Komposition und orthodoxe Regeltreue verbinden sich im Werk DeAndreas mit aktuellsten Settings und einem

Privatdetektiv, der innovativ und auch an der Schwelle des einundzwanzigsten Jahrhunderts noch glaubhaft ist. Wir freuen uns, diese gelungene Mischung in den nächsten Jahren unseren Lesern präsentieren zu können.

Volker Neuhaus